어머니 그림자

어머니 그림자

남춘길 에세이

문학나무

바람을 낳는 바람

유치원 때부터 도서관 나들이를 즐겁게 하던 손녀 하린은 자연스럽게 책과 가까운 친구가 되었다.

초등학교 2학년이 되면서 스스로 도서관 관장이 되어 도서관을 운영하였다.

으뜸 고객이었던 나에게 책을 추천해주면 나는 관장의 의견과 뜻을 존중하여 열심히 읽고 관장의 테스트를 받곤 하였다. 가끔 내게도 추천할 자격이 주어지면 나도 손녀가 읽을 만한 책을 추천하여 놀이하듯 독후감을 나누곤 하였다.

그 무렵 『크리스천문학』지에 실리는 할머니 글에 관심을 보이던 손녀에게 '할머니 글 읽어봤어?' 물어보면 '응 완전 잘 썼어' 완전이란 단어에 힘을 팍 실어 칭찬을 해주었다. 보조개 파인 복숭아빛 뺨을 내 얼굴 가까이 대주면서…… 할머니 기분 좋으라고 해준 어린 손녀의 후한 점수에 용기가 생겨 글을 계속 쓸 수 있었는지도 모르겠다.

꿈을 이루기 위해 치열하게 살아내지도 못했으면서, 어느새 내 삶의 중심에서 벗어나 자신을 멀리서 바라다보는 나이가 되어버렸다. 내 삶을 들여다볼수록 아무것도 이루어내지 못하고 대책 없이 나이만 먹어버린 내가 쓸쓸하였다.

그래도 열심히 살았으니 이걸로 되지 않았을까, 주어진 내 몫의 삶을 최선을 다하여 성실히 살아왔으면 부끄러움에 나를 가두지는 말아야지 하는 긍정의 마음을 품게 된 것은 순전한 믿음생활 덕분이었다. 초라한 나를 위로하듯 쓰다듬고 싶어진 마음은 나를 빚으신 하나님께 대한 사랑과 은혜의 표현이고 그분의 자녀라는 존중감이기도 했다.

늦은 나이에 걸음마를 시작하듯 황혼 녘 발걸음을 떼어놓은 글쓰기는 어렸을 때의 시간도, 젊은 날의 추억도 불러내고 지금의 나도 찬찬히 들여다보게 된, 자신을 돌아보는 성찰의 시간이 되어 준 것이다.

그런 시간들의 기억은 지나간 날의 증거가 되었고 다가올 날들의 계획이 되어 주었다

바쁘게 돌아가던 생활이 한가해지면서 놓여나는 해방감은 필요로 하던 곳으로부터의 추방이라는 묘한 허전함을 가져다 주었다. 모교에서도 교회에서도 활발하게 일하는 후배들을 격려하고 도움말만 주면 되는 선배의 위치였다.

먹을수록 포만감은커녕 허기만 느껴지던 결핍처럼 둥글게 패어가던 마음 안의 웅덩이가 글쓰기를 통해 조금씩 메꾸어지는 내면의 치유가 이루어지는 느낌이었다. 별로 잘 쓰지 못하는 글솜씨를 칭찬과 격려로 용기를 내어 글을 써 나갈 수 있도록 소설가 이건숙 선생님이 곁에 계셨다.

그동안 꾸준히 써놓은 글은 계간 문예지 『문학나무』에 실리기도 했고 대부분 『크리스천문학』지와 선교 문예지 『크리스천문학나무』에 발표한 글들이다.

독서 인구가 줄어들고 종이책이 읽혀지지 않는 작금에 내 책까지 서점 한 귀퉁이를 차지하고 있을 걸 생각하면 마음이 송구스러워진다.

　'책 따세'라는 모임이 활동하고 있다는 기쁜 소식을 접했다. 책으로 따뜻한 세상을 만든다는 뜻의 아름다운 모임이다. 교사들이 주축이 되어 만든 모임은 책을 많이 읽는 것에 그치지 않고 초중고 학생은 물론 일반인들까지 스스로 책의 저자가 될 수 있도록 지도하여 저자가 되는 성과를 일구고 나아가 저작권 기부활동을 펼치고 있다니, 정말 감격스럽고도 멋진 일이다. '나만의 책'이란 결실 앞에 스스로의 힐링을 경험한다니 공감이 가고도 남는다.

　많이 읽고 쓰는 일은 영혼의 근육을 키우는 값지고도 귀한 경험이 될 것이기에 많은 분들에게 글쓰기를 권하고 싶은 마음이 든다.

　부족한 글이 책이 되어 나오기까지 많은 분들의 사랑과 도움이 있었다. 깊은 감사를 드린다.

　깊고 바른 신앙의 길을 걸어갈 수 있도록 이끌어 주시고 온기 가득한 추천사를 써주신 박영선 목사님, '사모권사작가회'를 발족시켜 문학의 세계에서 호흡하게 해주신 신성종 목사님과 이건숙 사모님, 따뜻한 조언으로 의욕을 잃지 않고 꾸준한 글쓰기에 도전할 수 있도록 격려를 아끼지 않으신 소설가 황충상 교수님, 형제처럼 다정해 글 모임이 있을 때마다 반갑고 힘이 되는 문우들, 기꺼이 작품 해설을 써주신 수필가 김정오 교수님…….

　내 글의 1등 독자인 남편의 도움이 없었다면 꾸준히 글을 발표하는 일도 이 책도 햇빛을 보기가 어려웠을 것이다. 컴퓨터에 익숙하지 못한 내게 꾸준한 지원과 든든한 울타리가 되고 내 삶의 버팀목이 되어주는 남편에게, 아픈 손가락이지만 내 생활의 활력소가 되는 예리, 다영 그리고 하린에게 소중함을 가득 담은 깊은 감사와 사랑을 전한다.

이 책이 내년이면 중학생이 되는 하린에게 영혼의 키가 훌쩍 자란 훗날까지 할머니와 함께한 도서관놀이와 할머니 글의 소재가 되어준 제 어린 날이 어여쁜 추억으로 남았으면 하는 바람이다.

책을 만들어주신 문학나무에 진심 가득한 감사의 말씀을 드린다.

2018년 푸른 계절에

우학 남춘길

일상을 다독이는 지혜와 공감

　　남춘길 님은 남포교회에서 오랫동안 신앙생활을 해 오신 권사님입니다.

　　현실에 발을 딛고 있는 그의 신앙세계는 조용하면서도 힘 있게 삶을 긍정합니다. 일상을 도외시한 이상을 그리지도, 꿈이 없는 체념을 변명하려 하지도 않습니다.

　　나이가 들면 누구나 자신이 살아온 삶과 실력을 얼굴에 고스란히 드러내게 됩니다. 분노와 원망에 찬 비명을 지르는 사람이 있는가 하면, 감사와 용서로 넉넉한 사람이 있습니다. 감사란 넉넉함에서 나오고, 넉넉함이란 운명과 한계를 극복한 자만이 베풀 수 있는 실력입니다. 그의 글은 부요하고 따뜻한 시선으로 현실을 읽어내며, 그 속에서 희망과 격려를 찾아냅니다.

　　인생을 뒤돌아볼 나이가 되어 다음 세대에 들려줄 이야기가 있다면, 그것은 아마도 절망과 타협을 이겨낸 용기와 지혜일 것입니다. 그의 글에는 인생을 실제로 살아낸 자의 공감과 지혜가 일상을 끌어안고 다독이는 품으로 펼쳐져 있습니다. 그 따뜻한 초대에 반갑게 응해 볼까요

차례

3부
섬김, 그 따뜻함

4부
어머니 그림자

1부

마중물

내게 말 걸다

호랑나비
찬란한 날갯짓으로
꿈꾸었다.

피어나는 꽃처럼
눈부시게
웃고 싶었다.

꿈도 놓치고
향기도 지우고

쓸쓸한 가슴 안
나무
한 그루
싹 트는 사랑.

마중물

2년 전인가 인근 상가에 나갔다가 '마중물'이라는 간판을 보았다.

마중물? 우리 말에 이런 낱말이 있었던가? 우리 낱말에 대하여는 잘 안다고 자부하고 있던 나는 부끄러운 마음으로 마중물 간판이 붙어 있는 사무실을 찾았다. 경매로 나온 부동산 물건을 컨설팅하는 일종의 부동산 사무실이었다.

펌프질할 때 물을 끌어올리기 위하여 부어주는 물을 마중물이라고 한다. 바로 그 마중물 역할을 하는 사무실이라는 것이었다.

재산 증식을 목적으로 부동산을 구입할 때 빚에 넘어가 경매로 나온 물건을 상담을 통하여 적절한 가격으로 입찰에 응해 낙찰받을 수 있도록 도움을 준다는 것이다. 이런 직업도 있었던가 새삼 신기했다. 하긴 대학교에 부동산학과가 신설되기도

했고 부동산최고위과정도 열려 있지 않던가!

부동산을 알아야 성공 경제의 길이 열린다는 것쯤은 누구라도 알고 있다.

세상이 온통 물질에만 가치를 두고 있으니 이런 사무실도 생겨나고 성업 중인 것 같았다. 재산을 늘리고자 노력하고 열망하는 사람들에게 의욕을 심어주고 밑걸음이 되어주고 희망을 갖도록 끌어주는 역할을 한다는 자부심이 대단했다.

펌프의 물을 끌어올리는 마중물!

아, 펌프!

40년 전, 결혼하고 처음 마련했던 집 뜰에 수도가 아닌 펌프가 있었다. 수도가 들어와 있지 않은 서울 변두리였다.

물을 길어 올리려고 펌프의 손잡이를 잡으면 헐거운 것이 헛손질이 되었다.아무리 열심히 펌프질을 해 보았자 소용없는 헛손질이 되는 것이다. 이럴 때 한 바가지 물을 부어준 다음 힘을 실어 펌프질을 하면 손잡이에 탁 탄력이 생기면서 물이 쏟아져 나왔다.

지금도 생각난다. 바로 어제 일처럼…… 땅속 깊이에서 끌어올려져 콸콸 쏟아져 나오던 그 맑은 물!

커다란 고무 함지박에 하나 가득 물을 채워놓고 나면 세상이 온통 내 것인 양 기분이 상쾌해졌다. 그 물은 우리 식구의 식수가 되어 준 것은 물론 부엌일을 할 때도 빨래를 할 때도, 청소를 할 때도 작은 뜰에 심기워진 꽃들에게도 없어서는 안 되었다.

마중물, 물이 마중을 나가 땅속으로부터 많은 물을 끌어 올려준다는 뜻인데 우리의 삶에도 마중물이 꼭 필요할 것 같다.

사람마다 각자의 삶의 몫이 다르듯이 마중물의 형태도 종류도 그 사람의 처한 상황에 따라 다를 것이다.

내게 필요한 마중물은 어떤 것일까?

나의 잔잔한 일상 속으로 조용히 들어와 소박한 축복을 끌어 올려 줄 마중물은 무엇일까를 생각해 본다.

진정한 감사, 온기 가득한 사랑의 마음, 정성이 깃든 배려, 헌신적인 노력, 최선을 다하는 성실, 인내를 넘어선 기다림.

이 모든 바람직한 마음 가짐이 생활 속에 녹아나야 할 것이다.

머리속으론 잘 알고 있지만 내 생활에 적용하여 실천하기가 어려운 것이 우리 모두의 모습인 것을!

특히 끝없는 기다림은 너무 힘들다.

기도에 침묵하시는 하나님 앞에 그 응답을 기다리는 것이 너무 힘들다는 것을 기도를 간절히 해 본 사람이라면 너무나 잘 알고 있다. 그 기다림의 훈련을 서양란 꽃피우기를 통해서 단단히 경험하였다.

축하받을 일이 있을 때, 자식들이나 지인들에게서 만개한 난 화분을 선물받는다. 기품 있는 모습이 아름다울 뿐 아니라 오래도록 바라볼 수 있어 더욱 귀하고 가치 있게 느껴진다.

그러나 그 꽃이 지고 나면 좀처럼 다시 꽃을 피워 내지 않는다.

동양란과 달리 꽃이 지고 난 서양란의 초라함은 내다버리고 싶을 지경이다. 특히 꽃이 지고 난 호접란의 떡잎처럼 퍼져 있는 모습이라니!

단산한 여자처럼 끝없이 잠자고 있는 난화분을 우선 햇빛을 찾아 옮겨 보았다. 베란다에서 거실로, 거실에서 안방으로, 높은 곳에 놓았다가, 낮은 곳에 놓았다가 다시 자리를 바꿔 주기도 했다. 가장 좋은 환경을 만들어주기 위하여. 알맞게 물 주기는 기본이었고 한약재도 구해서 주고 E.M효소도 주문하여 주었고, 무엇보다 사랑을 쏟았다. 예쁜 아가 들여다보듯 날마다 난화분 들여다보는 것으로 하루를 시작하였다.

어느 날 드디어 보일락 말락 잎새 사이로 뾰족하게 무엇인가 올라오고 있는 것이 보였다. 그것이 뿌리인지 꽃대인지 확인될 때까지 무척 초조한 시간이 지났다. 난의 꽃대는 처음 싹으로 돋아날 때 뿌리와 전연 구분이 안 된다. 드디어 꽃대가 확실하다고 확인되었을 때, 그 기쁨을 어떻게 표현할 수 있을까!

신기했던 것은 모두 잠자고 있던 난잎들이 앞서거니 뒤서거니 꽃대를 밀어올렸다. 같은 화분 안에서도, 다른 화분에서도.

사랑 담은 정성이란 이런 것인가 싶었다.

난잎이 스스로 밀어올린 꽃대 속에서 어련히 꽃들이 피어 날까봐 나는 여전히 조바심하며 꽃대가 자라나는 것을 들여다 본다. 하도 날마다 보니까 흡사 전연 크고 있지 않은 것 같은 느낌이 들 때도 있었다.

10센치, 20센치, 30센치 꽃대가 제각각 자라 꽃망울을 맺었다.

기도에 침묵하시던 하나님이 드디어 응답해 주시듯이, 꽃들은 아름답고 기품 있게 피어났다. 눈부시게 흰 꽃잎에 붉은 꽃술을 머금고.

화원에서 잘 가꾸어진 모습으로 우리 집에 처음 올 때보다도 더 싱싱하고 소담스러운 모습으로. 긴 시간 기다림의 시간을 거쳐 비로소 꽃은 피어났다.

항상 감사를 잃지 않는 온유함으로, 정성이 깃든 배려로, 조용한 기다림으로, 온기 가득한 사랑으로, 내 삶의 시간들을 허락받고 싶다.

그 시간들은 내 삶의 축복을 끌어 올려주는 마중물이 되어 줄 것이다.

서른 살 내 구두

"형님 구두 참 이쁘네요."

"어머나! 무릎 아래는 이팔청춘이야."

내 구두를 보고 모두 한마디씩 농담을 한다. 상아빛 끈을 매는 구두는 투박한 생김새에도 불구하고 정말 멋지다.

30년을 나와 함께 나이먹은 구두답지 않게 아직도 싱싱하다. 출퇴근을 하는 주인을 만났다면 불가능했으리라. 겨울만 빼고 봄, 여름, 가을 정장차림이 아닐 때 두꺼운 크림색 양말에 코디하면 패션 잡지에 소개하고 싶은 멋스러운 작품의 신발이다.

이 구두는 30여 년 전 강북 수유리에 살았을 때, 변두리 양화점에서 구입한 것이다. 70년대 중반 강남이 채 개발되기 전 수유리가 신흥주택단지로 떠오를 때였다.

공기가 맑고 주변에 산자락이 아늑하게 펼쳐진 아름다운 동네였다. 4·19탑과 장미원의 중간 지점에서 살았는데, 그때까지 그 동네에는 은행이 없었다. 버스를 타고 세 정거장을 가야만 은행이 있었다. 정식으로 스타킹에 구두를 갖추어 신고 가기에는 부담스럽고 그렇다고 동네 시장에 가듯 슬리퍼를 신고 갈 수도 없었다. 생각 끝에 값이 헐한 동네 양화점에 들렀는데 제법 깨끗한 느낌의 단화가 눈에 띄었다. 여대생들이 즐겨 신었던 콤비 모양의 은은한 상아빛 구두였다. 고급스러운 세무가죽으로 만들어진 구두였는데 신어보니 발이 아주 편하지는 않았지만 그런대로 신을 만했다.

변두리 기술이니 그 정도는 감수하기로 마음을 먹었는데 문제는 값이었다. 내 예산의 두배도 넘었다. 사실은 시장 슬리퍼보다 조금 나아 보이는 것을 싼값에 살 마음이었다. 키가 큰 편인 내가 즐겨 신는 단화였고 유행도 타지 않을 평범한 디자인도, 특히 그 은은한 빛깔이 너무 마음에 들었다.

옛날이나 지금이나 나는 물건을 즉흥적으로 사지 않는다. 눈에 들어오는 물건이 있어도 일단 집으로 돌아와 생각해 보고 다시 사야겠다고 마음을 정하면 그때 다시 나가서 산다. 그동안 그 물건이 팔려버렸다면 그것은 내 것이 될 물건이 아니었구나 단념한다. 그렇지만 그날은 예외였다. 그 자리에서 바로 사고 싶었다.

나는 흥정을 하기 전에 물건 타박부터 했다. 발이 편하지 않다느니, 여자 신발치곤 너무 투박하다느니. 그러나 파리 날리는 변두리 구둣방 주인은 사뭇 도도해서 내 수법에 말려들지 않았다. 퉁명스러운 말투로 "사지 말구려!" 두 배를 줘도 만져볼 수 없는 물건이라고 당당하게 말했다. 나는 주인의 말이 틀린 말은 아니라고 생각했다.

일단 후퇴해서 찬거리를 먼저 사고 다시 구둣방에 들러 겨우 500원을 깎고 그 구두를 샀다. 7500원이면 만만한 값은 아니었다. 지금의 금액으로 5,6만 원쯤 될 것이다.

그 구두는 나를 따라서 세 번이나 이사를 다녔다. 수유리 주택에서 강남 아파트 단지로, 또 평수를 늘려 새 아파트로 옮길 때마다 내 식구가 되어 나를 따라다녔다. 새집으로 옮길 때마다 정리해버려야 할 물건들이 많다. 그중에서 신지 않는 신발들이 제일 많이 버려진다. 그러나 이 구두는 제일 아끼는 신발 목록에서 제외된 적이 없다.

아이들이야 2년 정도 신으면 많이 신었다고 생각한다. 30년이나 나와 한 식구로 살았으니 편할 대로 편하다. 피로한 날은 뒤축을 꺾어 신고 다니다가 가을이 끝나갈 즈음 물로 닦아 그늘에 말리면 다시 새것 같다. 구두끈도 따로 빨아 쓸 수 있다.

아이들도 어렸을 적부터 엄마가 좋아하는 신발이라며 특별 대우를 해주었다. 발 크기가 엄마만큼 자랐을 때는 "엄마가 이 구두 빌려줄까" 인심도 써 보았다. 정말로 재료가 좋았던지 지금까지도 가죽이 찢어지지도 않았고 구두 뒷축만이 조금 닳았을 뿐이다. 올해 처음으로 삐뚜러지게 닳은 부분을 깎아내고 뒷굽을 갈았다.

그런데 지난달 애석하게도 이 구두 앞부분에 기름 두 방울을 떨어뜨렸다. 교통사고를 당한 교우 문병을 갔었다. 볶은 멸치를 만들어 가지고 갔었는데 멸치 기름이 이 구두 앞부분에 떨어진 것이다. 그날도 구두 예쁘다는 칭찬의 말에 30년 된 내력을 이야기하면서 모두 함께 유쾌하게 웃었는데 말이다.

집에 돌아와 구두에 묻은 기름을 지우기 위해서 애를 많이 썼다. 비누를 칠해 닦아보기도 하고 가죽 닦는 왁스로도 닦아보았지만 기름만 더 묻혀 놓는 꼴이 되고 말았다. 헝겊이나 크리넥스를 기름 묻은 부분에 놓아 기름을 흡수시켜 없애보려 하였지만 기름자국은 여전히 남았다. 안타까운 마음으로 한동안 구두를 자꾸만 들여다보곤 하였다.

기름으로 얼룩져 흠이 생겼지만 서른 살 내 구두는 여전히 사랑스럽다. 지금도 당당히 우리 집 신발장에서 제일의 고참으로 자리를 차지하고 있다.

오래된 물건이나 신발이나 옷 등을 깨끗이 다루고 보관하여 긴 세월 사용하는 것은 지탄받을 일이 아니다. 그러나 나는 좀 심한 편이 아닐까! 30년이 훨씬 넘은 옷도 즐겨 입는 버릇은 절약을 넘어 궁상일지도 모른다. 그러나 이런 나를 비난하고 싶지는 않다.

'이제 그 옷 고만 입지' 남편의 충고에도, '엄마 이 접시 그만 버려요' 딸아이들의 편잔에도……

절약인가, 궁상인가

늦은 밤 TV채널을 돌리다가 '모녀기타'라는 재미있는 프로그램을 발견했다.

모녀들이 출연해 살아가는 이야기를 꾸밈없이 풀어놓는 프로그램이었다. 그날의 주제가 절약인가, 궁상인가였다. 출연자들은 대부분 연예인들이었지만 30, 40대 딸들을 둔 내 또래의 엄마들과 딸들이었다. 같은 시대를 살아온 공감대가 형성되어 내 이야기같이 흥미로웠다.

A의 엄마는 전기료를 아끼려고 돌침대 위에서도 잠바를 입고 있다고 했고, K의 엄마는 모처럼 붙인 속눈썹이 아까워 이틀 정도 세수를 하지 않는다고도 했다.

절약, 하면 나를 따라 올 사람이 없다고 생각해 왔는데 고수들은 따로 있었는가 싶었다.

아이들이 물건을 버릴 때마다 "엄마, 이거 정말 못 쓰는 거야, 줏으면 안 돼" 어릴 때부터 당부하던 아이들. 지나치게 아끼고, 버려야 할 것들을 쌓아두고 있어서 복 들어 올 자리가 없는 거라고, 과감하게 옛것으로부터 탈피해야 발전이 있는 거라고, 귀에 못이 박히도록 지당한 충고를 해오는 남편.

나 자신도 지나치게 절약하는 내가 마음에 들지 않을 때가 종종 있다. 하지만 몸에 배인 습성 때문에 어쩔 수가 없다.

한 장씩 뽑아 쓰는 키친 타월도 반으로 나누어 쓴다든가, 비닐 랩도, 비닐 팩도, 빨아 말려 다시 사용하는 버릇, 식탁에 놓았던 내프킨을 버리지 못하고 모아두었다가 꼭 후라이 팬의 기름을 닦는 습관, 가히 궁상 수준이다. 이런 자잘한 행동들이 우리 집 경제에 별로 도움이 되지 않는다는 것을 잘 알면서도 고쳐지지 않는다. 아니 고치고 싶지 않을지도 모른다.

6·25전쟁이 끝났을 때, 모든 이들의 몸도 마음도 환경도 폐허 속에 갇혀 있었다. 먹을 양식도, 입을 옷도, 생활용품도 한없이 귀했던 시절이었다.

내게만 닥친 가난은 아니었지만, 6·25사변 이후 곤두박질친 우리 집 형편은 생계가 막연했다. 아버지가 안 계신 집안에서 어린 자식들을 데리고 엄마가 겪어냈을 고통은 지금도 아픔으로 남아 있다. 쌀알이 별로 보이지 않는 묽은 죽 안에 푸르스름하게 떠 있던 쑥이나 홑잎들, 아린 맛이 전부였던 자주색 찐 감자, 피난 갔던 시골집 인근 부대에서 얻어온 곰팡이 핀 식빵.

1·4후퇴가 끝나고 전쟁 중에도 어김없이 봄이 찾아와, 녹색

아지랑이가 온 마을에 퍼질 무렵, 미군 탱크 부대와 중공군의 접전이 있었다. 총소리가 멎고 조용해지면 어른들이 신작로를 건너 개울 둔덕에서 미숫가루를 얻어왔다. 중공군 시신에서 그들이 차고 있던 전대 안에 있던 가루를 꺼내왔던 것이다. 목구멍이 포도청이라고 한탄하시던 엄마의 절규는 어린 내게도 가슴 저미는 슬픔이었다.

지나치게 아끼고 절약하는 마음은 아마도 그때로부터 시작되었던 것 아니었을까?

월세로 시작한 결혼 생활에서 집을 장만하기란 아득하고도 불가능한 일로 생각되었다.

결혼할 때 다니던 은행을 퇴직했으므로 나는 수입이 전혀 없는 전업주부였다. 내가 할 수 있었던 일이라곤 허리띠를 바짝 졸라매고 절약하고 또 절약해서 저축을 하는 방법밖에 없었다.

어렵사리 마련한 작은 집에는 수도도 들어와 있지 않아, 마당에 펌프 물을 길어다 사용했지만, 담 밑에 가꾸던 화단에는 라일락도 심었고, 채송화도 심었다. 한낮에 오색찬란하게 피어나던 채송화의 꽃잎들은 즐겁고도 행복한 시간들을 선물해 주었다. 훗날 살기 편리하고 넓은 강남 아파트로 집을 옮겼을 때도 그때만큼은 기쁘지 않았다.

30년이 훨씬 넘게 입어 온 옷이나 신발, 생활용품들을 정리하기는커녕 지금도 수시로 애용하는 나는 절약과 궁상의 경계를 넘나들며 살고 있는 것이다. 발전하지 못할 소극적 태도였을까?

　가난을 겪었기에 풍부에 처할 줄도, 궁핍에 처할 줄도 알게 되었다. 절약하는 영혼만이 섬김과 베품의 깊은 향기를 담아낼 수 있다는 소중함을 깨닫게 되었으니, 그냥 감사하며 살아가면 되는 것이 아닐까?

구두병원 원장님

"이 구두를 고쳐서 신으려구요? 다 뜯어서 가죽을 대주고 또 박음질하려면 다시 만드는 거나 마찬가지에요, 신다가 그냥 버리세요."

"이 구두가 너무 편하기도 하구요, 또 옷에 맞추어 입으려면 이 구두가 필요해서요."

찢어진 구두 고치러 간 주제에 옷에 맞추어 신는 구두까지 들먹인다는 것은 가소로운 일이었으나 사실이었다. 까만색 체크무늬 투피스에는 반드시 이 구두가 어울렸다. 또 바지 정장인 감색 투피스에도.

"색도 다 바랬는데요, 뭘."

구두병원 원장은 단호하게 내 구두에게 불치선고를 내렸다. 내 가족 누군가가 불치의 선고라도 받은 양 안타깝고 속이 상했다.

나는 정든 내 구두를 들고 건너편 아파트 단지에 있는 수선집을 향해 부지런히 걸었다. 이 은회색 구두는 10여 년 전에 구입한 것이었다. 은색과 회색의 은은한 조화와 보일 듯 말 듯한 작은 점들이 묘한 매력을 갖고 있다.

아무런 장식 없이 단순한 디자인에 뒷굽이 낮은 힐이다. 보기와는 달리 신으면 상당히 분위기가 있다. 신을 만큼 신었다고 할 수 있지만 옷이나 신발이나 이십 년도 삼십 년도 좋고 오래오래 아끼며 사용하는 습관을 지닌 나에게 10년은 결코 긴 시간이 아니다. 특별히 이 구두는 이제 한창 길이 들었다.

이 구두는 모양은 좋은데 이상하게 오랫동안 발이 아팠었다. 새 신발이야 으레껏 처음에는 발이 아프기 마련이다. 항상 발 뒷 부분에 밴드를 붙이고 다니기를 몇 년, 비로소 이 년 전부터야 발이 좀 편해졌다.

많은 갈등을 겪고 파경 직전에 이른 부부가 노력 끝에 새로운 화합을 이루듯 내 발과 이제야 겨우 화해하고 편안해진 것이다.

편안한 신발은 항상 원만한 부부 사이를 생각하게 한다. 신발과 발을 부부 사이로 비유하는 것은 조금 우스운 표현이 될 수 있겠지만 옷은 잘 안맞아도 입을 수 있지만 신발은 안 맞으면 정말 못 신는다.

편안하고 화합한 부부 사이는 잘 맞는 신발과도 같다. 이제 이 은회색 구두에게 그런 편안함과 친숙함으로 한창 정이 들었는데 버려버리라니 말도 안 된다.

'병원 한곳의 진단만으론 절대 포기할 수 없어, 여러 병원을 찾아서라도 꼭 고쳐야 해.'

나는 다짐했다.

이 병원에서도 안 받아주면 어쩌나 가슴까지 두근거렸다. 다행히도 이 병원은 내 구두를 맡아주었다. 시간이 좀 걸리니까 열흘 후쯤 오라고 했다.

똑같은 구두 수선집이지만 귀찮은 작업을 마다하지 않은 이 구두병원 원장에게 감사했다. 특별히 같은 자리에서 20년 동안이나 이 구두병원을 열고 있다는 말에 고개까지 숙여졌다.

우리 아파트의 구두 수선집은 10년 동안에 주인이 세 번이나 바뀌었다. 맨 처음 맡아하던 청년은 여자친구가 그 직업을 싫어해서 그만두었다고 했다. 비록 가건물이지만 전화 TV도 있었고 반듯한 명함도 갖고 있었다. 정식 건물이 아니니 임대료도 세금도 거의 없을 테고 웬만한 회사원보다 실속이 있겠구나 생각되었다. 두 번째 주인이었던 청년은 멋진 차를 몰고 다녔는데, 항상 오후에나 문을 열어서 이용하는 사람들을 불편하게 했다. 오전 중에 외출하는 길에 신발을 맡기고 나가려면 언제나 허탕을 치게 했다.

어느 날 오전에 문이 열려 있기에 들여다보니 새 주인이 와 있었다. 어수룩한 인상 때문인지 성실한 사람일 것이라고 생각되었다. 그러나 내 짐작이 틀렸는지 요즈음 계속해서 느즈막히

문을 여는 것을 보면 또 주인이 바뀔 모양이다. 돈을 이미 많이 벌었거나 구두수선 따위는 이제 하고 싶지 않은 것일까?

고쳐서 신으면 아직도 몇 년은 더 신을 수 있는 신발을 버리라던 그 젊은이는 지난봄에도 내게 이야기했다.

"구두 하나 새것으로 사셔야겠습니다."

내 구두를 고쳐주지 않고 버리라던 구두병원 원장도 신세대의 대표적 예일 것이다. 힘들이지 않고 쉽게 돈 벌고 싶어하고, 사용하던 물건이 조금만 낡아도 미련없이 버리려고 하는 요즘 젊은이들!

하마터면 버려질 뻔한 그 구두를 고쳐준 성실한 구두병원 원장님은 20년 동안이나 한곳에서 구두를 고치는 일을 하고 있다. 끈기와 부지런함으로 성공해서 구두 만드는 회사의 사장님이 되었다는 이야기를 바람결에라도 듣고 싶다.

재래시장 정들이기

"토종밤 3되에 단돈 5000원, 토종밤 3되에 단돈 5000원, 원하시면 까드립니다."

그 소리가 하도 그윽하고 다정해서 마이크 소리를 따라 한참 걸어가 드디어 밤 트럭을 찾아냈다. 과연 트럭 안에는 자잘한 토종밤이 산더미처럼 쌓여 있었다.

"아저씨 국산이예요?"

쓸데없는 질문도 한마디 하고 3되 사면서 절반만 까달라고 주문하고 두 봉지로 나누어 받았다. 나는 늘상 밤 한 되에 8000원씩 주고 사온 터라 횡재한 기분이었다.

아파트 생활 30년이 훨씬 넘어 재래시장 가는 일은 거의 없었다. 얼마 전부터 의료기 체험교실을 다니게 되면서 재래시장을 통해서 가는 길을 알게 되었다. 복잡하고 시끄럽지만 볼거리 먹을거리도 많고 치열하게 살아가는 사람들의 모습을 보게 된 것도 큰 울림이었다. 무엇보다 모든 물건이 저렴하였다.

아파트 안에는 슈퍼도 있고 상가도 있다. 내 집처럼 익숙하고 상인들도 한 식구처럼 친숙하다. 은행에 들를 시간이 없으면 빈손으로 가도 얼마든지 물건을 살 수 있다. 그뿐인가, 몹시 춥거나 비가 올 때, 꼼짝하기 싫을 때, 전화 한 통화면 동 호수를 이야기하지 않아도 내 목소리를 알아듣고 배달해준다.

이런 편리함을 뒤로 하고 시장 쪽으로 마음이 동한 것은 복잡하지만 정겨운 분위기와 저렴한 가격 때문이었다.

매끄럽고 세련된 사람보다는 수수하고 털털한 사람이 푸근하고 정이 더 가는 것처럼 길가까지 마구잡이로 쌓여 있는 물건들이나 이리 기웃 저리 기웃 하다가 부딪쳐지는 사람들까지도 짜증이 나는 대신 정스러움이 느껴졌다.

빽빽이 늘어선 점포마다 홍보도 요란하고 흥미롭다. 만두의 달인 왕만두, 새우만두, 원조 할머니 족발, 너무 맛있어 깜짝 놀라게 하는 닭은 깜닭, 미치게 맛있는 미닭, 공주처럼 변신하는 분홍 손톱 네일아트, 봉숭아 손톱, 단번에 뱃살이 쏘옥, 다이어트, 한방 다이어트, 아로마 다이어트, 추억의 이발관, 버르장 머리 펌, 꽃잎처럼 미용실, 지리산 콩국수, 산지 직송 고기집, 엄마 손맛 생선 구이, 영양만점 양고기, 얼큰 부대찌개, 입맛 돋는 순대국, 오늘의 특선 돈가스……

바다에서 갓 잡아 올린 싱싱 생선 가게, 청정지역 한우 전문점, 복 받으세요 오복떡집, 40년 전통 명가떡집, 젊음의 열차

맥주집, 새우야 놀자 새우 음식점, 자신들만의 특징을 살려 생존 경쟁에 뛰어든 것이다. 그들의 노력이 아우성처럼 전해졌다.

누군들 열심히 살지 않는 사람이 어디 있으랴! 각자의 일터에서 땀 흘리며, 노력하며 치열하게 살아낼 것이다.

문제는 일 자리가 주어지지 않는 데 있을 터, 절망의 그늘이 너무 짙어 거리를 방황하는 노숙자들이라도 그 생활을 벗어나고자 하는 결심만 선다면 새 삶이 열리지 않을까!

진실 튀김집 앞을 지날 때, 갓 튀겨낸 새우와 고구마에서 솔솔 풍기는 그 고소한 냄새라니…… 나는 한 봉지 사 맛있는 냄새를 즐기며 걸었다. 떡도 3팩 사들고서. 오늘만 해도 아파트 상가를 이용한 것보다 밤에서, 떡에서 1만 원 이상 절약했으니, 모아진 돈으로 좋은 일에 쓰여진다면 이보다 더 좋을 수 없을 것이다.

시장을 휘돌아 오느라 몸은 땀으로 흥건했지만 기분은 날아갈 듯 산뜻했다.

내 나이가 어때서

　오승근 씨가 발표했던 노래가 우여곡절 끝에 확 뜨더니, 인기가 수그러진 후에도 노래 말 때문인지 패러디한 가사가 장난이 아니다.

　'야야 내 나이가 어때서, 사랑에 나이가 있나요, 마음도 하나요, 느낌도 하나, 그대만이 정말 내 사랑인데, 눈물이 나네요, 내 나이가 어때서, 어느 날 우연히 거울 속에 비쳐진, 내 모습을 바라보면서, 세월아 비켜가라. 내 나이가 어때서, 사랑하기 딱 좋은 나인데.'

　맨 마지막 소절 "내 나이가 어때서, 사랑하기 딱 좋은 나인데" 복지관마다 신나게 불러대는 이 가사를 어느 며느리가 "저승 가기 딱 좋은 나인데"로 바꾸어 불렀다니 괘씸 천만이다.

　모임이 있을 때마다. 이 이야기를 나누면서 한바탕 웃었지만, 이해가 안 되는 것은 아니다. 죽을 때가 다 되어 가는데, 늙은이답게 조용히 살아갈 일이지 무슨 사랑 타령이냐. 이 뜻일 게다.

젊은이들은 연애도 결혼도 출산도 포기해야 하는 삼포시대를 살고 있는데, 아가들이 태어나는 숫자는 점점 줄어드는데, 노인들의 수명은 점점 늘어나 100세 시대를 바라보고 있으니 보통 문제가 아닌 것 같다. 10여 년 후면 고령화 인구가 빠르게 늘어나 초고령화 시대로 접어든다는 언론 보도를 보면, 한숨이 절로 나온다. 그러나 어쩔 것인가. 삶도 죽음도, 생명의 흐름은 인간 영역 밖의 일인 것을!

나이든 노년층에게도 사랑이 찾아올 수 있다는 것을 젊은이들은 이해할 수 없는 것 같다.

가슴속 깊은 곳으로부터 피어오르던, 감미로운 슬픔 같기도, 목마름 같기도, 떨려오는 환희 같기도 한 설레임. 젊은 날의 사랑이 이런 감정이라면 노년의 사랑은 따뜻함이 느껴지는 신뢰감으로, 이끌림이 느껴지는 그런 감정이 아닐까? 사랑의 빛깔은 다를지라도 오래 참고, 배려하고, 이해하는 노년의 사랑에 깊음이 더 실릴 것 같다.

60이 넘어서 결혼한 친구가 있다. 교수였던 친구는 홀로 지내던 생활을 과감히 뒤로 하고 결혼을 했다. 결혼 이야기를 꺼냈을 때, 친구들의 의견은 모두가 친구로 지내라는 의견이었다. 은퇴 후에도 교수 연금을 탈 수 있으니 생활을 걱정할 필요도 없을 것이라는 기성세대다운 생각이었다. 친구가 여행을 함께 다니고 싶다고, 솔직히 의견을 말했을 때 비로소 고개가 끄떡여졌다. 지금은 정년퇴직 후, 선교사 자격으로 후배들에게 강의를 한다. 친구가 원하던 대로 여행도 함께 자주 다니면서…….

친구가 행복하다면, 그 이상 남들의 의견이 무슨 상관이랴 싶다. 응원과 격려의 박수로 행복을 빌어주는 것이 친구를 향한 예의가 아닐까.

이제 60대부터 70대 중반까지는 노인이 아니라 신 중년이란다. 의술의 발달로 수명은 연장되고 예전과 달리 외모도 노인 아닌 노인이다

그러나 나이를 먹고 철이 들어간다는 것은 슬프고도 쓸쓸한 일이다. 내가 어떠한 인간인지, 어떻게 살아왔는지, 앞으로 어떻게 살아가야 하는지를 확연히 깨달아 아는 순간부터 겸손과는 다른 아픔이 다가온다.

열심히 살아왔지만 못나게 살아온 많은 날들이 촘촘하게 엮인 그물처럼 내 뒤에 쌓여 있다. 대책 없이 나이만 주워 먹은, 밥만 죽이는 노년의 그림자가 나를 에워싸고 있다. 그 쓸쓸함 앞에서 자존감을 찾을 수 있었던 것은 일본의 할머니 시인 '시바타 도요'의 시와 그분의 이야기를 접하고 나서다.

'누구에게나 아침은 반드시 찾아온다고, 약해지지 마'라고 노래한 시인은 92세에 시를 쓰기 시작해 98세에 첫 시집을 출간해 화제를 모았다. 일본에서만 160만 부가 팔렸다니 놀라운 일이다.

살아가는 것이 괴롭고 힘들어도 살아 있어서 좋았다는 노시인의 시는 체념과 포기에 익숙한, 평범하게 살아가는 우리 모

두에게 강렬한 희망을 심어주었다.

65세까지 볼쇼이 발레단에서 현역으로 활동했던 마야 플리세츠카야는 20세기 최고의 백조답게 80세 생일을 기념하는 무대에 섰고, 90세 생일을 위한 갈라 콘서트를 준비 중이었다니 입이 딱 벌어질 뿐이다.

그분들에 비하면 내 나이는 얼마든지 새로운 일에 도전해도 좋을 나이인 것을!

톡톡 튀는 순발력으로, 기발한 아이디어로 참신한 작품을 발표하는 젊은 작가들의 작품을 읽어보면 주눅이 들어 글 쓸 엄두가 나지 않았다. 밋밋하고 재미없는 글은 도대체 누구에게 읽혀질 것인가 하는 자괴감을 자신감으로 바꿀 수 있는 계기가 되었다.

오랜 시간 살아오면서 겪어낸 일들, 세월의 두께가 쌓이면서 터득한 지혜, 외롭고 허기진 이들을 깊이 품을 수 있는 너그러움, 부대끼면서도 아름답게 나누어 갖는 따뜻한 마음들. 모아서 가꾸어, 묵은지처럼 깊고도 구수한 글을 쓸 수 있는 나이가 값진 자산이라면, 이보다 더 향기로울 수는 없을 것이다.

'야 야 내 나이가 어때서, 글쓰기에 딱 좋은 나인데'

나는 생전 처음 손뼉 치며, 몸을 흔들어 춤추고 싶은 싱싱한 욕구에 사로잡혀 본다.

노년의 그늘

얼마 전 통영에 갔을 때, 박경리기념관에 다녀오는 길목에서 노인 한 분을 만났다. 검게 그을린 피부와 깊게 패인 주름살은 그분의 일상을 짐작케 했다. 젊은 날 얼마나 많은 노동을 했으며, 얼마나 열심히 자식들을 보듬고, 키우며 살아왔는가를. 지금도 여전히 고단한 삶을 이어가고 있다는 것을.

지팡이를 힘겹게 짚고 계신 할머니께 어디 가실려구요? 상냥하게 물어 보았더니, 갈 데가 어데 있노? 깝깝해서 나왔제, 서울서 왔노?

불러주는 이도, 오라는 곳도 없이 굽은 허리로 지팡이를 의지한 채, 큰길까지 나오신 할머니를 위해서 내가 할 수 있었던 것은 10분 정도 말동무가 되어 드린 것뿐이었다. 슬하에 5남매를 두셨지만 모두 살기 바빠서 뿔뿔히 흩어져 사노라고, 지금 혼자 지내시는데 외롭고 힘든 일이 한두 가지가 아니라는 거다. 편찮으실 때면 어떻게 하시느냐 걱정했더니 그럴 땐 전화하면 딸이 와준다는 거였다. 목에 건 낡은 핸드폰을 바라보며 고개가 끄떡여졌다. 연세는 83세라 하셨는데 도회지의 노인들보다 훨씬 늙어 보이셨다. 식사 거르시지 말고 잘 챙겨 드셔야 된다고 인사하고 차에 오르는 내게, 그 차 타고 어데 가노? 얼매나 좋을꼬! 하셨다.

오래도록 그분의 인사말이 커다란 울림으로 마음속을 맴돌았다. 가야 할 곳이 있고, 볼일이 있는 소박하고 평범한 일상에 대한 감사를 새삼 일깨워 준 시간이었다.

독거 노인 문제는 사회적 배려가 필요한 단순하지 않은 사안일 것이다.

통영 할머니처럼 자식들이 있어도 홀로 지내는 생활이 외롭고 불편하기가 말로 다할 수 없는데, 하물며 자식이 없거나, 자식과 연락이 두절된 독거 노인들이야 말해 무엇하랴. 백세 장수 시대라고 언론이 요란하게 강조하고 웰빙을 외쳐 대는 걸 들으면 더럭 겁부터 난다. 삶의 질이 중요하지 오래 사는 것은 아무 의미가 없기 때문이다.

가고자 하는 곳을 내 두 다리로 갈 수 있을 때까지, 음식의 맛을 즐기며 먹을 수 있을 만큼 상쾌한 건강이 유지될 때까지, 자식들이나 이웃을 위해 깊은 감사로 기도할 수 있을 때까지, 읽고 싶은 책을 찾아 읽을 수 있을 때까지. 그보다는 내 아이들이나 나를 아끼는 이웃들이 곁에 있어 주기를 진심으로 원할 때까지는 살아 있을 가치가 있을 것이다.

　친가의 할머님께서는 97세까지 장수하셨다. 지금이야 90세 넘으신 어르신들이 많이 계시지만 1970년대엔 아주 드문 일이었다. 할머님께서는 아들만 네 분을 두셨는데 모두 각 분야에서 성공을 거둔, 인물까지 준수하고, 인품도 훌륭했다. 누구나가 부러워하는 축복받은 분이셨다.

　그러나 장수하시는 바람에 3명의 아드님을 앞세우시고, 며느리, 손주며느리까지 떠나보내는 가슴 아픈 참척을 당하셨다. 대단한 축제였던 환갑을 치루시고 적당한 시기에 돌아가셨다면 그런 아픔과 고통의 시간은 겪지 않으셨을 것이다. 집안에서 초상이 날 때마다 노인네는 돌아가시지 않구, 하는 생각을 누구나 했고, 그렇게 쉽게 표현들을 했다.

　갑자기 쓰러져 돌아가신 어머니의 시신을, 병원에서 운구해 고향집으로 갔을 때, 침착하고 조용하셨던 할머니께서 어린아이처럼 두 다리를 뻗고 통곡을 하셨다. '나는 어떻게 하라구, 에미 먼저 떠나면 나는 어떻게 하라구' 가슴 아픈 장면이었지만 나는 내 설움에 갇혀 한번 안아 드리지도 못한 것 같다. 어머니가 떠나신 뒤 5년쯤 후에 할머님의 부음을 전해 들었을 때 슬픔도 놀라움도 없이 멍해졌었다. 할아버님과 합장으로 모시는 산역에서도 나는 희디흰 상복이 민망하리만큼 눈물이 나오지 않았다. 할머님을 향했던 마음들이 너무 지쳐 있었던 때문이었을까? 사촌들도 나와 비슷한 마음이지 싶었다.

참척을 당하실 때마다 할머님의 심정이 어떠셨을까? 그 찢기는 아픔과 슬픔이 핏빛으로 물들지 않았을까 싶다. 명석한 두뇌의 할머님이 투명한 의식 속에서 자식의 죽음을 당할 때마다 겪었을 아픔과 고통이, 신을 향한 비탄의 절규가 통곡 되어 이제야 내 마음에 박힌다. 이제 나이들어 노년이 되어서야…….

이름을 부르는 것조차 아까운 듯 우리 어린 것들, 우리 어린 것들 하시면서 우리 형제를 유리그릇 다루듯 대하시던 할머니, 무릎에 앉히고 옛이야기 들려주시거나, 할머니 졸려 하면 주름진 손으로 잠들 때까지 등 긁어 주시던 부드러웠던 손길. 할머니가 집에 오셔서 묵으실 때면 마음속 가득히 따뜻한 햇살이 넘쳐 났었다.

할머님의 노년의 그늘은 너무 어둡고 짙은 먹구름에 쌓여 있었다.

누구나의 삶도 황금빛으로만 빛날 수는 없을 것이다. 먹구름 사이로 가끔씩 비쳐주는 햇살이 희망의 끈이 되지 않을까!

노년의 그늘이 아무리 짙어도 그 주름살 밑으로 흐르는 훈훈함의 가치를 되새김질해 본다.

노년의 길목

'은발의 패셔니스타들, 6080 세대들의 축제'란 흥미 있는 기사를 읽었다.

젊은이 못지않은 자태로 꾸며진 패션 화보도 소개되어 있었다. 노인과 패션이라니, 너무 어울리지 않는 단어의 조합이라는 생각이 들었다.

패션은 젊은이들의 전유물이 아니던가. 그것도 20대의 아름답고 빛나는 젊음이 누릴 수 있는 특권 말이다.

뉴욕의 사진작가 아리 세스 코헨의 사진집『어드벤스드 스타일 ―은발의 패셔니스타』가 한국에서도 출간된다는 소식을 전해 주고 있었다. 놀랍게도 사진집에 실린 모델들의 나이는 60세부터 100세라는데 그들은 당당한 표정과 태도로 멋지고 화려한 패션을 자랑해서 젊은 여성들이 코헨에게 '빨리 나이들고 싶다'는 이메일을 보내 왔다니 입이 딱 벌어질 지경이다. 내 눈에도 신문에 소개된 화보집의 노인 모델들은 멋지고도 화려했다.

우리나라도 서울 삼성동에 '뉴시니어 라이프'라는 사무실에 가면 노년을 당당하게 즐기는 패션쇼 무대가 꾸며져 있다니 놀라울 뿐이다.

신문에 실린 시니어 모델들의 모습도 젊은 모델 못지않게 우아하고 세련된 자태를 뽐내고 있었다. 60대의 모델은 막내가 되고, 70대가 주류를 이루고 있는데 84세의 모델도 진홍색 원피스에 노란색 스카프를 둘러 어색하지 않은 모습을 연출하고 있었다. 그들은 한결같이 자신들의 삶에 자신감을 되찾았고, 나이든 현재의 생활에 충만감을 표현하고 있었다. 그들 모두에게 각각의 사연이 있었는데, 모아진 공통된 의견은 이제껏 젊음을 바쳐 아이들을 키우고, 가정을 지켜왔으니 이제부터는 자신들의 꿈도 이루고, 자신들을 위해서 살고 싶다는 거였다. 당근 공감이 가는 말씀이다. 어렸을 때 꿈꾸던 모델의 꿈을 늦게나마 이룬 이도 있었고, 자식들이 떠나간 빈 둥지에서 지독한 우울증에 시달리던 이도 있었다. 시니어 모델이 되면서 초라했던 자신의 모습을 떨쳐버리고 활기찬 노년의 삶을 즐기게 되었다는 내용이었다.

젊은 날, 모델이 되라는 권유를 많이 받았던, 옛날로 추억여행을 다녀왔다. 디자이너들의 간곡한 권유로 유명 잡지에 사진이 실린 적도 있었다. 결혼 전 근무하던 은행에서 은행을 홍보하는 일간지나, 잡지에 내 사진이 실렸을 때, 누가 나를 알아볼까봐 전전긍긍했었다. 내 의사보다는 윗분들의 명령 같은 분위기 때문에 광고 출연을 했기 때문이었다. 어머니나 언니들은 언짢은 일처럼 생각을 했고, 동료 직원들에게는 시샘과 부러움을 한몸에 받았었다. 이래저래 많이 알려지는 바람에 가뜩이나 완고한 연애관을 갖고 있던 나의 젊음은 뜨거운 열정은커녕 춥고 건조한 날들의 연속이었던 것 같다.

아득한 옛날처럼 아스라한 추억으로 남은, 빛나던 젊음은 아쉬움으로만 남았다. 그 시절 물빛으로 차갑던 목마름의 정체는 무엇이었을까?

육십년대 이야기이지만 그때는 모델이나 연예인이 되는 것이 흡사 유흥가로 진출하는 것 같은 느낌이었다. 지금 연예인의 위상을 생각하면 참으로 격세지감이 느껴진다.

어느 모임을 가든지 선배님, 형님, 권사님으로 불려지면서 몸뿐만 아니라 마음까지 자연스럽게 늙어 가고 있는 중이었다. 시니어 모델들의 기사가 나를 깨워 주었다. 그들처럼 모델이 되고 싶은 생각은 없지만, 긍정의 마음은 배우고 싶고, 닮고 싶다. 내일은 오늘보다 더 즐겁고, 감사하게 살아갈 것이고, 그래서 내일이 기다려지고, 10년 후는 더 멋지게 살아갈 것이라는, 그들의 찬란한 희망이, 값진 긍정의 자산이, 더없이 귀한 가르침으로 마음에 와 닿았다. 노년의 길목에서 깨우친 값진 교훈이다.

지나간 날들이 초라하고 남루했어도, 그 시간들도 내게는 의미 있는 시간이었노라고 나를 다독여 주며 과거의 나와 따뜻한 화해를 한다.

여기까지 오느라고 참 수고 많았다고, 애썼다고, 나이먹느라고 얼마나 힘들었냐고, 나이듦은 소멸과 쇠잔을 넘어서는 너그러움과, 경륜과 깊은 지혜를 쌓아가는 것이라고.

나이듦이란 삶의 완성을 향하여 나아가는 소중한 발걸음 이라고!!

독후감에 실려온 것

지난해 여름 『크리스천문학』지 봄호가 나온 후, 전연 알지 못하는 분으로부터 메시지를 받았다. 공감이 가는 좋은 글이었다는 찬사와 함께 직접 그렸다는 그림의 영상과 함께. 연보라 색의 꽃그림이 주는 느낌은 잔잔한 감동으로 내게 와 닿았다. 물론 이름도 모르는 분이었지만 내 글을 향한 찬사와 격려에 감사한다는 답을 보냈다. 자기는 예술을 사랑하는 사람이라고, 시를 쓰고 그림을 그린다는 간단한 자기소개가 있었다. 그 후에도 몇 번 좋은 글을 쓰기 바란다는 일상 인사와 함께 영상으로 그림을 보내왔다. 그럴 때마다 예의상 감사의 답을 보내곤 하였다.

크리스천문학회 회원으로 가입한 지가 만 5년이 지났기에 회원 전부를 다 알고 있지는 않지만 대강은 알고 있는데 누구인지 도무지 알 수가 없었다. 그래도 나는 같은 크리스천문학회 회원일 것이란 생각이었기에 별 경계심은 갖지 않았다.

또 그 무렵 많은 분들로부터 「내 나이가 어때서」란 수필은 공감대가 형성된 좋은 평가를 받았고, 기관지를 발행하고 있는 단체로부터는 『크리스천문학』의 허락을 받아주면 회지에 실리고 싶다는 청을 받고 『크리스천문학』지 게재분이라는 부연 설명으로 실리도록 한 적도 있었기에 회원이 아니라도 작품을 접할 수는 있겠다 싶었다. 마침 봄호에는 회원 명단이 상세히 실려 있었다. 주소, 핸드폰 번호, 이메일까지…….

여름이 끝나갈 무렵 외출에서 돌아온 내게 경비실로부터 등기우편을 전해 받았다. 모르는 사람에게서 온 것이었다. 수신인은 내가 확실한데 발신인 이름은 없는데 전화번호만 적혀 있었다. 자세히 살펴보니 내게 메시지를 보내오던 그 번호였다. 봉투가 제법 큰 것이 개봉할 마음이 어쩐지 내키지 않았다. 퇴근하던 남편에게 반송하고 싶다고 말했더니 일단 열어 보고 반송해도 되니까 개봉해 보라고 했다. 봉투 안에는 손수 그린 그림원본과 편지가 들어 있었다. 자신의 캡쳐한 사진과, 글에 대한 찬사와 자신의 외로운 심정에 대한 글이 적혀 있었다. 두 번다시 읽기 싫었고, 불쾌감으로 기분이 몹시 언짢아졌다.

경비실을 통해 우체국 직원에게 반송할 수도 있었으나 남편이 직접 출근길에 중앙우체국에 가서 반송을 하였다.

보내준 그림과 편지를 받기가 부담스러워 반송한다는 문자를 보냈다. 죄송하다는 인사와 함께.

내가 너무 지나치게 예민한 반응을 보인 것은 아니었을까? 글을 통해 얼마든지 대화를 나누고 좋은 친구가 될 수도 있을 것이다.

그러나 순수함이 아닌, 칙칙한 느낌이 든 것은, 컴퓨터 채팅을 통해 많은 대화를 나누다가 실제로 만나게 되는 속된 인간관계를 보아왔기 때문인지도 모른다. 신뢰를 바탕으로 한 훈훈한 인간애가 사라진 세상 탓도 있겠고, 나의 유별난 도덕성도 한몫한 것 같다.

어려서부터 어머니로부터 받은 도덕과 윤리교육은 너무 철저해 나는 또래 중에서도 아주 완고한 편이었다. 어머니는 연애결혼 자체를 폄하하던 분이었다. 친척이나 지인들의 자녀가 연애결혼을 하면 혀부터 쯧쯧 차곤 하셨다.

친구의 소개로 알게 된 남편과의 결혼을 마음속으로 결심했을 때도, 남편이 어머니께 인사를 드리기 전, 나를 딸처럼 아껴주시던 은행의 인사과장님께 의논을 드렸었다. 그분이 어머니를 설득해주셨다.

아버지가 안 계신 내게 보호자 역할을 해주신 과장님은 내 주위를 서성이던 젊은이들을 철저히 검증해 주시곤 하였다. 은행 안에는 젊은 남녀 직원들이 많이 근무하고 있었다. 나의 보호자가 인사과장이란 소문 때문에 차 한잔 나누는 일에도 인색하게 굴었던 나는 많은 관심을 받으면서도 연애다운 만남을 갖지 못했다.

단 한 사람 내 글에 대한 독후감을 놓고 치열한 논쟁을 벌인 적이 있었다. 규모가 큰 기업에서는 사보를 발행했는데 한일은 행에서도 『한일』지를 발행하였다. 내가 쓴 수필이나 시가 실리 곤 했는데, 많은 분들이 칭찬을 해주시곤 하였다. 그때 내 글 속에 '위선을 가장한 가여운 성실 앞에 인간은 얼마나 많은 시간 자기를 기만하여 왔는가' 이런 문장이 있었는데 알지도 못하는 그 사람의 비평이 전선을 통해 강하게 전해왔다.

내용인즉 세상을 얼마 살지도 않았으면서 어디 감히 그런 글을 쓸 수 있냐는 거였다. 내 의견으로 강한 반론을 펴긴 했는데 어쩐지 내가 진 기분이었다. 몹시 불쾌해야 했는데 그렇지는 않았다.

그 사람이 누구인가 궁금해졌다. 그 무렵 여직원들이 두세 명만 모여도 대화에 오르는 인물, 바로 그 사람이었다. 가정환경도 외모도 눈에 띄는 사람이었다. 은행에 일을 배우려고 들어왔던 이름 있는 집안의 자녀 중 한 사람이었다. 시간이 얼마쯤 지나 그 사람은 은행을 그만두면서 내게 충고 비슷한 말을 하고 떠났다.

"은행에 있기에는 아까우니 다른 길을 찾아보았으면 합니다."

어처구니가 없기도 하고 황당하기도 하였는데. 오래도록 생각에 잠기게 하는 말이었다.

겉으로는 밝은 표정을 하고 다녔지만 그 무렵의 나는 끊임없이 자신과의 싸움 속에 있었다. 안정된 은행원 생활을 만족 해하는 엄마를 바라보면서, 또 성실하게 일하는 것 이상으로 두터운 신임으로 아껴주셨던 윗분들의 사랑이 새로운 결심에 발목을 잡고 주저앉게 만들었다. 20대였던 내가 새로운 길에 도전할 용기가 있었다면 지금의 나와는 다른 삶을 살았을 것이다.

지금은 롯데백화점 본점 명품관이 되어버린 5층 건물이 내가 근무하던 한일은행 본부였다. 내 젊음이 녹아 있는 그 시절로 천천히 들어가 보면, 눈부신 푸름 대신 체념이 앞서던 잿빛 날들이 희미한 그림자로 남아 있는 것 같다. 다하지 못한 아쉬움으로, 물빛으로 차가운 목마름으로……

감사의 향기로 나를 채우다

이른 아침, 푸른 숲길 걷기로 나의 하루는 시작된다.

하나님과의 대화로 하루를 열면서 살아 있음에 감사드린다. 아직은 성성한 두 다리로, 허리를 곧게 펴고 활기차게 걸음을 옮긴다. 6년 전 생애 처음 했던 장내시경 검사에서 암세포가 발견되어, 황망 중 수술을 마치고 항암치료를 시작하면서, 그때도 지금처럼 걷기 운동을 했었다. 힘에 부쳐 식은땀을 흘려가면서……

지난가을 완치 판정을 받을 때, 주치의가 축하의 악수를 청해왔다. '축하한다고, 수고하셨다고, 감사합니다' 답하면서 감사하고도 기쁜 마음 앞에, 내게 맡겨진 일에 대한 생각이 내게 와 닿았다. 아직은 허락하신 일들이 내게 있을 것이라는!

푸른 나무 사이로 햇살은 금빛으로 부서지고, 비단결 같은 매끄러운 잎들은 윤기 흐르며 빛난다. 그 위에 맺힌 이슬조차 영원할 것만 같아 손 내밀어 쓰다듬어 본다. 넓은 잎의 감나무는 어느새 왕사탕만 한 감을 매달고 있고, 꽃이 한창인 대추나무는 대추알들을 품고 있을 것이다. 꽃비를 내려주던 벚나무에는 버찌가 열렸을까.

고개를 젖혀 바라본다. 서양 산딸나무의 눈부신 흰 꽃들은, 라일락의 보랏빛 향기는 어디로 떠났을까? 우아한 자태로 피어나 가슴을 설레게 하던 목련도, 흔적 없이 사라지고 지금은 6월의 장미가 한창이다. 성급하게 봄 인사를 해오던 매화나무는 무성한 잎 속에 익어간 열매로 의젓하다. 줄지어 선 은행나무도 암수의 유혹으로 에미가 된 나무는 열매를 잉태하고 있을 것이다. 가장 풍성한 그늘을 드리워주던 느티나무도, 위풍당당 서 있는 메타세콰이어의 장군 같은 모습도 모두가 다정한 친구들이다.

아침 운동 때 만나는 많은 분들도, 어느새 목례로 미소로 가까운 벗처럼 친숙해졌다. 손을 흔들어 주거나, 하이 파이브로 즐겁고도 감사한 하루의 시작을 서로에게 확인해 준다. 며칠 만나지 못하면 안부가 궁금해지고 걱정이 된다.

손잡고 아침 산책을 나온 노부부의 모습은 정말 아름답다. 서로를 의지하고 두 분이 의자에 앉아 쉬고 있는 모습도 한 폭의 그림 같다. 허리도 등도 구부정하게 굽었지만 오랜 세월의 신뢰와, 배려가 담긴 그분들의 사랑과 아낌의 흔적이 묻어나기 때문이다. 얼굴 가득 생겨난 주름이 그분들의 훈장이 아닐까.

깊은 사랑의 의미를 노부부들에게서 찾게 되는 것은, 젊은이들의 가볍고도 즉흥적인 사랑의 세태에 질려버린 때문이다. 노부부가 손잡고 기대고 걷는 모습은, 보폭이 일정하지 못해도, 발을 끌어도, 비틀거려도 흐뭇하게 바라보고 싶고 도와드리고 싶지만, 중장년들이 손잡고 걷는 모습은 어쩐지 별로다. 오래전 성가대에 섰을 때 식사시간이나 휴식시간이면 꼭 손을 잡고 있는 집사 부부가 있었다. 50을 살짝 넘겼던 우리 몇 명은 '나도 남편 있네요' 농담하며 웃곤 했다.

우리 부부는 나란히 같이 걸을 때도. 함께 어디를 갈 때도. 손을 잡고 다니지 못했다. 10여 년 전이었던가, 제주도 여행길에 KAL호텔에 묵었을 때, 이른 저녁을 먹고 정방폭포로 산책을 나갔다. 앞서가던 남편이 '우리 손잡고 가자' 말했다. 느닷없긴 했었지만, 그때 잡아본 남편의 손은, 항상 차갑고 가느다란 내 손에 비해 두텁고도 따뜻했다.

새벽기도 시간에 늦지 않으려고, 동동거리던 조바심을 한참 전 내려놓았다. 수술 후 생긴 습관이랄까? 잠에서 깨어나는 대로, 교회 본당으로 올라가기도 하고, 그냥 걸으며 기도를 드리기도 한다.

2년 전 여름 여느 날보다 훨씬 일찍 집을 나섰을 때, 지팡이를 의자에 기대어 놓고 쉬고 계신 노부부가 계셨다. 아주 낯선 분들이었지만, 공손하게 허리를 굽혀 인사드렸다. 그다음 날 또 같은 자리에 앉아 계시다가 반색을 하시며 옆자리를 권하셨다. 그분들도 하나님을 섬기는 형제였기에 금방 가까워질 수 있었다. 얼마 전 허리수술을 하신 할머니께서는 통증이 심하고 쉬고만 싶지만, 의사의 처방도 있고, 자녀들의 간절한 권고로 아침마다 영감님께서 마나님을 깨워 운동을 나오신다는 것이었다. 한남동 넓은 주택에 사시다가 단독주택 관리도 어렵고, 정원 관리도 힘들어 우리 아파트로 집을 옮겨 오신 분들이었다. 70년대 자녀들이 줄리아드 음대 영재학교에서 유학생활을 하느라 미국과 한국을 오가며 살아오신 분들이라 서민생활이 아주 어두우셨다. 내가 지하철역이나 재래시장에서, 대강 집어 든 티셔쓰나 허름한 바지도 너무 예쁘다고 어느 브랜드냐고 만져 보곤 하셨다. 10년 이상 쓰고 다니던 낡은 모자도 멋있다고 나도 좀 써 보자고 심지어 부럽다고 찬사를 하시곤 했다. 한없이 많은 이야기를 풀어놓으시면 귀 기울여 들어드렸고, 나날이 건강이 좋아지신다고, 걷기운동을 하시는 것은 너무나 잘 하시는 거라고 격려와 칭찬으로 마음을 즐겁게 해드렸다. 내가 바쁜 일정으로 운동을 못나 간 날이면, 마나님이 온종일 울적해 하셨다고 다음 날 할아버지께서 멀리서부터 나를 반기셨다. 우리가 만들고 있는 계간지 『크리스천문학나무』도 좋은 일 한다고 기뻐해 주셨고, 미국에서 자녀들이 오면 데리고 나와 인사를 나누게 하셨다. 한동안 그분들을 뵙지 못했는데, 걱정이 많이 된다. 무슨 일이 있는지, 병환이 나셨는지, 혹시 실버타운으로 거처를 옮기신 것은 아닐까. 부러울 것 없이 사시는 분들이었지만 노인 특유의 외로움이 있으셨는지 집으로 놀러 오라고 수차례 청하셨지만 시간을 내어드리지 못하였다.

뇌졸중으로 쓰러져 투병하는 할머니 한분과도 가까운 친구가 되었는데, 하루하루 회복되어가는 모습에 얼마나 둘이서 기뻐하며, 감사했는지 모른다. 그분이 무슨 반찬을 좋아하는지, 며느리와의 사이는 어떠한지, 딸은 엄마를 어떻게 대하는지 우리는 기도 제목까지 나누며 반기는 벗이 되었다.

살아가면서 만나는 많은 사람들을 위로와 격려로, 도울 수 있는 것도 사랑하는 영혼이 깃들지 않으면 어려울 것이다. 고통의 정점에 서 본 사람만이 다른 사람의 아픔도 이해할 수 있고, 존재의 귀중함도, 사랑도 할 수 있을 것이다. 내가 겪은 10대의 가난도, 젊은 날의 좌절도, 의욕을 잃었던 한창나이의 절망도, 친구처럼 친근하게 다루며 투병했던 암과의 싸움도, 내게는 유익이 되었다. 남의 아픔을 깊이 품을 수 있는 아량과 배려의 마음, 고통의 두께보다 더 높이 감사를 쌓아 올릴 수 있는 은혜로움은, 자갈밭 같던 마음밭을 부드럽게 새김질 해주었다. 아끼고 사랑하는 내 이웃들과 나누어 가진 따뜻한 마음은 아마도 내가 지니고 있는 것들 중에서 가장 귀하고 아름다운 보물이 될 것이다.

오늘 아침 처음 발견한 듯한 합환채의 연분홍 꽃술들이 부채 살처럼 환한 미소로, 은은한 감사의 향기를 가득히 실어다 주었다.

소중한 인연

한해가 끝나가는 12월이다.

이제 곧 누구에게나 똑같이 새해가 올 것이다.

'황새는 날아서/ 말은 뛰어서/ 달팽이는 기어서/ 굼벵이는 굴렀는네/ 한 날 한 시 새해 첫날에 도착했다' 라는 반칠환의 시처럼……

유난히도 혼란스럽고 어수선한 한 해였다. 최순실의 국정농단 사태는 대통령 탄핵까지 불러오고도, 양파 껍질 벗겨내듯 까면 깔수록 새로운 사실이 줄기차게 의혹을 불러 일으키고 있다. 급기야 분노한 국민들이 잃어버린 주권을 되찾고자 촛불집회를 이끌어냈다. 태극기 물결의 맞불 집회까지 거리를 메우고 있는 내 나라를 바라보는 마음은 한없이 쓸쓸할 뿐이다.

편 가르기를 할 생각은 없지만. 잘못한 사람은 공정한 심판으로 죗값을 치루어야 한다는 엄격한 생각을 갖고 있다. 신뢰를 잃어버린 대통령도, 가까이서 제대로 임무를 수행하지 못한 고위직 공무원도, 오래된 개인적 친분으로 청와대를 휘젓고 다닌 최순실도, 화가 나고 실망스럽기는 마찬가지다.

탈북한 영국 주재 북한 외교관 태영호 공사가 촛불집회를 바라보고 한 말로 위로를 삼아본다. 최고 권력자를 향해 신랄하게 비판을 하고, 거센 촛불집회가 거리를 메워도, 나라가 제대로 돌아가고, 권력이 센 많은 이들을 향해 공격을 가할 수 있는 사회가 놀라울 뿐이라고, 대한민국의 동력을 느낄 수 있었다고.

하긴 내 조국은 민주주의가 너무 발달한 건 아닐까?

미르재단과 k스포츠재단 모금 과정에 강제성 여부가 큰 이슈가 되어 있었으므로 재벌 총수들이 총 동원되어 국회청문회에 출석했다. 대부분의 총수들은 60대가 넘었지만 그중 제일 나이가 어린 S그룹 이 부회장의 젊은 모습에 시선이 집중되었다. 어눌했지만 비교적 솔직한 답변을 했다. 변호사들과의 예행연습이 있었겠지만 거칠게 몰아부치는 청문위원들의 질의에 "어쩔 수 없는 사정이 있었습니다"는 그의 대답에 공감이 갔다. 그리고 전경련 탈퇴를 공식 선언하였다. S그룹 창업주인 조부가 만든 전경련의 해체를 사실상 손자가 해체하는 것이라는 부연 설명과 함께, 창업주의 모습이 커다랗게 확대되어 TV 화면 위에 떴다.

참으로 오랜만에 그분 모습을 뵙게 되었다.

아련하게 잊혀져 가던 아버지의 모습과 우리 가족에게는 잊을 수 없는 그분과의 기억이 달음질치듯 마음 안으로 들어왔다.

이병철 회장께서는 6·25전쟁이 정전으로 마무리되면서 나라의 경제도 제자리가 잡혀가는 듯하던 시기부터 오랫동안 우리 가족을 수소문해 찾으셨던 것 같다. 이 회장님과 연락이 닿은 것은 내가 고등학교 1학년이던 16살 때였다.

전쟁으로 폐허가 된 그 시절 홀로 된 어머니는 살아갈 길이 막막한 채, 어린 우리들을 데리고 선산이 있는 고향집으로 내려 가셨다. 그곳에서 시골 초등학교를 졸업하고 형제들은 어렵사리 서울 중학교 생활을 시작했지만 지인들과의 교류가 전연 없었다. 우리 가족은 통신 수단은 물론 신문 구독도 불가능한 깜깜이 생활을 하고 있었다. 시간이 많이 지났지만 은행 지점장이셨던 아버지를 감안하셨던지 전국 은행의 지점망을 통해서 우리 가족에게 연락이 닿았다.

삼성이 지금 같은 글로벌 기업은 아니었지만 그 시절도 이미 재계 1, 2위를 다투는 재벌이었다. 아버지와는 오랜 우정을 간직한 절친한 벗이었다는 어머니의 회고였다. 아버지는 엘리트 은행원으로 그분은 삼성물산의 전신인 삼성상회를 설립한 젊은 사업가로 서로 돕고 신뢰하는 깊고도 따뜻한 인간적인 우정을 나누셨던 것 같았다. 그래도 한 분은 이미 이 세상 사람이 아닌 터에 수년을 걸쳐 죽은 친구의 가족을 찾는다는 것은 쉽지 않은 일이리라.

지금도 그분의 인간성과 경영철학을 미루어 짐작할 수 있는, 돈보다는 사람을 중시하는 그런 마음이 오늘의 삼성을 이루어 내지 않았을까 싶다.

장충동에 있는 삼성가를 처음 어머니와 언니와 함께 방문했을 때, 아주 반갑게 맞아주셨다. 우리 자매 예쁘게 잘 자라주었다고 칭찬을 아끼지 않으셨고 지나간 이야기를 어머니와 사모님은 시간 가는 줄 모를 만큼 한참 동안 나누셨다. 집으로 돌아올 때면 승용차에 많은 선물과 함께 집까지 데려다 주시곤 했다. 생필품이 귀하던 시절, 어머니는 특히 20kg의 설탕 부대를 귀히 여기며 좋아하셨다. 너무 잘해 주시니까 자주 가기가 부담스러워 자주 찾아뵙지는 아니하였다.

이 회장님이 바쁜 시간을 할애해 어머니를 뵙던 날, 도와드리고 싶은데, 말해달라고 하셨다. 자존심 강한 어머니가 망설임 없이 아이들이 학교를 졸업하면 은행에 취직만 부탁드린다 하셨다. 학비는 어떻게 하고 계시냐는 질문엔 아이들이 공부를 잘해서 장학금을 받으니 걱정 없다고, 고향집에 전답과 밭이 좀 있으므로 먹고살 수 있다고 당당하게 말씀하셨다. 비굴하지 않았던 어머니의 태도가 존경스럽기도 했지만, 아쉽기도 하였다. 그때 나라도 용기를 내서 나의 꿈을 말씀드리고 외국에 나가 공부하고 싶다고 말씀드렸다면 어떻게 되었을까? 좋은 기회를 놓친 것 같아, 용기도, 도전 정신도 부족했던 그릇이 작은 나를 두고 두고 한심해 했다.

우리 형제는 다 은행에 취업이 되었다. 60년대의 은행은 가장 선망되던 최고의 직장이었다. 공채를 통해 입행한 남자 직원들은 거의가 서울대 출신들이었고 나처럼 특채, 곧 낙하산들은 거의가 재벌가의 자녀들이었다. 일을 배우고자 들어왔던 그들은 여유만만이었지만 생계를 위해 일하여야 했던 나는 열심히 일을 배우고 익혀 빈틈없이 일을 처리했고, 조직사회에서의 생활을 지혜롭게 터득해 나갔다.

시중은행의 대주주이셨던 이 회장님이 은행장을 만나러 오실 때면 행장실로 언니나 나를 불러 만나곤 하셨다. 비서실을 통해 처음 들어가 본 은행장실은 사진에서나 본 유럽의 황실같아서 붉은 카펫을 걸어 들어갈 때면 현기증이 나곤했다. 밥은 잘먹고 건강한지, 일은 할 만한지, 어머니는 안녕하신지, 이것저것 다정하게 물어보시고는 새하얀 봉투 속에 생전 처음 본 수표 몇 장을 넣어 주시곤 했다. 받기를 주저하면 "어머니 갖다 드리고 맛있는 거 해달라고 말씀드려라" 하시면서. 인사를 드리고 돌아설 때면 아버지에 대한 그리움인지 그분을 향한 감사의 마음인지 눈물이 고이곤 했었다.

참으로 많은 시간들이 지나갔다. 긴 세월 쌓여진 내 삶의 편린들을 퍼즐 맞추듯이 맞추다보면 이런저런 생각들에 잠기게 된다.

아버지가 떠나가지 않으셨다면 나의 삶은 많이 달라졌을 것이다. 궁핍했던 어린 날의 시간도, 꿈을 갖는 것조차 사치라고 여겼던 남루한 사춘기도 보내지 않았을 것이다. 윤택한 환경에서 마음껏 넓은 세상을 향하여 비상 날갯짓을 하며 꿈을 이루어 갔으리라! 과연 행복하기만 했을까? 꿈이라는 욕망의 그릇을 크게만 빚고 싶어 그 늪에서 헤어나지 못한 채, 소박하고 잔잔한 일상의 기쁨도 감사도 모르면서 나이들어 갔을지도 모른다. 그래서 삶의 몫은 주관자가 따로 계시는 것이다.

밥만 죽이는 여자

다 자란 딸과의 대화는 언제나 즐겁고 재미가 넘친다. 무슨 이야기든지 할 수도 있고 서로에 대해서 모르는 것이 없다. 내 주변에 대해서도 아이들의 주변에 대해서도 집안일에 대해서도…….

깔깔거리는 웃음소리에 남편이 왕따당한 기분이 들까봐 움찔하면서 '아빠 삐치겠다' 이야기를 멈추곤 했다

작은아이가 결혼하기 전, 교회 식구들과 식사하러 갔던 이야기를 하다가 큰아이 생각이 났다. 풍광 좋은 곳을 찾아 서울을 벗어난 음식점에는 젊은 주부들로 넘쳐났다. 화려한 옷차림에 반들반들 윤기 흐르게 화장을 한 모습들이었다. 나이 지긋한 우리들은 '남편은 등이 휘게 일들 하는데 한창 일할 나이에 서방 등골 빼먹는 것들 좀 봐' 혀를 쯧쯧 찼다.

결혼을 하고도 일을 하는 큰아이는 화장기 없는 맨 얼굴에

청바지 차림으로 아기 하나는 들어갈 만한 커다란 가방을 메고 항상 시간에 쫓긴다. 회사 일에, 강의가 있는 날엔 집에 잠깐 들러도 식사는커녕 음료수 한잔 마실 시간도 없는 듯 까칠한 모습이다.

제 언니를 걱정하는 내 말에 딸아이가 "엄마는! 밥만 죽이는 여자들이랑 같애?" 작은아이의 대답에 육두문자까지 써보니 그 어감이 주는 쫄깃한 맛까지 여간 통쾌하기가 이를 데 없었다.

'그럼, 밥만 죽이는 X들이랑 다르지. 내 딸은 커리어 우먼인데……'

낮 동안에도 아파트 입구 벤치에 삼삼오오 모여앉아 담소를 즐기는 젊은 엄마들을 볼 때마다 집구석엔 할일이 쌓여 있을 터. 밥만 죽이는 주제에 수다나 떨어대는 전업주부들을 향해 곱지 않은 시선을 보내곤 했다.

심술쟁이 시어머니의 못된 성정이 나한테까지 옮겨온 것 같아, 내 며느리도 아닌데 이 고약한 심보는 무엇인가? 나 자신도 전업주부이면서.

나를 들여다보면서 씁쓸한 생각에 사로잡히곤 하였다.

온종일 허리를 펼 수 없이 가사노동에 시달리면서도 주눅 들어 살고 있는 일명 솥뚜껑운전수의 삶을 살아온 우리 세대 여자의 길을, 얼마나 억울해 하고 서러움에 겨워했던가!!

밥만 죽이는 여자라는 부정적인 생각에서 벗어날 수 있었던 것은, 성공회 김 요나단 신부의 기사를 읽고 나서였다.

공학박사이던 그가 과학자의 길을 끝내고 미국에서의 연구 생활을 과감하게 접고 귀국길에 오른 것은 사회의 불평등을 해소하기 위해서였다. 많이 배우고 잘난 사람이나, 못 배워 가난하고 초라해 보이는 사람. 아니면 몸이 불편한 장애인이나 모두 귀한 존재임을. 하나님의 자녀임을 깨닫고 나니 세상에 쓸모없는 사람은 아무도 없다. 심지어 풀 한 포기도, 길가에 굴러다니는 돌멩이도, 풀밭에 뒹구는 강아지 똥까지도 필요한 존재가 된다.

김 요나단 신부가 이끌고 있는 은빛 둥지는 도와주는 자와 도움을 받는 자가 따로 없다. 서로가 서로에게 돕는 자가 되는 것이다. 힘없고 누워 있어야 하는 몸이면 마음이 아픈 이의 이야기를 들어 주는 위로 자가 되어 주는 것이다.

이렇게 누구나 스스로 필요한 존재가 되어가는 과정에서 힐링이 되는 진리를 깨닫게 되니 새삼 부정의 마음을 긍정으로 바꿀 수 있게 되었다.

생명이 있어 존재하는 것만으로 귀하다는 겸손하고도 멋진 깨달음!!

능력이 있어 좋은 일터에서 일을 할 수만 있다면 그보다 더 좋을 수는 없을 것이다. 창의력을 발휘해 성과를 내고 속해 있는 회사에 이익을 창출하고 자신도 급여와 더불어 성과급을 타고…… 가정경제에도 커다란 보탬이 될 것은 말할 필요도 없을 터다. 가장 혼자 짊어진 무거운 짐을 나누어 질 수도 있을 터이고, 여자 혼자 당당하게 살 수 있는 길도 열릴 것이다.

그러나 그런 길 못지않게 중요한 여자의 삶이 있다는 것을 부인할 수가 없는 것 아닐까? 한 가정에서 없어서는 안 될 중심의 자리가 엄마의 자리이고 주부의 몫이다. 아내의 신성하고 위대한 역할과 엄마의 따뜻하고도 희생적인 사랑이 없다면 세계의 역사까지도 바뀌어버렸을지도 모른다.

모교의 동문회 일과 권사회의 일을 맡아서 할 때 오랫동안 결손가정의 학생을 후원하고 돌본 적이 있다. 그때 아무리 가난에 허덕여도 엄마가 키우는 아이들은 반듯하게 밝게 성장할 수 있었지만 아버지가 양육을 맡은 가정의 아이들은 대부분 빗나가는 아이들이 아주 많았다. 술주정에 찌든 아빠의 그늘에서 벗어나려고 가출을 하고 정상적인 학교생활을 하지 못하였다.

새 생명의 탄생도 여자의 몫이고 사랑으로 키워내는 위대함도 엄마들의 일이다.

봄날의 햇살이 여물어 가면서 파릇한 쑥들이 연한 잎을 키워내면 산책길에 저절로 손이 가 조금 뜯어오곤 한다. 코끝에 스미는 쑥 향기는 겨울 내내 움츠리고 있던 몸에 새로운 입맛을 불러와 쑥 된장국이 확 당긴다.

깨끗한 물에 어린 쑥들을 여러 번 헹구어 마지막 소쿠리에 건져 놓으면 쑥 잎들이 그렇게 대견하고 어여쁠 수가 없다. 표고버섯과 멸치, 다시마로 육수를 낸 물에 된장을 엷게 풀고 보글보글 끓이다가 들깨가루를 살짝 묻힌 여린 쑥을 넣어 한 소끔 끓여 내면, 내 식탁엔 봄이 성큼 다가오리라. 영광굴비 노릇하게 구워내면 맛깔스러운 저녁 식탁이 준비된다. 이런 시간이 여인에게 얼마나 행복한 시간인가를 되새겨본다. 사랑하는 가족을 위해 준비하는 손길을, 이 보람된 일로 일생을 보낸들 밥만 죽이는 여자의 노동으로만 치부할 것인가?

결혼 후 밥만 죽이던 여자라는 부끄러움을 걷어내고 새로운 결의를 다져본다. 한 사람의 영혼에게라도 위로와 공감을 불러일으킬 수 있는 온기 가득한 글을 열심히 쓸 수 있다면 더없이 감사한 일이 아닐까!!

소나무 숲에 불길이…

혹독한 추위는 사람을 한껏 움츠리게 해 밖에 나가는 것조차 꾀를 부리게 된다. 온난화 때문이라지만 너무너무 춥다. 하기야 우리들 어렸을 때는 더 추웠지 싶다.

밥상 위에서 음식 그릇이 미끄럼을 탔고, 창호지 문고리에 얼은 손이 닿으면 쩍 소리가 나며 붙어버렸었다. 세수하고 머리를 빗을 때 손이 몹시 시려워 머리핀이 제대로 꽂아지지 않던 기억, 찰랑이던 검은 단발머리 끝에 살짝 맺히던 얼음조각…….

그래도 그 시절엔 삼한사온이 있어 사흘 추우면 나흘째는 날씨가 훨씬 누그러졌었다. 요즈음 아이들이 들으면 어쩔 수 없이 세대가 다른 늙은이 취급을 받을 추억이다. 아무리 잘 지어진 집이라도 우풍은 얼마나 세었던가. 아랫목은 따끈따끈해도 윗목에 놓아두었던 물그릇이 탱탱 얼었던 시절을 살았으면서도 영하 15도의 추위에 17년 만의 추위라는 엄살 가득한 일기 예보가 넘쳐난다.

쉬지 않고 날마다 40여 분을 걷는 운동이 가장 바람직한 건강 지키기라는 것을 잘 알고 있으면서도 그 건전한 버릇마저 은근슬쩍 내던지고 게으름을 피는 나날들이었다.

한낮의 햇살이 하도 밝고 빛나기에 중무장을 하고 공원에 나섰던 어느 날, 소나무 가지 사이로 주황색 불길이 얌전히 타오르고 있는 것이 보였다.

한창 유행인 하얀색 흰 패딩 코트를 입은 중년의 남자가 불을 쬐고 있는 듯해, 나는 별 생각 없이 무심히 지나쳤다. 두 바퀴째 공원을 돌고 있을 때 작은 불길의 규모가 훨씬 커져 있는 것을 보고 퍼뜩 정신이 났다. '아니 요즘같이 건조주의보가 발해 있는 때에, 저 사람은 뭐하는 짓이야, 추워서 불을 집혔어도, 버린 담뱃불이 불씨가 되어 번졌어도' 그 사람도 당황한 듯 커다란 막대기를 들고 불 끄는 일에 집중하는 듯했다.

며칠째 계속되고 있는 삼척 산불이 떠올랐고 불에 대한 나쁜 상상이 꼬리를 물고 일어났다. 순식간의 변화 앞에서 당황하여 핸드폰을 갖고 나갔음에도 나 스스로 신고할 생각은 나지 않고 아파트 상가 안에 있는 주민센터로 빨리 가야지 하는 생각만 머리에 차올랐다.

우선 바로 공원 안에 위치하고 있는 송파문화원 사무실로 뛰어 들어가 사태를 알리니 곧 신고하겠노라 했다.

한숨 돌리고 공원 쪽으로 나오니 소방차 한 대와 소방대원 서너 명이 나와 있었다.

나의 수고로 이루어진 일인지 아니면 흰 패딩의 남자가 나보다 먼저 신고를 했는지 불은 수습되어 가고 있었다.

소방대원이 뒷 수습을 하고 있을 때 불난 언덕으로 올라가 보니 불은 잠깐 사이에 가로로 15m쯤 번져 있었다. 불씨가 남아 있으면 절대 안 될 것이라는 쓸데없는 충고까지 단단히 한 후 공원을 내려오면서 수많은 생각을 하였다.

흰 패딩의 남자는 아마도 공원에 나와서 담배 한 대 피우고 담배꽁초를 비벼서 끄고 버렸을 것이다. 그것이 불씨가 되어 불이 번진 것이 아니었을까? 그는 경찰서에서 간단한 조사를 받고 훈방조치 되었을 것이다.

불을 스스로 끄려고 끝까지 현장에서 남아 노력을 기울인 것을 보면 아주 나쁜 인간은 아닌 것 같다. 아주 무책임하고 악한 사람이라면 그냥 도망가버렸을 것이다. 그 사람은 도망가고 나마저 불길을 발견하지 못했다면 어떻게 되었을까?

바싹 마른 솔잎과 갈색의 낙엽들이 발밑에 묻힐 만큼 쌓여 있는 소나무 숲, 나무그늘 밑에서 웃자란 일년초들이 서 있는 채로 건조되어 있어 바람만 불면 순식간에 아시아 공원은 불바다가 되었을 것이다.

소나무 숲을 다 태우고 30년 이상 성장한 감나무와 은행나무 등을 또 태우고 넓은 잔디밭을 끝으로 아파트 단지 안, 길만 건

너면 곧 선수촌이다. 공원에서 가까운 1동부터 내가 사는 5동까지 빠른 시간 안에 불길에 휩싸이고 말 것이다. 오후 1시경이니 외출한 사람이 많다 할지라도 인명피해가 왜 없겠는가. 나만 해도 외출하지 않고 집에 있는 날은 혼자서 느긋하게 점심을 먹고 과일도 먹고 스르르 오는 낮잠을 즐길 시간 아닌가!

불이 번지고 나면 나처럼 높은 층에 사는 이들은 계단을 뛰어 내려가야 하는데 화상을 입지 않아도 연기에 질식해 목숨을 잃는다는 걸 너무 잘 알고 있다. 제천 목욕탕화재나 밀양 노인병원의 참사를 통해서⋯⋯.

옥상으로 대피하는 방법이 있긴 하지만 너무 안일하게 살아, 또 범죄 예방 차 항상 잠겨 있는 것으로 안다. 또한 주변머리 없고 겁 많은 나는 헬기가 옥상으로 도착해 밧줄을 내려주어도 매달릴 용기가 없을 것이다.

각자의 사무실에서 뉴스를 본 남편이나 아이들이 발을 동동 구르며 뛰어온들 무슨 재간이 있겠는가?

나는 기도도 제대로 하지 못한 채 하나님! 하나님!만 입 속으로 부르짖으며 생을 마감했을 것이다. 앞서 떠난 수많은 희생자들처럼⋯⋯.

90년대에 우리 아파트 8층에서 또 우리 옆집에서 불이 난 적이 있었다.

일요일 오전이었는데, 주방봉사팀이라 교회주방에서 음식

만드는 일을 돕고 있을 때, 선수촌 5동에서 화재가 났다는 방송이 마이크를 통해 흘러 나왔다. 황급히 창밖으로 바라보니 바로 8층 우리 집과 같은 라인에서 연기가 치솟고 있었다.

요란한 사이렌 소리와 더불어 소방차도 도착하여 있고, 불길이 잡히는 듯했으므로 큰 걱정은 안 되었으나 집으로 전화를 넣었다. 남편과 작은아이가 구석방 창문을 열고 연기를 피해 있다는 거였다. 벌서 집 안 가득히 매캐한 연기가 차 있는 모양이었다.

진화작업이 다 끝난 모양이니 일 다 끝내고 천천히 오라는 남편의 말이 있었음에도 나는 집으로 뛰어오면서 폭풍 같은 공포가 밀려왔었다.

그때 뉴욕으로 유학 가 있는 큰아이와 나만 남겨지는 방정맞은 생각으로 숨이 멎을 것 같은 시간이었다. 5동 경비실 앞에 이르니 구름 떼처럼 모여 있는 사람들 사이로 계단을 통해 폭포수 같은 물줄기가 흘러내리고 있었다. 소방차가 쏘아올린 물대포 때문이었다.

화재원인 규명부터 화재로 인한 피해보상 문제까지 이웃 간의 갈등과 다툼으로 한동안 시끌시끌했다. 인명피해가 없어도 화재 이후의 문제는 한두 가지가 아니었다.

바로 윗층은 피해가 심해, 화재 당사자인 집과 거의 비슷한 수준의 수리가 필요했고 가구 등의 보상 문제가 불거졌다. 두 집의 주인들이 번갈아 내게 하소연을 해와 원만한 해결을 하기 위하여 나는 한동안 머리가 아팠다. 잠깐 동안의 화재였음에도 거의 우리 15층까지 화분들이 질식사하였다. 연기로 인해……

옆집에서 일어난 화재는 어린 신혼부부들이 튀김요리 끝에 과열로 인한 불이라서 금방 진화가 되었다. 우리 집의 놀라움도 컸지만 겁에 질려 떨고 있는 그들을 위해 처음부터 그 소동이 끝날 때까지 배려하고 신경 써 주어 오랫동안 마음을 나누어 갖는 좋은 기억을 남겨주었다.

우선 돌도 되지 않은 어린 아기는 우리 집으로 데려와 토닥토닥 잠재워 안고 있었는데 그 아기도 벌써 성년이 되었을 것이다.

한 사람의 실수와 부주의로, 기관의 책임감 없는 불성실한 행정으로 얼마나 많은 생명들이 희생되고 재산상의 피해를 입는지 근래에도 우리 사회는 뼈아픈 경험을 했다.

불조심이라는 단어는 초등학교 미술시간에나 그려보는 포스터가 아닌 것이다.

2부
내 생애 최초의 기도

주님의 사랑 앞에

여호와께서 심으신 의의 나무여
그대는 아는가
흙 빚어 기쁨으로 만드셨다는 것
을!

참포도 나무의 가지 되어
사랑의 수액으로
누리고 산
자녀 된 복을.

살아가는 날들의 고통 앞에
비틀거려도
자비의 손 내밀어 일으켜 주셨던
그분의 끝없는 사랑을.
따뜻한 미소가
보이는가!

떠나지 못한 채
서성이고 있는
죄의 형상 앞에
이 모습 그대로인 좌절 앞에
눈물 머금은 그대여!
살아계신 하나님을
보석처럼
성령의 은택 속에 간직하기를!

교회 나이 서른 남짓
가르침 받은 말씀 앞에
무릎 꿇어
어두움에 빛이 되는 램프처럼.
험한 파도 위에
불 밝히는 등대처럼
사랑과 섬김의 향기를 멀리까지
보내주오.

내 생애 최초의 기도

좋은 책을 한 권 읽고 난 후의 충만감은 말로 표현할 수 없을 만큼의 깊은 울림이 있다. 마음속 가득히 차오르는 감동이랄까…….

『하나님이 기도에 침묵하실 때』란 책을 6년 전 읽었었는데, 전혀 새로운 느낌으로 이번에 다시 읽었다. 하나님의 사랑에 대해서 나는 너무 무지했었다. 하나님은 이미 내 어릴 적 기도를 들으셨고, 하나님의 방법으로 응답하셨다는 것을 미처 깨닫지 못했었다. 하나님은 내 마음속 기도를 읽으시고 짐을 덜어주시고 길을 열어주셨다.

'말보다 깊은 신음이 때론 가장 좋은 기도가 될 수 있다' — 존 번연

'기도는 말보다 마음으로 해야 한다' — 아담 클라크

책을 읽으며 보석처럼 숨겨진 기도의 모습을 캐낼 수 있었

다.

반 세기도 훨씬 전 아득한 옛날, 열두 살의 내가 하나님께 드린 최초의 기도는 하나님, 하나님 하고 백 번을 연이어 하나님을 부르는 것이었다.

전형적인 유교 가정에서 태어나 자란 나는 그때까지 교회의 주일학교에 다녀 본 적도 없었고, 기도를 드려 본 적도 없었다. 다만 5살 유치원 시절, 식사 전에 두 손을 모으고 눈을 살짝 감았던 기억이 어렴풋이 남아 있었다.

6·25전쟁으로 피난 갔던 시골집은 선산이 있는 남씨 집성촌이었지만, 내게는 아주 낯선 곳일 뿐이었다. 초등학교는 집에서 5리쯤 떨어져 있었다.

처음엔 아이들이 내게 대한 호기심 때문에 지나칠 만큼 짖궂게 굴었다.

교실 안에서도, 운동장에서도 나를 둘러싸고, 내 소지품이나 옷도 만져 보고, 머리카락도 당겨 보고, 서울서 피난 온 낯선 계집애는 충분히 이물질처럼 튀는 존재였으니까 말이다. 학교에서 집에 오는 길에 꽤 넓은 개울이 있었는데, 남자아이들이 먼저 도착해 있다가, 내가 징검다리에 들어서면 일제히 물속을 향해 돌을 던졌다. 물보라가 일면서 옷이 흠뻑 젖기 일쑤였지만 견딜 만했다. 플라타너스 열매를 넓은 잎에 싸서 던지면, 정면으로 맞았을 때 엄청 아팠지만, 악의는 없이 관심의 표현이지 싶었다. 내게 고통의 날들이 시작된 것은 6학년이 되면서부터였다. 인근 미군부대에서 하우스 보이나, 구두닦기를 하던 머리 굵은 아이들이 학교에 들어오면서, 순박했던 시골 아이들까지 나쁜 물이 들어갔다.

전쟁은 어른 아이 구별 없이 인간을 극도로 악하게 변화시켰다. 죽음의 공포를 뚫고 살아남기 위해서는 그럴 수밖에 없었는지도 모른다. 폭격 맞아 죽고, 총 맞아 죽고, 굶어서죽고 죽음의 그림자를 밟고 다녀야 했다. 어른들은 난폭해 졌고, 아이들은 교활하고 비열해져갔다. 사춘기를 맞이한 남자아이들은 성에 눈뜨며, 미군부대에서 온갖 나쁜 것들을 보고, 듣고 배운 터라 학교 안의 분위기를 흐려 놓았다. 새로운 날의 시작이 두려울 만큼 화장실의 지저분한 낙서, 근거도 없이 떠도는 연애편지, 사실도 아닌데 사실처럼 부풀려진 소문들…… 처음엔 나와는 상관없는 일이겠거니 무심했는데, 이게 웬일? 주인공은 거의 나였다. 내 자리 주변에 가끔 연서가 떨어져 있곤 했는데, 내가 모르는 남자아이의 이름이 적혀 있곤 했다. 내가 쓴 편지인데 미처 전하지 못하고 내 자리에 떨어뜨렸다는 것이 소문의 진상이었다. 학교의 분위기가 진흙탕이 된 책임이 내게로 쏠리도록 몇몇의 아이들이 주동이 되었다. 학급자치회가 열리는 날이면 흡사 회장인 나의 인민재판 같았다. 차마 쓰고 싶지 않은 말도 안 되는 이야기들까지 합하여 있었다.

엄마나 선생님에게 이야기하지 못했던 것은, 내게 더 해악을

끼칠 것 같은 불안감 때문이었다. 그 아이들은 몰려다니며 힘을 과시했고, 나를 괴롭히려고 살고 있는 듯했다. 그즈음 나는 쉬는 시간에 한 번도 자유롭게 놀지 못했다. 그 아이들 눈치를 보느라 유순한 친구들이 잘 놀아주지도 않았지만, 새끼줄로 둥글게 올가미를 만들어, 나를 보기만 하면 살그머니 뒤로 다가와, 확 잡아 당기면, 나는 속수무책 네활개를 편 채 나자빠질 수 밖에 없었다. 나는 늘 벽에 기대어 섰거나, 뒷걸음질로 걷곤 했다.

집에서 학교까지의 거리가 제법 멀어서, 산길로 질러다니곤 했는데, 중학교에 진학할 학생은 늦게까지 남아서 특별 공부를 하도록 했었다. 늘 나 혼자 돌아가곤 했는데, 그 아이들이 나쁜 마음만 먹으면 혼자 집으로 돌아갈 때, 날 죽일 수도 있을 것 같았고, 나쁜 짓도 할 수 있을 것 같았다. 하루하루가 너무 불안하고 아슬아슬했다. 그즈음 고심 끝에 떠오른 생각이 있었는데, 오직 하나님만이 나를 도와주실 수 있을 것이란 생각이 들었다.

놀라우신 하나님께서 12살 내게 친히 찾아오셔서, 성령을 선물로 주신 것이다. 기도를 어떻게 하는지도 모르니까, 등교하기 전에 무릎을 꿇고 하나님을 백 번 부르는 기도를 했던 것이다. 괴로운 심정도, 힘든 내용도, 자세하게 말씀드리지 못했지만, 하나님은 미소로 내 기도를 들으시고 응답하셨다. 마음이 한결 편인해지면서 악했던 아이들의 극성도 시간이 지나면서 조금씩 수그러들었다. 더 이상 나쁜 일은 일어나지 않았고, 6학년을 무사히 마칠 수 있었다. 연극공연도 주인공을 맡아했고, 교지도 만들었고, 졸업생 대표로 답사도 읽었고, 1등상도 탔다.

요즈음도 학교 안 폭력사건이나 집단따돌리기, 피해 학생의 자살 사건 등 언론을 통해 접할 때마다 어린 영혼들에게 악한 영이 들어간 것은 인간의 원죄 때문일까? 아픈 마음을 가눌 길이 없다.

걱정과 근심에 둘러싸여 사는 우리들의 고단한 삶, 기도는 끊이지 않을 것이다. 그러나 기도에 침묵하시는 하나님 앞에서 사소한 절망도 부끄러움이 되리라. 평강의 마음을 주심으로, 기다림으로 이미 답을 주셨는데 우리는 하나님의 마음을 읽어내지 못할 뿐이다.

지난겨울은 따뜻했네

창밖은 혹독한 추위로 칼바람이 불고 있었지만 내 마음속 겨울은 따뜻했다.

지난가을 갑작스런 암진단을 받고 수술에 이어, 항암치료를 받느라 말할 수 없이 힘든 시간을 보냈지만 나를 아끼는 많은 분들이 보내준 넘치는 사랑으로 내 생애 중 가장 따뜻하고 훈훈한 겨울을 보낼 수 있었다.

마음속 깊이 자리한 주님의 사랑은 표현할 길 없거니와 기도와 격려로, 정성이 깃든 음식으로, 나를 품어준 믿음의 형제들에게 갚을 길 없는 사랑의 빚을 지고 말았다.

지난해 10월 생전 처음 해본 대장내시경 검사에서 암이 발견되었다.

모니터를 통해 들여다본 장 속에는 꽤나 크고 흉하게 생긴 암덩어리가 자리잡고 있었다. 상행 결장암이었다. 수술을 할 수밖에 없는 상황을 통보하는 의사의 목소리는 침통했지만 나는 오히려 담담했다.

그러나 대장암은 비교적 예후가 좋으니 안심하라든가, 수술만 하면 큰 걱정은 하지 않아도 된다든가 하는 위로의 말은 듣고 싶었다.

맨 처음 머리에 떠오른 생각은 '하나님께서는 나를 훈련시키시는구나, 암환자의 고통까지도 알게 하시려고.'

그동안 나는 암진단을 받고 충격과 절망 속에 빠져 있는 환우들을 위해 끊임없이 기도했다. 그러나 그들의 병상을 찾아 위로의 시간들을 무수히 가졌었지만, 과연 나는 얼마나 그들의 아픔과 고통을 나의 아픔으로 절실하게 느꼈으며, 그 가족들의 고통과 두려움 앞에 정직했는가.

항상 감사한 마음으로 살아왔다고 생각했었는데 돌이켜보니 내 평범한 일상에 대한 진정한 감사도 놓치고 있었던 것 같았다.

서둘러 수술을 했고 다행히 회복도 순조롭고 빨랐다. 입원 중의 시간들도 놀라운 축복의 시간들로 채워졌다.

퇴원 후 2주일의 회복기가 지난 후 항암치료에 들어갔다. 그때부터가 문제였다. 항암치료가 얼마나 힘들고 끔찍한 일인지는 가족 중에 암환자가 없어도 누구나 잘 아는 사실이다.

항암치료만 안 할 수 있다면 날아갈 것 같았다. 미리 발견만 했더라면 하는, 때늦은 후회가 가슴을 쳤다. 건강검진을 일년

마다 하면서도 장내시경만 안 했던 것은 4L의 물을 마시는 것이 번거롭고도 귀찮았기 때문이었다. 가족력도 없었고 자각증상은 물론 몸무게도 변함이 없었으니까.

아무리 내가 긍정적인 생각을 갖고, 주님을 향한 강한 믿음을 갖고 있을지라도 항암치료는 무섭고 두려웠다. 밥을 먹을 수 없는 것은 물론 구토, 설사, 입속의 헐음, 탈모, 거무스름하게 변하는 피부, 몸을 추스르기도 힘든 탈진,

아무리 단정했던 사람이라도 어쩔 수 없이 무너지는 것을 나는 수없이 보아온 터였다.

남편이 출근한 빈집에 혼자 남아 물까지 토해낼 나를 상상하면 이겨낼 수 있으리라 다짐했던 용기도, 희망도 물거품처럼 꺼져버렸다.

아무리 생각을 짜내도 내 곁에서 나를 돌봐줄 가족도 친척도 없었다. 두 딸아이들은 대기업 직원이니 단 한 시간도 자유스럽지 못할 것이고, 언니 한 분은 자기 집 살림도 가정부 없이는 못하는 분이니 기대도 못하고, 착한 동서는 지방에 살고 있었다. 도우미를 쓰는 방법이 있겠으나 익숙하지도 않은 사람이 입에 맞지도 않는 음식을 준비해 자꾸 권한다면 서로에게 다 못할 노릇일 것이다.

'다 지나갈 것이다. 견디어 낼 수 있도록 주님께서 지켜주실 것이다.'

마음속으로 기도하고 또 기도했지만 항암제 복용 후 일주일

부터 두려웠던 증상이 왔다. 오래오래 씹어도 도저히 넘어가지 않는 음식들, 이를 악물고 토해내지는 않았지만 먹은 것이 없으니까 등과 배가 딱 달라붙어 누웠다 일어날 기운조차 없어져 갔다. 이렇게 쇠잔해 가다가 죽는 것이구나 라는 생각이 들 때 우습게도 단 한 번만이라도 좋으니 옛날처럼 맛있는 밥이 먹고 싶었다. 맛있게 먹던 그날들이 간절하게 그리웠다.

이렇게 견디어내기 힘들었던 시간들 속에서 나를 일으켜 세운 것은 교회 식구들의 사랑이었다.

친형제라도, 자식들이라도 이렇게 맛있고 정성이 담긴 음식을 계속해서 만들어다 주기는 어려웠을 것이다. 밥이 안 먹힐 때 부드럽게 넘기라고 쑤어다 준 호박죽, 잣죽, 전복죽, 흑임자죽, 야채죽 등은 조금씩 먹을 수가 있었다.

질 좋은 고기로 국물을 우려낸 담백한 맑은 국, 구수한 된장국, 맛깔스런 밑반찬들, 특별한 조리법으로 요리한 생선조림과 구이, 단백질 섭취하라고 만든 닭발볶음, 예술품 같아서 젓가락 대기가 망설여지던 아름다운 색감의 유기농 나물들, 평소에는 먹어보지 못했던 각종 떡, 김장은 물론 시원한 물김치부터 오이소박이까지 사랑을 담아 만들어다 준, 정성이 깃든 음식들을 잘 보관하기 위해서는 딤채를 하나 더 구입해야만 했다. 싱싱한 최상품의 과일들까지도.

나의 피로감을 염려해, 음식을 만들어다 줄 때도, 얼굴만 잠깐 보고 가거나, 현관문 앞이나, 경비실에 음식을 놓고 가는 세심한 배려로 나를 감동시키곤 하였다.

한겨울의 추위로 창밖의 나무들은 칙칙하고, 황량한 모습을 담고 있었지만 거실 안의 꽃들은 수줍은 듯 우아하게 피어나고 있었다. 쾌유를 빌어주는, 사랑을 가득 실어서 보내준 분들의 마음이 보이는 듯했다. 햇살 가득한 마음으로 꽃들을 바라보면서 차오르는 영혼의 충만함으로 "주여, 내잔이 넘치나이다"고 백할 수밖에 없었다.

종양내과의 처방이 조정되기도 했지만, 도우미 없이 항암치료를 무사히 마칠 수 있었던 것은 사랑의 힘이었다.

지극했던 남편의 보살핌, 두 딸의 간절했던 사랑의 기도, 온기 가득했던 교우들의 사랑이 없었다면 견디어 내지 못했을 것이다.

고난이 유익이라는 성경 말씀대로 암으로 인한 고통과 시련의 시간들은 내게 진정한 감사와 나눔의 참된 의미를, 사랑의 빛의 아름다움을 일깨워 주었다. 아픈 이들을 깊게 품고자 하는 성숙의 계절이 축복의 길로 다가온 것이다.

"암은 앎이다"라고들 말한다.

건강할 때 깨닫지 못했던 것들을 아픈 몸을 통해서 배우게 된다.

삶의 의미, 평범한 일상의 감사, 시간의 가치, 가족과 친구 지인들의 소중함 등 귀하고도 소중한 감사함으로 인해 가장 따뜻했던 지난겨울 날들은 그렇게 가고 있었다. 새봄의 초록색 환희를 향해서.

　— 피차 사랑의 빚 외에는 아무에게든지 아무 빚도 지지말라, 남을 사랑하는 자는 율법을 다 이루었느니라. — 롬 13:8

삶의 향기

잠깐만 더 잔다는 게 그만 새벽기도 시간을 놓쳐버렸다. 허둥대며 교회 계단을 뛰어 올라가는데 "아이구 남 권사 넘어지겠어, 천천히, 천천히. 기도는 지금부터라도 얼마든지 할 수 있응께." 벌써 기도를 끝내고 나오시는 장 권사님이 일곱 살 어린이 대하듯 손을 잡으셨다.

은회색 머리칼을 단정하게 쪽지시고 노인 반점 하나 없는 고운 얼굴의 장 권사님은 올해로 96세가 되신다.

장 권사님에 비하면 나는 어린이일까, 새각시일까. 일본의 오키나와 장수촌에는 100세 이상의 노인이 700명이 넘어서 70세 어린이, 80세 젊은이라고 한다는 이야기가 언뜻 머릿속을 스쳤다.

장 권사님은 새벽기도만 우리 교회에 나오신다. 살고 계신 아파트 안에 좋은 교회가 있지만 등록을 안 하시고 멀리 신정동에 있는 교회에 출석하시는 이유가 또한 그지없이 아름답다. 지금은 당회장을 맡고 계신 목사님이 젊은 시절 전도사로 계실 때부터 섬기던 교회인데 어찌 멀리 가기 귀찮다고 목사님을 서운하게 등을 돌릴 수 있겠냐는 거였다. 주일마다 따님이 모시고 신정동 교회에 출석하시어 목사님들, 교우들과 기쁜 만남을 갖는다 하셨다.

장 권사님을 알게 된 지는 5년쯤 되는 것 같다. 그날도 새벽 기도를 마치고 운동을 할 겸 아시아 공원을 빠른 걸음으로 돌고 있었다. 공원 안에는 얕트막한 소나무 동산이 있는데 소나무 숲을 아주 조심스럽게 가만가만 걷고 계신 조그만 노인 한 분이 계셨다 땅을 밟는 것이 송구한 듯, 황송한 듯, 그 모습이 하도 경건하고 인상적이어서 나는 걸음을 멈추고 서서 그분을 바라다보았다. 그분은 가끔씩 허리를 굽혀 소나무 밑둥을 쓰다듬어 주시기도 하고 소나무 기둥에 등을 대고 두 손을 모아 기도를 하시는지 눈을 감고 계시기도 하였다. 한참 후 그분에게 다가가 허리 굽혀 인사를 드렸다. 환하게 웃으시며 내게 하신 첫 마디 말씀이 하나님을 믿느냐고, 교회를 나가느냐고 전도를 하셨다. 그날부터 나와 장 권사님은 30년 가까운 나이를 넘어 좋은 친구가 되었다.

장 권사님은 자신에 관한 많은 이야기를 풀어 놓으셨다. 16살에 시집와 시댁을 섬기고 남편을 받들어 가정을 이끌어 온 이야기, 하나님을 믿게 된 동기, 성령이 임했던 간증 등.

지금은 의과대학 교수가 된 맏손주 이야기는 눈물겹고도 감격스러웠다.

구순구개열이란 불구를 안고 태어난 아기는 한군데도 아니고 입술, 천장 두 곳이 갈라진 상태였다. 기쁨 가득 해야 할 집 안은 청천벽력 같은 사실 앞에 망연자실했다. 23살의 어린 에미는 젖 물릴 엄두도 내지 못한 채 울기만 하였다. 입술이 두 군데나 갈라진 아기는 젖을 전혀 빨지를 못했다. 우유병도 빨지 못하기는 마찬가지였다. 어차피 죽을 것 같으니 갖다버리자고 철없는 며느리가 입에 담지 못할 말을 하기 시작했다. 며느리를 타이르기도 하고, 위로도 해보고 꾸짖어도 보았으나 소용없었다. 권사님은 외출을 못하셨다. 혹시라도 애 에미가 몹쓸 짓을 할까봐서.

연탄불에 흰죽을 오래오래 끓여 체에 받혀, 그 국물을 조그만 수저로 아기의 입에 떠넣어 연명을 시켰다. 또 아기들 기저귀로 많이 쓰이던 노란 고무줄이 속이 비어 있길래 고무줄 한 끝은 아기 입에, 또 한 끝은 우유병에 넣어 병을 조금 기울여 목을 축여주었지만, 아기는 항상 배가 고파 밤낮을 울기만 했다. 그때의 찢기듯 한 아픔을 어떻게 다 이야기할 수 있겠느냐고 권사님은 말씀하셨다. 하나님께 의지하지 않았다면 아기도 권사님도 살아남지 못하였을 것이라고. 아기는 건강하지는 못했지만 죽지 않고 살아남았다. 아기는 잠잘 때나 놀 때나 항상 할머니 곁에 있었다. 국수를 유난히 좋아했던 손주가 갈라진 입술 때문에 국수먹기가 힘들어질 때부터 자신의 생김새에 대하여 묻기 시작했다. "할머니 나는 왜 이렇게 생겼어? 나는 나쁜 어린이야, 그래서 아빠도 엄마도 나를 싫어하는거지?" 그렇지 않다고. 아빠도 엄마도 속으로 너를 많이 예뻐하고 있는 거라고. 그리고 하나님은 우리 아가를 이 세상에서 제일 예뻐하고 계신다고. 손주의 보드랍고 따뜻한 몸을 품에 안아주며 수없이 눈물을 삼키셨다.

거의 50여 년 전이어서 그때만 해도 언청이 수술이 보편화되지 않았던 것 같았다. 아이가 수술을 받을 수 있었던 것도 초등학교를 들어간 후였다. 두 번이나 수술을 받은 뒤에야 주위의 시선으로부터 놓여났지만 얼굴에도, 마음에도 흉터가 남았다. 학교 성적도 뛰어나고, 속 깊고 과묵한 소년으로 성장했지만 또래의 친구들과 교류가 없었다. 자다가 흐느껴 울면서 깨어나곤 했는데, 꿈속에서 친구들의 놀림을 받고 울던 꿈을 꾼 날이었다. 이런 날이면 할머니의 따뜻한 다독임과 나지막한 기도를 받고서야 다시 잠들곤 하였다.

권사님의 손주는 어릴 적 꿈대로 의대에 진학하였다. 학생 때부터 의료봉사단 활동을 열심히 하였다. 교수가 된 후로는 동료교수, 제자들과 의료봉사단을 만들어 국내는 물론 해외에까지 사랑의 인술을 펴고 있다. 특별히 불구로 태어난 아기들에게 깊은 관심과 애정을 갖고 있다. 자신이 직접 수술을 해줄 때도 있고, 상태가 중할 때는 다른 종합병원으로의 길을 알선

해준다.

아직은 학교에 남아서 할일이 있지만 시간이 흐른 뒤 의료 선교로 노후를 보내겠다는 결심을 할머님께 말씀드렸다 한다.

손주가 박사 학위를 받던 날 권사님은 너무 감사해서, 또 옛날 일이 떠올라서 흐르는 눈물을 주체할 수 없었는데 며느리는 아들의 학위 모자를 쓰고 신바람 나 사진을 찍어대는 것을 바라보시면서 아직도 철이 안 났구나 생각하셨다고 말씀하셨다.

요즈음도 집에 올 때는 어머니를 부르지 않고 할머니! 부르며 들어서는 손주를 보시면서 하나님의 손길과 그분의 섭리를 느낀다는 권사님에게서 나는 너무 깊은 믿음을 배운다. 권사님은 매달 아드님, 손주, 따님에게서 용돈을 받으시는데 십일조 드리고 나머지는 어려운 사람들을 도와주신다고, 남 권사도 누구를 도와주다가 힘에 부치거든 당신에게 알려달라고 하셨다.

오늘 새벽에도, 손 잡아주시며 손이 너무 차갑다고 염려해주시는 권사님에게서 따끈하고도 달콤한 향기가 내게로 기분 좋게 전해왔다.

당신의 선물

아내가 내 곁을 떠나던 날은 온종일 비가 내렸다. 내 가슴속 뜨거운 눈물처럼.

아내 없이 이 세상을 살아갈 일이 막막하고 두려웠다. 잠깐 눈을 붙였던가 아내의 다정한 목소리에 정신이 번쩍 들었다.

"겁내지 말아요 하나님이 당신을 도와주실 거예요. 당신의 손을 잡아주실 거예요."

아무리 힘들 때라도 아내가 읽어주던 그 성경 구절은 나락으로 떨어져 허덕일 때마다 큰 힘이 되어주곤 했었다.

— 두려워 하지 말라 내가 너와 함께함이라. — 이사야 41:10

새롭게 마음을 다잡고 그 밤을 지새고 날이 밝아왔다. 비온 후의 하늘은 더없이 맑고 푸르고 연두빛 잎새들은 윤기 흐르는 푸르름으로 살아 있음의 의미를 일깨어 주었다.

아내와의 결혼생활은 꼭 8년 동안이었다.

아내를 알게 된 것은 10년 전이었다. 아내는 나보다 5년 연상이었고 여섯 살 딸을 홀로 키우는 미망인이었다. 나는 뚜렷한 직장도 없이 이 일 저 일 닥치는대로 하는 뜨내기였다. 젊은이다운 꿈도 없었고 별로 성실하지도 못하였다. 아내는 나 자신도 잘 알지 못하는 장점을 찾아내 칭찬해 주고 격려해 주었다. 그리고 교회로 인도하여 하나님의 사랑에 대하여 알게 해 주었다.

우리는 교우들의 축복 속에 결혼식을 올리고 가정을 꾸렸다. 딸 소영이도 호적에 올리고 일년 후에 형민이도 태어났다. 가난한 생활이었지만 행복했고 감사한 나날이었다. 그러나 우리들의 시련은 뜻하지 않게 찾아왔다.

운전면허를 따 택시기사를 하던 중 캄캄한 새벽길 술 취한 사람이 내 차로 뛰어들었다. 내 잘못이 없음이 증명되었다지만 나는 살인자로 감옥에 갔다. 당신은 아이들 걱정도, 먹고살 걱정도 하지 말라고, 성경 열심히 읽고, 독서할 시간을 하나님께서 주셨으니 책을 읽으라고 유익한 책을 많이 넣어 주었다.

3년을 복역하고 나왔다. 그동안 어린 소영과 형민을 데리고 생활을 꾸려나갔음은 물론 내 감방 뒷바라지까지 하느라 지칠대로 지친 아내에게 암이란 몹쓸 세포가 자라나고 있었던 것이다. 그 힘든 기간 동안 아내는 자신의 어려움은 내색도 없이 내게는 아무런 잘못이 없었음을 누누이 이야기해 주었다.

나는 아내의 따뜻한 사랑을 마음을 다하여 받아들였다.

아내의 몸이 병들어 가는 것도 모르고, 나는 참으로 어리석고 한심한 남편이었다. 출소 후 우리 네 식구는 정말 행복했다. 서로를 진심으로 아끼는 소중한 나날이었다.

아내의 몸이 야위어가고 지쳐보였지만 아내는 조금 피로할 뿐이라고 한사코 병원을 가지 않았다. 워낙 밝고 부지런한 사람이라 아픈 사람이라고는 생각되지 않았다. 어느 날 아내가 많이 토했는데 피가 섞여 있었다.

위암 말기였다. 6개월 정도 생존 가능성이 있다는 병원 진단이었다. 그때의 절망과 슬픔을 어찌 표현할 수 있으랴! 하나님도 원망스러웠고 세상을 향한 알 수 없는 분노로 가슴이 터질 것 같았다. 그중에도 나를 잡아준 것은 아내의 깊은 믿음과 따듯한 위로였다. 아내의 투병은 나를 성숙한 인간으로 만들어준 계기가 되었다.

6개월 시한부 인생을 2년이나 버텨준 고마운 아내, 아내는 내게 천사였고 아름다운 스승이었다. 그 아내가 내게 주고간 선물, 소영이와 형민이는 내가 살아갈 힘이 될 것이다.

행복을 초대합니다

행복을 느낄 수 있는 것도 능력이라는 글을 읽은 적이 있다.

누구나 행복해지기를 원하고 행복해지기 위해서 성공을 꿈꾼다. 그러나 돈을 많이 벌고 출세했어도 반드시 행복한 것은 아니다. 비교의 늪에 빠지지 않고 감사할 줄 아는 영혼을 소유했다면 행복은 저절로 찾아들 것이다.

아이들이 초등학교 학생이었던 젊은 엄마 시절, 큰언니처럼 의지하고 가깝게 지냈던 '로사 아줌마'는 불우한 환경에도 불구하고 늘 온화한 표정을 잃지 않고 사람들을 온기로 채워 주었다. 혈압으로 쓰러졌던 남편은 심장까지 나빠져서 가장으로서의 역할을 못하는 것은 물론 외출도 자유스럽지 못하였으나, 살아서 자기 곁에 있어 주는 것을 고맙게 생각했고, 일하고 돌아오는 아내를 기다려 주고 반갑게 맞아주는 남편의 존재가 기

쓰고도 감사하다고 했다.

단칸 셋방에서 아들과 함께 세 명의 식구가 생활했지만 식구들이 가꾸어 나가는 정원은 어느 부잣집보다 평온하고 아늑 했다. 생활을 꾸려 나가는 책임은 '로사 아줌마' 몫이었다. 아줌마는 보험설계사와 파출부 생활 틈틈이 봉사도 게을리 하지 않았다.

우리 집 김장을 도와주려고 와서도 김장 이외의 다른 일을 더해 주고 싶어해, 내 마음을 따뜻하게 덥혀주곤 했다.

'로사 아줌마'를 통해서 나는 값진 교훈을 터득했다. 남에게 보여지는 행복은 많은 것을 갖추고 있는 조건에 있겠지만, 자신이 지니는 행복감은 감사를 놓지지 않는 마음가짐에 있는 것이었다.

세계에서 행복지수가 가장 높은 사람들은 그린랜드의 에스키모인과 아프리카의 마사이족이라는 통계가 나왔다. 문명의 이기와 문화의 혜택을 받지 않아도 자신들의 삶에 만족하고 즐겁게 살 수 있다면 당연히 행복할 것이다.

남과 비교할 때 불행하고, 불만이 쌓였을 때, 마음은 지옥이 된다. 불만은 궁핍에서 오지 않고 욕심 때문에 오기 때문이다.

은메달리스트가 동메달리스트보다 만족도가 낮은 것은 금메달을 따지 못한 아쉬움과 불만 때문이다. 그러나 동메달리스트는 메달의 욕심을 내려놓았기 때문에 동메달도 너무 기쁜 것이다. 마음을 비워서 얻게 된 기쁨이다.

옛날 보리고개를 힘겹게 넘어야 했던 가난한 시절, 마음만은 지금보다 푸근하고 정겨웠었다. 풍요로움을 맛보고 사는 지금보다 우리 국민의 행복지수는 그때가 더 높지 않았을까?

OECD국가 중 행복지수가 하위권에 들어가는 우리나라 아닌가.

산업화 시대를 숨가쁘게 달려와 고속 성장 했는데, 우리 모두는 왜 행복하지 못한 것인지를 생각해 보면 답이 보인다. 빨리빨리를 외치면서 돈만 향하여 달려왔지 사람을 바라보지 못한 것이다. 내 형제를, 내 이웃을 경쟁상대로만 생각했지 배려하는 미덕을 잃어버린 비극일 게다.

아이들이나 어른들이나 상대방을 넘어뜨려야 살아남는 사회! 극심한 스트레스로 모든 세대가 갈등하고 방황하니 행복과는 거리가 멀다.

10대는 학업 스트레스, 20대는 취업 스트레스, 30대는 3포 세대, 40대는 직장 스트레스, 주부는 주부들만이 겪는 주부 스트레스, 50대는 퇴직 스트레스, 60대 이후는 질병과 외로움과 경제적 노후불안……

이러한 각박한 세태가 된 것은 기성세대의 책임도 클 것이다.

개인의 삶이 시대의 흐름을 거스를 수는 없지만, 불만에 가득차 마음속 주름살만 깊게 만들지 말고 그럼에도 불구하고 감사할 이유를 찾아본다면 의외로 감사할 일이 너무 많음을 알게 된다.

긍정의 마음으로 감사 일기를 적어 보는 것은 어떨까?

아침에 잠에서 깨어났을 때, 거뜬하게 일어날 수 있는 상쾌함, 창틈으로 비치는 눈부신 햇살, 음식 맛을 즐기며 먹을 수 있는 건강한 식욕, 나누어 가진 따뜻한 마음, 섬기고 베풀었을 때 마음에 차 오르는 은은한 향기, 애물단지로 여겼던 자식들이 힘이 되어 주고 위로가 될 때, 즐거운 책 읽기, 키우던 화분에서 수줍게 올라온 꽃대 등…….

행복은 추구해서 얻어지는 것이 아니라 찾아내 누려야 하는 것이니까.

소망회를 그립니다

소망회 합창연습 시간은 과거로의 추억여행이다.

눈부신 흰 칼라에 감색 교복을 입었던 아득한 옛날, 여고시절 음악 시간처럼 자세를 바로하고 입을 동그랗게 크게 벌려 아아아 발성연습부터 시작한다.

그때 그 시절 우리들이 즐겨 불렀던 노래들. 가을에는 아! 가을인가, 가을인가 봐, 봄에는 목련 꽃 피는 언덕에서 피리를 부노라, 하는 사월의 노래를 불렀었다.

우리들의 청아했던 목소리는 음악실 창을 넘어 가을에는 시리도록 푸른 하늘에 가 닿았고 봄날엔 연초록 잎새에 휘감기곤 했다.

윤기 흐르던 검은 머리는 푸석푸석한 채, 듬성듬성해졌지만, 반듯하던 윤곽은 나이테를 얻고, 옛 모습이 희미해졌지만 우리들의 영혼은 여전히 푸르게 숨 쉬고 있는 것 같다.

그렇지 않고서야 노인들이 부르는 합창이 이렇게 아름답게 조화를 이루어 듣기 좋을 수가 없다.

합창연습 시간에 주로 부르는 노래는 지나간 날에 즐겨 불렀던 노래들이다. 비목, 그리운 금강산, 눈 오는 날에, 사월의 노래, 가을의 노래 등.

마음을 하나로 모으고, 목소리를 가다듬어 합창을 하다보면 어느새 마음은 소녀시절로, 젊음의 시간들로 보폭을 넓혀 들어가고 있는 것이다.

햇살처럼 밝았던 꿈의 흔적도, 고갈된 꿈 때문에 좌절했던 고뇌의 시간들도 아득한 그리움으로 남았을 뿐이다.

눈부셨던 젊음은 자취도 없이 사라졌지만 따뜻하고, 너그러운 성숙의 자태가 우리 모두에게 스며들었다면 그보다 더 큰 축복이 어디 있으랴!

소망회는 70세가 넘어야 회원이 될 수 있다. 71세부터 90세가 넘으신 어른들로 회원 구성이 이루어진다. 권사 은퇴를 앞두고 쓸데없는 걱정을 한동안 한 적이 있었다.

권사회에서도, 다른 부서에서도 거의 맏언니 역활을 하다 보니 나잇값을 해야 한다는 부담감이 있었다. 소망회로 올라가면 막내가 되는 것이니 꽃띠가 되는 것은 좋겠으나 잔심부름 까지 모두 나의 몫이 될 것 같았기 때문이다. 교회에서 젊은 집사님들로 소망회 부감 임명을 해 주셔서 꽃띠로서의 기쁨만 누리게 되었다.

소망회 예배는 수요일 오전에 드린다. 예배가 끝나면 생활에 필요한 특강이 준비되어 있다. 꼭 필요한 건강 강좌, 영어 회화, 일본어 회화, 지극히 기초적인 수준이지만 배움의 시간은 노년들에게 활력을 주는 행복한 선물의 시간이다.

교회에서 준비해 주시는 맛있는 점심이 끝난 후 합창연습이 있다. 참여를 원하지 않는다면 자유롭게 돌아가도 좋다.

요즈음 연습곡은 흑인영가 중의 "신자 되기 원합니다"이다. 주님께 드리는 간절한 신앙고백이다. 당신의 자녀가 되기를 진심으로 간구하는 크리스마스 전 주일 찬양예배에 소망합창단의 발표가 있다.

작곡자의 표시대로 때로는 강한 음색으로, 때로는 조용하지만 깊은 음색으로 4파트가 열심히 하나 되는 연습을 한다.

합창의 가치는 아름다운 하모니를 이루는 화합에 있을 것이다. 제아무리 좋은 소리를 낼 수 있어도 혼자서는 튀지 않고 함께 스며드는 화합의 한목소리로 교우들에게 다가가고 싶다.

이제 크리스마스가 지나고 새해가 되면, 모두가 한 살씩 나이를 더 먹을 것이다. 맛있게 먹은 나이는 아니지만, 그 나이에 맞게 육체의 쇠잔함을 넘어선 온기 가득한 깊음을 허락받고 싶다.

가진 것 모두 다

'주님 내가 여기 있사오니 나를 보내소서, 나의 맘, 나의 몸 주께 드리오니 주 받으옵소서. 주님 내가 여기 있사오니 나를 써 주소서, 가진 것 모두 다 주께 드리오니 주 받으옵소서'

온 마음을 다하고 정성을 다해 부른 우리들의 합창은 교회 안에 메아리쳐, 교회 안을 가득 메운 모든 교우들의 영혼을 촉 촉하게 적셔주었다.

가진 것 모두 다 받으옵소서, 하는 우리들의 간구는 본당 안 에도, 창틀을 넘어 금빛 햇살이 내려 쪼이는 여름날의 대지 위 에도, 짙푸른 잎새 사이의 녹색 그늘에도, 빛처럼 스며들어 우 리 주님께서 기쁨으로 받으시기를 바라는 마음 간절하였다.

교회를 개척하여 30년을 이끌어 오신, 당회장 목사님 후임으 로 새로운 담임 목사님이 세워졌다. 세대교체가 이루어지는 젊 은 목사님의 부임 예배에 교회의 가장 원로가 되는 소망회의 특송이 있었던 것이다.

앞으로 교회의 중심이 될 젊은이들 뒤로 숨어 있어야 할 어른들이, 앞에 나서는 것이 조심스럽기도 하였으나 특별한 의미가 있을 것도 같아 출연을 결정하였다. 최덕신 선생의 '나를 받으옵소서'란 곡으로, 곡 선정이 되었는데 가사도 작곡도 너무 은혜로워서 연습하는 동안 내내 행복했었다. 대중 앞에 서기에는 너무 많은 나이인지라, 박자를 놓칠세라, 엉뚱한 음이 혹여 튀어나와 합창의 하모니가 흩어질세라, 지휘자의 지도를 초등학생들처럼 순전한 마음으로 집중하여 연습에 임하였다. 검은색 바지에 흰색 상의, 색색의 스카프로 특색을 준 의상 컨셉으로 의견이 모아졌다. 신발도 검은색 구두로 정해졌으므로, 오랜만에 굽이 있는 구두를 찾아 신었다. 요즈음은 편하고 가벼운 단화나 운동화를 즐겨 신었으므로, 오랜만에 신은 볼이 좁고 굽이 있는 구두는 맵시는 있었으나 몹시 불편하였다. 불편함은 참을 수 있었으나 오랜만에 굽이 있는 구두를 신고 앞자리로 걸어 나가다가 삐끗하여 넘어지기라도 할까봐 조마조마하였다. 다시 한번 나이듦을 실감하였으나, 영혼 속 깊은 곳으로부터 울려퍼졌던, 합창을 통하여 나이를 넘어선 희열 속으로 젖어들 수 있었다.

푸르렀던 젊음을 아득한 옛날처럼 뒤로한 채, 주름진 얼굴과 윤기 잃은 머리칼로 후배들 앞에 섰지만, 맑고도 깊은 음색으로 우리들의 존재감을 드러냈다. 일생을 주님을 찬양했던 우리들의 삶이었고, 성가대에 섰던 실력(?)이 빛을 발했다고나 할까! 7,80대 노년의 목소리라고는 상상이 가지 않을 만큼 청아한 소리로 우리들의 합창은 감동을 안겨주었다. 노래를 불렀던 우리들 자신에게도, 듣는 교우들에게도…….

아멘으로 화답해주고, 리셉션 내내 엄지손가락을 세워 찬사를 보내준 칭찬을 예의상 해준 칭송이라 생각하지 않고, 진심으로 받아들였다.

자화자찬 일 수도 있는 우리들의 심리는, 힘겨운 삶을 굳건하게 살아낸 각자의 생애에 대한 헌사가 아니었을까!

일제 식민지 시대에 사춘기를 보낸 선배님들도 계시고, 6·25전쟁을 생생하게 경험한 내 또래의 권사들, 제일 막내가 해방둥이들이다.

각자의 등뒤에 쌓여진 고통의 두께는 그 두께가 높을수록 인내를 배우게 되었고, 감사를 쌓아가야 한다는 은혜로움을 터득한 날들이었다.

우산도 없이 장대비 속에 갇혀 있어야 했던 체념의 날들은, 젖은 옷을 벗지도 못한 채 흐르는 빗물 속에 발을 담그고 있었던 아픈 시간들이었을 터다.

꿈의 날개를 펼치고 싶었던 어여쁜 소녀시절도, 빛나던 젊음도 빠르게 스치듯 지나가버렸다.

이제 반듯했던 윤곽도, 고왔던 자태도, 숱 많던 검은 머리칼도, 옛날이 되어버렸지만, 넉넉한 미소 속에 감사를 놓지 않고 살아갈 수 있는, 훈훈한 날들이 우리 앞에 펼쳐져 있다. 목숨이 다하는 날까지, 가진 것 모두 다 드려야 할 때가 우리들 앞에 놓여 있다.

짙은 절망의 그늘 사이로 비쳐오던 눈부신 햇살은 그분의 끝없는 사랑이었다. 생명나무 가지에 사랑의 수액을 나누어 주신, 아름다운 시간들을 허락받았으니, 사랑을 더 많이 행할 때 상처 입은 이웃들을 깊이 품을 수 있을 것이다. 나눔과 섬김의 온기 가득한 마음으로 내 이웃의 아픔을, 오늘 하루도 도움이 필요한 춥고 외로운, 허기진 영혼 앞에 따뜻한 손 내밀어 줄 위로의 시간을 향해 걸음을 재촉해 본다.

회색의 시간

　어제 오후 핸드폰을 열어보니 황 권사로부터 문자가 와 있었다. 감사하다는 인사였었는데 내용은 미루어 짐작하여 알 수 있었으나 받침도, 띄어쓰기도, 문맥도 잘 이어지지 않는 난해한 글이었다. 읽는 순간 가슴이 콱 막히며 먹먹해졌다. 누구보다도 빠르고 정확하게 문자나 컴퓨터를 잘 다루던 사람이었다. 문자를 보내는 일조차 버거워질 만큼 몸이 쇠약해진 것 같아 마음이 아려왔다. 황 권사는 폐암 말기 투병 중이다.

　10일 전쯤 식사를 같이 하려고 하였으나 너무 힘들어 하는 것 같아 뒤로 미루자 하고, 서둘러 전화를 끊었다. 연락을 기다렸으나 소식이 없어 제철 과일을 골고루 보냈던 것이다. 문자를 읽고 우울함에 빠져 있을 때 남편 되시는 김 집사님이 감사하다는 전화와 함께 황 권사를 바꾸어주었다. 목소리가 작고 기운이 없게 느껴졌지만 평소처럼 이야기를 나누었다. "너무 감사하고 너무 사랑 받았다"고 목이 메어 와서 나는 일부러 큰 목소리를 냈었다. 앞으로 몇 번이나 이렇게 과일이라도 보낼 수 있을까? 단 한번이라도 지난날처럼 맛있는 식사를 함께 할 수 있을까?

지난달까지만 해도 이렇게 악화되지는 않았었는데 급격히 나빠지고 있는 것 같다. 달려가 만날 수도 있겠지만 아무도 만나려고 하지 않는다니 황 권사의 마음을 존중해 주고 싶다. 내 도리하려고 마음을 불편하게 하는 것은 예의도 아니고 사랑도 아닐 것이다.

황 권사는 2012년 초, 폐암이 고관절로 전이된 상태에서 발견되었지만 놀랍도록 씩씩했고 꿋꿋했다. 평소처럼 맡겨진 일에 충실했고 성실하고 책임감 있는 황 권사의 모습에서 한 점 흐트러짐이 없었다. 식사도 잘하였고 운동도 열심히 하였다. 병원치료도 모범적으로 받았음은 물론이다. 절망적인 진단을 내렸던 의사들조차 혀를 내두를 정도로.

그즈음 MD 앤더슨 종신 교수인 김의신 박사가 발표한 글에 크게 공감할 수 있는 글이 있었다. 불가사의한 일이지만 몸속에 암세포가 남아 있어도 긍정적인 마음을 갖고 꾸준히 치료와 섭생, 운동을 병행하면 얼마든지 생존할 수 있고 삶의 질도 떨어지지 않는다는 거였다. 기적처럼 생존해 있는 서너 명을 예로 들어 주면서…… 나는 이 글들을 복사해 황 권사에 전해주었다.

평소 깊은 신앙과 굳은 의지를 갖고 있는 그녀였기에 기적을 이루어내기를 기도하였고 또 믿고 싶었다.

교회에서 중요한 행사가 있을 때, 교우들 중 위중한 환자가 사경을 헤맬 때, 큰 수술을 받아야 하는 절박한 순간에 어김없이 황 권사는 그들 곁에 있어 주었다.

4년 전 내가 대장암 수술을 받던 날, 황 권사는 날이 밝기 무섭게 병원으로 달려와 수술실 밖을 지켜 나와 가족들에게 큰 힘이 되어주었다. 수술이 무사히 끝나고 나는 회복실로, 나를 위해 와 주었던 여러분의 권사님들에게 남편이 아침 식사를 대접하고 카운터로 갔을 때, 황 권사가 이미 계산을 끝내 모두를 놀라게 하였다. 황 권사는 그런 사람이었다. 경우 밝고, 성실하고, 책임감 하면 둘째가라면 서러워할 완벽주의자랄까? 함께 일을 하면서 틀렸다고 생각하면 돌직구를 날리는 통에 상처받는 사람도 있고, 같이 일하기를 꺼려하는 이들도 있었다. 그러나 그의 경직된 가치관 때문이지 올바르고 성실한 분이라는 것을 누구나 인정했다. 나와는 마음을 합하여 많은 일을 의논하고 기쁜 마음으로 일을 해 나갈 수 있었다. 열심히 함께 일했던 지난 시간들이 은빛 그리움으로 남았을 뿐이다.

황 권사가 다시 회복되기를 바라는 것은 하나님의 뜻을 어기는 것일까?

너무 심한 통증 없이 잘 견디다가 하나님 품에 안기기를 기도해야 할 것 같다.

어느 누구도 피해 갈 수 없는 죽음, 그 철저한 자연의 섭리 앞에 담담할 수만은 없이 슬퍼하고, 안타깝게 생각하는 것이 남겨진 자들의 몫인 것 같다.

어렸을 때 떠나가신 아버지, 성장한 후였었지만, 젊은 날 어리둥절한 채로 보내드린 어머니, 그때까진 죽음은 너무 두렵고 무서운, 캄캄한 계곡 너머의 일이었다. 그러나 많은 시간 교우들의 영안실, 장지를 다니면서 죽음과 화해를 할 수 있었다. 흙으로 돌아가는 육신과 영혼의 분리, 천국으로 옮겨가는 고별의 시간일 뿐이라는 것을!

가을날 잎새들이 찬란한 아름다움으로 물들어 갈 때, 봄날의 부활을 준비하는 나무들의 고별의 축제임을 경이로움으로 바라보면서, 나는 늘 생각해 왔다. 나의 이 세상 끝 날도 고별의 축제로 치루어지기를…… 그날은 슬픈 날이 아니라 아름다운 날로 기억되기를! 내 아이들에게도, 남편에게도, 나를 아끼던 많은 분들에게도.

그러나 사랑과 우정을 나누어 왔던 황 권사의 힘든 모습 앞에서 우울하고 슬픈 마음은 가누어지지 않고 회색빛 우울만이 가득히 내려앉는다.

PS: 투명한 햇살이 눈부시던 9월 어느 날에, 황 영숙 권사님은 하늘나라로 떠났다. 고단한 삶을 이끌어갔던 그의 육신은 연구용으로 병원에 기증되었다. 평소 그의 뜻대로…….

11월, 그 쓸쓸한 오후

갈색의 낙엽들이 제법 쌓여 발등을 덮고 신발이 묻힌다.

황금색 은행잎 길을 지나, 얼굴을 덮을 만큼 제법 커다란 플라타너스 잎들이 바람결에 구르고, 타는 듯한 단풍잎 사이로 펼쳐진 하늘로 고개를 돌려본다. 공원길을 몇 바퀴 돌아도 마음은 여전히 회색으로 물들어 와, 그냥 집으로 들어가기엔 너무 울적한 11월의 짧은 오후다.

우리들이 타고 있는 차가 안 보일 때까지, 점처럼 작아지던 송 권사님의 한줌이나 될 허리로 지팡이를 짚고 서 계시던, 은발의 모습이 자꾸만 눈에 밟힌다.

앞으로 몇 번이나 뵈러 올 수 있을까?

올해 우리 나이로 94세. 여전히 쨍쨍한 목소리로 교회와 자식 같은 후배들을 위해서, 조국의 장래를 위해서 기도해 주시는 권사님의 믿음 앞에 고개가 절로 숙여졌다. 나의 기도는 얼마나 짧고 이기적인가.

젊은 날 홀로 되시고도 피아노 레슨으로 생계를 꾸려 가시면서, 두 아드님을 훌륭하게 키워내신 교회의 어머니셨고, 전설적인 권사님의 생애였다.

외무고시 수석합격의 엘리트 외교관을 큰아드님으로, 둘째는 목사님으로…… 고달프고 곤고한 삶을 이어오셨지만 우리 모두에게 신앙의 어머니시다.

성찬식을 준비하는 날이면 제일 먼저 나오셔서 성찬식의 의미와 기도로 후배들을 일깨워 주시곤 하였다. 권사님께는 넘치는 사랑을 받았었고 추억도 많이 쌓여, 잊혀지지 않은 채, 가슴 안에 아름답게 자리하고 있다. "학 같은 우리 남 권사" 하시면서 뵐 때마다 껴안아 주시곤 하던 따뜻함이, 조금씩 쇠잔해 가시는 모습이 가슴을 아리게 했었다. 권사 취임식이 있던 날 고운 한복차림으로 축하해 주시던 사진 속엔 아름다운 두 분 노권사님이 계시다. 그때 권사님들이 지금의 내 나이셨다. 내가 권사회를 맡아 일하고 있을 때 선배 권사님들이 한꺼번에 은퇴를 하시게 되었다. 선물이야 각 사람이 알아서 준비하겠지만 나는 은퇴예배를 준비하면서 노래 말을 만들어 장미꽃과 함께 권사회 전체가 축하송과 함께 축하의 시간을 마련해 드렸었다. 새로운 계절이 느껴질 때마다 분위기 좋은 음식점이나 카페에 모시고 가곤 했는데 대접해 드리는 우리 서너 명에게 더 기쁜 시간이 되곤 했었다. 어버이날이나 생신날은 깜짝 파티로, 혹은 많은 수가 모여 즐거운 시간을 마련해 드리곤 했었다. 때로는 아드님들이 우리를 초대해 주시는 뜻깊은 시간으로 축하예배를 드려 가슴속을 온기로 가득 채우기도 하였다.

철쭉제를 연상할 만큼 꽃 바다를 이루고 있던 맛집에 모시고 갔던 어느 봄날, 살아오신 이야기를 실뭉치 풀어놓듯 들려 주셨는데 잊혀지지 않는 이야기가 있었다. 홀로 꾸려가는 넉넉지 않는 살림에, 시간에 쫓기며 살아가고 있을 때, 찬양과 기도만은 게을리하지 않으셨는데 등에 업힌 아기가 어느 날 서투른 발음으로 찬송가를 부르던 것을 감격에 겨워 이야기하셨다. 아마도 말문을 겨우 틀까 말까 한 시기였고 함께 불러본 적도 없는데 엄마의 찬송 소리를 익혔던 것 같다고. 내게도 그 말씀은 커다란 울림이었고 깨달음이었다.

송 권사님이 사랑으로 손수 키워내신 손자가 28살 한창 나이에 뇌종양 진단을 받았을 때도, 눈물의 기도로 대처하시던 모습, 놀라운 기적을 일궈내던 투병기간을 거쳐 결국은 하늘나라로 떠나간 때 참새 한 마리의 생명도 주님의 뜻이라는 의연한 믿음으로 깊은 아픔을 가슴에 새기시던 놀라운 권사님의 믿음 앞에서 할말을 잃었던 우리들이었다.

우리 교회에는 신기하게도 송 권사님과 같은 동기의 지긋하게 나이드신 권사님들이 네 분 계신다. 하나같이 청상이시고 깊은 신앙심과 함께 자녀들을 훌륭하게 키우셨다. 사법고시, 외무고시 합격한 법조인으로, 외교관으로, MIT박사로, 6·25

전쟁의 참상을 내 세대보다 더 뼈아프게 겪어 내신 분들이다. 믿음의 선배로, 인간적으로도 한없는 존경과 사랑을 올려드리고 그분들의 다다음 세대로 내 또래가 성장해온 것이다.

또 한 분의 특별했던 권사님, 그분들보다 꼭 열 살이 아래인 이 권사님이 요양병원에 계셨다. 뛰어난 유머 감각과 해박한 지식을 겸비하고, 우리들과 소통하시던 이 권사님께도 그날 들러서 왔는데, 가슴속이 꽉 막히는 듯한 슬픔에 잠기고 말았다. 우리들을 못 알아 보실 것이라고 짐작은 했었으나 문병 간 우리 모두가 이 권사님을 알아볼 수가 없었다. 당당했던 체구는 여위어 그렇다쳐도 윤곽마저 변해버린 듯한 아주 작은 노인 한 분이 침상에 누워 계셨다. 믿어지지가 않아 간병인에게 간호사실에 몇 번을 확인하고서야 권사님의 손을 잡아드렸다. 눈빛을 마주하고도 교감이 안 되는 막막함, 차갑고도 가랑잎처럼 메마른 손, 마지막까지 청각은 살아 있다니 우리들의 기도 소리를 들으셨을까……

권사수련회를 갔을 때, 시편 23편을 전라도 버전으로 읊어주셔서 배꼽이 빠질 듯이 웃음 바다를 만들어주셨던, 그날의 유쾌했던 기억이 한 편의 영상으로 떠올랐다.

새하얀 부추꽃처럼 단아했던 권사님의 생애도, 맨드라미의 정열이 연상되던 쿨하고도 유쾌하던 또 한 분의 생애도 저물고 있다.

누구에게나 오고야 말 생애의 마지막 모습은 평안으로 잠들

기를 소망하지만 우리들의 희망일 뿐, 유한한 우리들의 영역이
아니다.

어두움이 밀려오고 날이 저문다.

계절의 막다른 곳, 살풍경한 겨울을 앞에 하고 한없이 쓸쓸
한 저녁이다.

나이 좀 많아도 괜찮아

　오랜만에 최 권사님께 안부전화를 드렸다. 기다리고 계셨다는 듯 전화벨이 울리자마자 받으신 목소리엔 반가움이 가득 담겨 있었다.

　"아이고 이게 누구고, 남 권사 아이가. 잊지 않고 이 늙은이에게 목소리 들려주고, 선물도 챙겨 전해주고."

　뛰어난 총기와 성실함으로 교회생활을 하시던 분이시지만 이제는 연세가 너무 높으신 탓에 대예배에도, 소망회 예배에도 참석을 못하신다. 건강하게 잘 지내시는지, 식사는 잘 하시는지, 또 궁금해 하시는 교회소식, 교우들의 근황도 두루두루 전해 드린다. 많은 이야기를 나누고, 우리 아이들 안부까지 챙기신 후 "올해 남 권사가 몇 살이고?" 물어 보셨다. ○살입니다. 답해드렸더니 "참 좋은 때다. 한창 나이지" 하시는 거다. 내가 화들짝 놀라 여쭈었다. "권사님 저도 이제 나이 많지요." "아니다. 그 나이엔 무슨 일이든 할 수 있지. 90살까지는 살만하다"
하셨다. 95세 권사님의 귀한 말씀이었다. 하고 싶은 일을 지금
이라도 얼마든지 할 수 있다는 격려의 말씀으로 가슴속이 차올
랐다. 난 아직 어떠한 일이든 할 수 있구나. 아니 해야 하겠구
나…….

　친구 모임이 있던 날, 교회 일을 열심히 하는 친구가 봉사하
는 날이라고 참석을 못하였다. 친구들 대부분의 의견이 "나이
들어 무슨 봉사야. 젊은이들 욕하라구" 하는 의견들이었다.
"맡은 일이면 해야지" 하는 나의 말에, 일을 맡지 말아야지 하
는 생각들이 지배적이었다. 더 이상 토를 달지 않고 말머리를
돌렸다. 나이들어가면서 드세어진 고집으로 자기주장들이 강
해진다.

　잘못하면 좋은 의견이라도 외면당하고 분위기만 깨지기 십
상이다.

　나이든 이들에겐 나름대로 할일이 있을 터인데…….

　수많은 갈등을 겪으며 살아가는 것이 우리들의 사는 모습이
다.

　나이든 이들은 못마땅한 젊은이들을 향해 "새파랗게 젊은 것
들이"라며 혀를 차고, 노인 세대를 이해 못하는 젊은이들은
"고집불통 늙은 꼰대들"이라고 무시해버린다.

　나이듦에 대한 성찰을 한 에드워드 사이드는 나이듦에 대하
여 '노년이란 존재 자체로서 빛나는 연령이다'라고 했다. 살아

가면서 쌓은 경험과 겪어낸 고통과 경륜은 자산이 되고 앞날을 헤쳐 나갈 지혜를 열어 줄 것이다. 헛된 욕망을 내려놓을 수 있는 나이. 어려운 문제 앞에 좌로나 우로나 치우치지 않고 균형 감각을 찾을 수 있는 값진 나이인 것이다.

그러나 서로를 이해할 수 없을 때는 부모 자식 간에도, 젊은 이들과 기성세대 간에도 메울 수 없는 깊은 골이 패어 있을 뿐이다. 요즈음이야 더 첨예하게 대립되어 있지만. 세계 역사 속에서도 마찬가지였던 것 같다.

역사학자들이 이집트의 오래된 문자를 해석하니 젊은 것들에 대한 강한 질타의 내용이 담겨 있었다는 거다. 동서고금을 막론하고 세대 간의 갈등은 있었던 것 같다.

지금 우리 사회의 가장 큰 갈등의 요소는 청년 실업이다.

대학을 우수한 성적으로 졸업하고도 정규직은커녕 인턴직조차도 어려운 고용의 절벽 앞에 청년들은 분노하고 있다. 기성세대를 향하여 갖는 원망과 질책, 억울함을 어른들인 우리가 이해해 주고 감싸주어야 하지 않을까!

삼포세대, 칠포세대란 기막힌 현실 앞에 위로는커녕 못마땅한 질책부터 시작하여 헛된 꿈을 갖는 것은 독이라고, 정신 차리라고, 뾰족한 시선으로 상처주는 말은 절대로 삼갈 일이다. 그들의 고민을 해결해 줄 수 있는 힘이 있다면 좋으련만 그렇지 못하니, 마음만이라도 부드럽게 어루만져 주는 역할을 해야 할 것 같다. 명절 때 젊은이들을 만나면 특히 말조심할 일이다.

아픈 나도 데리고 살아야 하는 나이, 내 이웃의 아픔도 달래주고 위로하며 품어 줄 나이이다. 젊은이들의 일상 속으로 깊이 들어와 있는 결핍을, 꺼져가는 화합의 불씨를 살려낼 수 있는 힘은 사랑의 실천일 것이다.

따뜻한 말 한마디, 힘을 낼 수 있는 위로의 시선으로 그들을 감싸안아야 한다. 세상의 아픔과 부조리한 현실과 맞서 싸워야 하는 그들에게 긍정으로 풀어가야 할 세상과의 소통을 행동으로 알려주어야 한다.

나이든 우리들이 반드시 해야 할 일이 또 있다. 손자, 손녀 세대가 사교육으로 멍들어 가는 지금의 교육현실을 바로 잡을 수 있는 지혜를 모아야 한다.

젊은 엄마들이 아이들을 두 살부터 사설학원으로, 영어학원으로 뺑뺑이를 돌리는 건 정서적 학대가 아니고 무엇인가! 어린이는 마음껏 놀게 두도록 철없는 에미들을 타이르고 설득시켜 어리석은 교육열을 바로잡아 주어야 한다.

행복한 삶이 무엇인지, 가치 있는 삶이 무엇인지를 일깨워 줄 의무가 나이든 우리 세대가 반드시 할일이다.

"할머니 언제 와? 빨리 와."

4학년 하린으로부터 카톡이 온다.

나도 바쁘고 아이도 바쁘다. 일주일 하루를 정해 우리 둘은 많은 대화를 나눈다. 요즈음 한창 아이돌에 관심이 많은 하린으로부터 그들의 세계를 알아가고 학교 안의 친구들, 선생님들의 수업방식까지 귀 기울여 들어준다. 읽고 난 책의 독후감도 나누고 나의 주위에서 있었던 일도, 제 엄마의 어렸을 적 이야기도 즐겁게 나눈다.

지난주엔 "할머니 나 선물 받았어." 생일도 아닌데 무슨 선물일까. "누구한테서?" 물었더니 자기 반에 왕따당하는 친구가 있어서 우선 담임선생님과 의논을 하고 왕따시킨 친구들과도 이야기를 나누어 그 친구를 도와주었다는 거다. 담임선생님으로부터 이야기를 전해 듣고 감사의 표시로 선물을 전한 모양이었다. 아이구 신통해라. 칭찬을 해 주며 뿌듯한 마음으로 생각에 잠겼었다.

학원을 다니지 않는 하린이, 나와의 대화시간을 통해 속깊은 아이로 성장할 수 있었던 것이 아닐까 하는 기쁨이 밀려왔다. 아이의 성품도 있겠지만 아이들의 맑은 영혼을 아름답게 가꾸어 나가는 것은 나이든 어른들의 몫일 것이다.

나이 많은 우리들이 반드시 해야만 할 귀한 일들이 우리를 기다리고 있다.

친정이 아주 가까이에

늦가을 짧은 오후 실버타운 유당마을 산기슭에 비껴가는 햇살은 쓸쓸하고 희미했지만 송 권사님의 방 안은 훈훈하고 화사했다.

아니 우리가 나누어 가진 이야기로 방 안은 따뜻한 화롯불을 쬐고 있는 것처럼 온기 가득한 사랑으로 은혜로움으로 가득 채워졌다.

하나님 사랑과 교회 사랑이 삶의 전부이신 권사님도 실버타운으로 거처를 옮기신 다음에는 본 교회 출석이 거의 불가능해지셨다. 따르는 후배들은 1년에 한 번씩은 교회 차로 목사님을 모시고 심방을 간다. 반가움으로 가득찬 시간을 갖지만 단체 심방이기에 예배를 드린 후엔 서둘러 아쉬운 작별을 할 수밖엔 없다.

도 권사의 시누님도 찾아 뵐 겸 하루 시간을 내어 소중한 만

남의 자리를 갖기로 했다. 미리 전화를 넣어 "권사님, 점심 드시지 말고 기다리셔요. 저희들이랑 맛있는 식사하고 싶으니까요." 유당마을에 도착하니 은발의 권사님이 로비에 마중을 나와 계셨다. 인근에 마침 깔끔한 일식집이 있어 두 분을 모시고 우리 4명은 정말 즐거운 식사를 하였다.

맛있는 식사를 윗분들께 대접하는 즐거움은 참으로 뿌듯했다.

식사 후에는 자리를 옮겨 오직 믿음으로, 오직 성경말씀으로 살아오신 권사님의 삶의 시간들을 나누는 귀한 시간을 함께할 수 있었다.

교회가 개척할 때부터 살아 있는 증인이신 권사님의 간증은 반복해 들을수록 감격스럽다. 얼마 전까지 교회 요람에는 담임 목사님의 인사말씀이 이렇게 실렸었다. 30대에 교회를 개척하신 목사님은 '어린 나를 믿으시고 나를 따라와주신 ○○○권사님께 감사를 드린다'고……

섬기던 교회에서 부목사로 계셨던 젊은 목사님을 따라 교회의 중추 역할을 하셨던 권사님이 개척교회로 적을 옮기시는 일은 결코 쉬운 일은 아니었을 것이다.

천당과 지옥에 관한 설교만을 듣던 80년대 중반 담임 목사님이 하나님의 열심이란 주제로 심어준, 구원의 확신과 신자들의 사람다운 삶의 올바른 방향을 제시해준 탁월한 설교에 듣는 자의 귀가 열리고 열광했었다는 권사님의 증언은, 특히 한마디라도 놓칠세라 기린처럼 목을 앞으로 빼고 말씀을 들었다는 권사님은 90대 중반을 넘어선 지금도 그때를 회상하실 때는 눈에 빛이 담겨 반짝인다.

30년을 훌쩍 넘긴 교회의 개척 무렵, 심방을 다닌 이야기를 어제 일처럼 풀어 놓으실 때는 그림이 되어 내게도 그때가 보여진다.

권사님의 굴곡진 삶을 버텨낼 수 있었던 것은 목사님의 귀한 말씀과 교회 전체에서 베풀어 준 사랑이었다고…… "남포교회는 내 친정 같아. 아니 내 친정이다"라고 말씀하셨다. 나는 폭풍 같은 공감으로 눈시울이 뜨거워져 권사님의 메마르고 앙상해진 두 손을 꼭 감싸쥐었다.

"저에게도 교회는 친정과 같은 곳이예요."

친정!! 여자들에겐 영원한 마음의 고향이다.

천진난만하던 어린 시절 부모님과 형제들과 행복하던 날들의 추억이 함께하던 친정, 그곳엔 꿈이 흐르고 미소가 번지는 풋풋한 그리움이 가득하였다.

어린 날 동화 같은 상상으로 집안 가득 활짝 핀 꽃 앞에서 나비처럼 날아오르기도, 꿀벌처럼 숨어들기도 했었다.

꽃이 진 자리에 앙증맞은 앵두가 익어 가면 들여다보기만 해도 즐거운데 "따 주랴" 하시던 아버지의 부드러운 음성이 지금도 귓가에 맴돈다.

6·25전쟁으로 아버지가 떠나시고 초라한 초가집으로 집이

옮겨졌어도 엄마의 넉넉한 품이, 그늘이 있던 집은 여전히 내 쉴 곳이었다. 언제나 엄마가 해 주시던 맛있는 음식이 있고 엄마의 체취가 담겨 있던 나의 집, 내 친정이었다.

엄마의 꾸중이 있고 잔소리가 넘쳐났어도 진한 그리움이 쌓여진 그곳은 어머니마저 돌아가신 후엔 이미 내 친정이 아니었다. 올케의 집(?)일 뿐이다.

부모님 살아계실 때까지만 친정은 존재한다는 생각이 든다. 형제들도 성장하면 제각각 가정을 꾸리고 자기 몫의 삶을 살아간다. 뻔질나게 왕래하던 자매들도 젊은 날을 점점 뒤로하고는 전화 횟수도 줄어들면서 집안 행사 때나 모여 얼굴을 보게 된다.

그러나 교회식구들은 1주일에 3번 이상 만난다. 새벽기도에 성경공부 시간에 성가대에서 봉사부서에서 만나고 교회주방에서 꿀맛 같은 식사도 하고 기도모임에서 만나고. 성령을 갈구하는 같은 소망으로 영혼의 합일점을 만나게 된다.

서로의 기도제목을 나누고 형제보다 더 가까운 사랑을 나눈다.

2010년 생애 최초의 대장내시경 검사에서 암진단을 받았을 때도 가장 큰 위로와 힘이 되어준 이들은 교회식구들이었고 교회 안의 기도와 사랑이었다. 물론 형제들의 위로가 없었던 것은 아니었지만 마음속으로 기대고 크게 의지한 이들도 교회 안의 사랑이었다.

모래알 씹는 것처럼 입맛을 잃었을 때도 엄마의 손맛처럼 맛깔스런 음식으로 밥맛을 되찾게 해 준 교회 식구들의 사랑의 빚을 갚을 길이 없었다. 항암치료를 도우미 없이 견딜 수 있었던 것도, 친정 같은 교회 안의 온기였다.

교회에 출석해 찬송을 하고 성가대의 찬양을 듣는 것만으로도 힐링이 된다면 과장일까? 내 기도에 침묵하시는 하나님 앞에 막막한 기분으로 설교 말씀을 들을 때. 간구하는 대로 주님께서 응답하지 않으셨다 할지라도. 그 상황을 견딜 수 있는 힘을 주신다. 하나님은 끊임없이 우리를 위하여 일하고 계신다는 설교 말씀은 깊은 깨달음과 소망으로 새로운 힘을 솟아나게 하는 샘물 같은 곳이 바로 교회가 아닌가!!

미열이 품은 통증처럼 무기력하게 전신에 힘이 쭉 빠지면 마음마저 비틀거리며 저려온다. 만사가 귀찮고 의욕이 없을 때, 욕심을 버리고 소박한 일상에 감사하다가도 불현듯 비교의 늪에 빠지면서 살아가는 일상이 너무 신산스러워질 때 은혜의 샘물을 마시러 교회로 발길을 옮긴다.

기도를 드리고, 묵상을 마치고 반가운 형제들을 만나고 나면 사소한 절망은 하나님 앞에 부끄러움이 된다는 깨달음 앞에 힘이 되어 주시는 하나님을 만나게 된다.

친정에 들르면 마음이 푸근해지듯 따뜻한 위로로 채워진 가슴으로 돌아온다. 햇살 닮은 미소를 다시 찾아 마음에 품고.

3부

섬김, 그 따뜻함

정신의 노래

푸르름 이
꿈결처럼 흐르는
회화나무 그늘에서
믿음을 키우고
삶을 배웠다.

정신의 어린 영은
은빛으로 익기까지
그대들을 지켜준
그분의
사랑 앞에
오늘도 훈훈한 가슴이다.

참 열매 맺어지는
썩은 밀알 되라 하시던
스승의 가르침!
목숨 바쳐 조국을 지켜내신
선배들의 나라사랑!
생애의 기슭마다
불 밝혀 준 등대가 되었다.

상처 입은
외로움 앞에
남루한 가난 옆에
회색빛 체념 속에
밝은 희망 심어 줄
나무 한 그루.

그릇마다 채워질
사랑을 위해
험한 세상 이어줄
다리가 되려
온기어린 손 내미는
따뜻한 입김.

정신의 딸들이여!
어두움이 밀려드는 절망 속
한 줄기 빛이 되어라,
감사로
가득찬
향기로운 영혼을 빚어내어라!!

정신여자중 · 고등학교 교훈 _ **우측 상** 김마리아 흉상 _ **우측 중** 김마리아 회관 _ **우측 하**

선생님의 가르침 앞에 서면

— 김필례 교장 선생님께

선생님의 가르침 앞에 서면 한없이 작아지는 내 모습이 보인다.

"언제 어디서나 꼭 필요한 존재가 되어야 한다. 그리하면 너는 네 삶의 승리자가 될 것이다."

졸업식 날 내 손을 잡으시고 선생님께서 해주신 말씀이다. 지금까지 살아오면서 항상 나를 붙들어준 큰 가르침이었다. 있으나 마나한 희미한 존재가 된 것 같아 나는 수많은 밤을 지새운 적도 있었다.

살아 있어 해가 되는 존재, 있으나 마나한 존재, 꼭 필요한 존재, 나는 어느 부류일까? 희미한 존재로 살아 왔으니 있으나 마나한 존재임이 분명하다는 결론에 다다르고 보면 그렇게 한심할 수가 없었다. 선생님이 내게 일러주신 말씀은 힘이 되라는 격려의 뜻이었고 쓸모 있는 인간이 되어주기를 바라셨던 스승의 따뜻한 사랑이었지만 내게는 큰 숙제이기도 했다.

어머니가 갑자기 쓰러져 우리들 곁을 떠나가신 후, 지독한 우울증으로 살아갈 의욕을 잃었을 때, 주님의 옷자락을 겨우 잡고, 비로소 무릎 꿇어 고백했다. 그리고 깨달았다. 선생님이 내게 원하셨던 것은 내가 서 있는 자리에서 내 모습 그대로 작은 자를 돌보고 섬기는 삶이라는 것을!

덜익은 열매처럼 떫은 자존심으로 훌륭한 것만 바라보고 싶었던 미숙함이 자신을 들볶고, 갈등하고 평범한 소시민으로 안주한 자신의 삶에 대한 감사마저 놓치고 있었던 것이다.

소중한 내 가정에서 아내로, 두 아이의 엄마로 최선을 다해 살아가는 모습은 얼마나 절실하게 필요한 존재인가. 열심히 살아가는 가정들이 모여 사회를 이루고, 성실한 사회가 건전한 국가를 이루어 나간다는 이 평범한 진리 앞에 고개가 숙여졌다.

운명의 신 '모이라이'는 각자에게 맞는 삶의 몫을 주었다는 어렸을 때 읽었던 책 내용이 새삼 생각이 났다.

검은색 통치마에 흰 저고리를 입으시고 복도에서나, 운동장에서나 항상 떨어진 휴지를 주우시던 교장 선생님.

따뜻하고 부드러웠던 내면은 안으로 감추신 채, 근엄하고 올곧으셨던 선생님을 우리 모두는 가까이 다가가기를 어려워했고, 존경하는 마음조차도 표현하지 못하였다. 물론 나도……. 그렇게 멀리서만 바라보던 선생님을 가까이 대하게 된 일이 있었다. 중학교 3학년 때 맹장수술로 오랫동안 입원한 적이 있었다. 그때 교장 선생님이 나를 병실로 찾아주셨다.

인상이 좋은 미국 장성과 함께. 아마도 그 미 장성은 한동안 내게 장학금을 주신 분이 아니었을까! 선생님께서는 병상에 홀로 누워 있는 내 이마도 짚어 보시고, 머리칼도 쓸어주시며 내게 다정하게 몇 가지 물어보셨다. 담임선생님이 찾아주신 것만으로도 감사했었는데, 그 감사함과 황송함은 두고두고 잊혀지지 않는 눈물겨움이었다. 학교의 행정적인 일만으로도, 전국 여전도회 일로도, 한국 전쟁의 참상을 해외에 알려 후원을 받아내셨던 바쁜 일정 속에서도 어린 학생 한 명을 위하여 시간을 내주신 선생님의 사랑과 섬김의 가르침은 지금까지도 교훈이 되어 내 마음 안에 아름답게 자리하고 있다. 그때 선물로 주셨던 쵸코렛은 담겨진 예쁜 상자부터 얼마나 고급스럽고 맛있었는지 지금 생각만 해도 침이 꼴깍 넘어간다. 밀가루 과자조차도 흔하지 않던 시절, 입원 환자들과 골고루 나누어 먹은 쵸코렛은 나를 단박에 유명 인사로 만들어주었다. 맹장염이야 초기에 수술하면 어려운 병도 아닌데 참기 대장인 내 성품 때문에 맹장이 터져서 복막염이 되었던 것이다.

먹고살기조차 힘든 생활인데, 아프기조차 해 엄마를 힘들게 할 순 없다는 생각으로 안 아픈 척한 것이 엄마를 더 힘들게 만든 결과가 되었다.

죽음 직전에 한 수술로, 위험한 고비는 넘겼으나, 수술 자리를 닫지 못하고 거즈를 배 안 가득히 채웠다가 하루에 한 번씩 불순불로 가득찬 거즈를 갈아낼 때 그 통증은 말로 표현할 수가 없었다. 나보다도 의료진들이 더 긴장하고 걱정을 하다가 환자인 내가 잘 참아준 탓에, 의료진들이 더 고마워하였다. 우수환자로 표창도 받고, 입원비도 병원 혜택으로 해결해준 마당에 귀하고 맛있는 쵸코렛 잔치까지 열었으니, 분에 넘치는 찬사와 더불어 유명해졌었다. 40일이 넘는 병원생활이 지겹기는커녕, 퇴원하기가 싫을 정도였다.

그 후로도 선생님이 어렵기는 마찬가지였다. 이따금씩 복도에서 뵐 때면 "너 얼굴이 너무 희구나. 건강해야지." 웃자란 코스모스처럼 가냘프게 보이는 내가 걱정이 되셨던 모양이다. 고교 2학년 때는 경기여고 졸업생들이 만든 '원광회'라는 장학회에 추천도 해주셔서 색다른 경험과 함께 2년 동안 장학금을 받았었다.

고교 도덕 시간에는 교장 선생님께서 친히 수업을 맡아, 믿음과 삶의 자세에 대하여 가르쳐주셨다. 일기장을 제출토록 하셨는데 어려움이 있는 제자들에겐 위로의 글을 써주시곤 했다. 나는 마음 안에 간직된 무거운 과제는 아무리 존경하는 선생님이라도, 엄마에게도 비밀이어야 할 것 같은 소녀적 결벽 때문에 진짜 속마음을 일기장에 쓰진 않았다. 참으로 어리석은 마음가짐이었다.

'한 알의 밀알이 땅에 떨어져 죽지 아니하면 한 알 그대로 있고 죽으면 많은 열매를 맺는다'는 성경말씀대로 실천하신 선생님의 생애는 우리들 모두에게 참으로 큰 산이셨다.

　신사참배 거부로 폐교당한 정신학원을, 전국여전도회를 재건하시고, YWCA를 설립하신 큰 발자취는 물론, 수많은 제자들에게 삶의 길을 열어주시고 가르침을 주신 선생님의 사랑은 이름 없이, 빛도 없이 작아진 제자들까지도 일으켜 세우시는 아름다운 향기로 퍼져나갈 것이다.

그 겨울의 크리스마스

지붕 위에 소복하게 쌓인 새하얀 눈을 밟고, 빨간 옷의 산타할아버지가 굴뚝을 타고 오신다. 어깨에 멘 커다란 선물 자루엔 내게 주실 선물이 가득 담겨 있을 것이다. 말구유에 누우신 아기예수를 생각하기 전 어린 시절 생각 키우던 성탄절의 행복한 기억이다. 몇 살쯤에 알았을까, 산타할아버지는 영영 오시지 않는다는 것을!

60~70년대까지는 아니 80년대 초까지 크리스마스는 아주 따뜻하고 정겨웠다. 그리고 요란하고 호사스럽게 치뤄졌었다. 크리스천이 아닌 사람들까지, 젊은이들 모두에게 축제처럼…….

25일 새벽이면 문 앞에서 은은히 울려 퍼지던 '기쁘다 구주 오셨네' 하는 찬양 소리, 부르는 이나 듣는 이에게나 얼마나 환상적이었던가!

거리마다 울려 퍼지던 크리스마스 캐롤과 크리스마스 장식의 반짝이던 전구의 화려함은 누구나 향유할 수 있었던 거대한 축제였다.

20대의 그 시절 내가 근무하던 은행은 명동 입구가 훤히 바라보이는 곳에 자리하고 있었다.

환희에 찬 젊음들로 가득 메워진 명동 입구는, 거대한 물결처럼 파도치듯 힘차게 출렁이며 춤추고 있었다. 4층에 있던 내 사무실 창가에서 그들을 바라보면서, 해마다 습관처럼 떠올리던 크리스마스의 추억은, 아직까지도 생생하게 이어지고 있다.

중학교 1학년 때 학교에서 크리스마스 선물을 나누어 주었다. 아마도 교장 선생님께서 주선하신, 미국의 종교단체로부터 전해진 선물들이었을 것이다.

내게 주어진 선물은 장갑이었다. 짙은 밤색 바탕에 녹색 잎이 수놓아진 벙어리장갑이었다. 얼마나 따뜻하고 부드러웠는지 수없이 만져보고 끼워보고 했다. 그 장갑이 새것인지, 쓰던 것이었는지는 하나도 중요하지 않았다. 장갑 없이 시린 손으로 다니던 내게 그보다 더 긴한 선물은 없었으니까……

고등학교 1학년 때는 미국 친구들에게 편지 쓰는 행사(?)가 있었다. 받는 사람이 정해지지 않은, 국군 아저씨에게 쓰는 위문편지처럼…… 얼마 후 미국의 한 여학생으로부터 내게 답장이 왔다. 전교에서 딱 2명에게만 답장이 왔는데 그때의 기쁨은 이루 말할 수 없었다. 영어 좀 한다하는 친구들은 물론, 모두들 내가 부러워 침을 흘릴 지경이었다. 한동안 그 친구와 편지를 주고받았다. 나는 전쟁을 치루고 난 우리나라의 상황과, 도움을 준 이웃나라의 고마움에 대하여, 가난한 나라지만 아름다운 내 조국에 대하여 썼고, 나의 학교를 소개하였고, 나의 취미와 꿈꾸고 있는 미래에 대하여 썼던 것 같다. 처음에는 한국말로 써서 영작을 했지만, 그런 습관으로는 영어 실력이 늘지 않는다하여 직접 영어로 써 버릇해 선생님들께 많은 칭찬을 받았었다. 그때로선 흔하지 않은 일이라 지금 생각해도 '어쭈구리' 하며 슬며시 미소 지어진다. 그때 미국이라는 나라는 손닿을 수 없는 머나먼 나라였다. 답장이 오면 필기체로 썩어진 유려한 글씨에 팍 질리기도 했지만, 읽고 또 읽고 사전 없이 뜻이 통하면 즐거움에 마음이 푸른빛으로 흔들리곤 했었다.

그해 겨울 크리스마스에 체리핑크빛 골덴 스커트가 선물로 왔다. 옷이 귀하던 시절 보내온 선물은 기쁨을 넘어선 기막힌 소중함이었다. 함부로 입지도 못하고 아끼기만 하다가 영어 연극 출연하면서 꿀처럼 달게 입었다. 연극 의상을 학교에서 완벽하게 준비해 주지 못한 까닭에 내게는 좀 길고, 360도로 넓었던 후레아 스커트에 밑단을 달아 신데렐라 언니 역 의상으로 훌륭히 소화해 냈다. 사진으로 남은 그 스커트는 두고두고 내 추억의 상자 속에서 내 소녀시절을 수놓듯 간직해 주었다. 그 후로도 오리지날 미제였던 그 옷은 많은 쓰임새로 내 생활에 보탬이 되주었다.

나는 아부 선물도 보내주지 못하였다. 그즈음 탱자 향기에 관한 예쁜 글을 읽었었는데 상큼한 탱자 향기를 선물로 보내주고 싶은 마음 간절하였지만 생각만으로 그쳤었다.

16살 나보다 2살쯤 위였던 그 소녀도 이제 나처럼 나이먹었으리라. 건강하게, 축복받은 모습으로 살아가기를 소망을 가득 담아 기원해본다.

60여 년 전 받았던 선물과 그 감사함을 지금까지도, 잊지 못하고 있는 나처럼, 아프리카나 저개발국가의 가난한 어린이들도 우리가 모아서 보내주는 옷이나 사랑의 선물들을, 후원금을, 깊은 감사로 받고 오래오래 기억할 것이다. 절대 빈곤국의 어린이들에게 우리의 도움이 기댈 언덕이 되어주고, 사람답게 살아갈 터전이 되어 준다면, 이보다 더 보람된 일은 없을 것이다.

물론 나 자신도 자동납부로 후원 계좌를 몇 개 갖고 있다. 그러나 여러 곳에 보내준다는 핑계로 적은 후원금을 보내고 있던 내가 새삼 부끄럽게 느껴진다. 도움을 받던 나라에서 도움을 주는 내 조국의 위상을 생각하면 그렇게 감사할 수가 없다. 아직도 우리 앞에 놓여진 삶의 무게는 무겁고 버겁다. 살아가는 길이 힘들긴 예나 지금이나 마찬가지다. 하지만 절약하는 생활 속에서도 나누는 기쁨의 귀하고 값진 가치를 터득하고 경험한 우리들 아닌가!

최빈국의 어린이들, 그들의 맑은 영혼 속에 슬픔이나 절망 대신 눈부신 희망을 쏘아올려 보내주고 싶은 마음 간절하다.

섬김, 그 따뜻함
— 김정애 교장 선생님께

3월까지 흩날리던 눈발,

더디게 느릿느릿 찾아온 봄날이기에 꽃들의 인사는 더욱 새롭고도 반갑다.

기품 있게 피어난 흰 목련, 뒤이어 살포시 봉오리 진 자목련, 노란 물감처럼 번진 개나리, 눈꽃처럼 잔잔한 벚꽃.

부활의 봄 속으로 찾아준 꽃을 보며 한 번 떠난 후 다시는 만날 수 없는 그리운 분들을 떠올려본다.

너무 오래전에 떠나셔서 그리움조차 아득해진 부모님. 특히 6·25전쟁 후 혼자서 우리 5남매를 키워내신 어머니.

마음의 준비도 전연 되지 않은 채, 어리둥절한 채로 어머니가 갑자기 떠나신 후 살아갈 의욕조차 잃었었지만 이제는 연민과 그리움만 남았을 뿐이다.

이맘때가 되면 7년 전에 떠나신 선배님이 그리워지고 생각이 난다.

모교의 선배님이자 교장 선생님이셨던 분. 기도와 섬김을 실천하셨던 분이셨다.

25년 전 지금 살고 있는 아파트로 집을 옮겼을 때, 이사 온 새집을 친지들 중 맨 처음 찾아준 분이 교장 선생님이셨다. 그 분은 내게 중·고교 2년 선배가 되신다.

그날 창밖은 오늘처럼 오후 내내 봄비가 내렸다. 나뭇가지마다 움터오르는 새싹의 소리가 도란도란 들릴 것 같은 봄이 오는 길목이었다. 그 시간 선배님과 나눈 이야기들과 나와 내 가족을 향해 갖고 계신 따뜻한 배려는 오랫동안 내 안에 아름답게 자리해 왔다.

그때는 나도 교장 선생님도 얼마나 좋은 나이였던가!

시간의 흐름은 막을 수 없겠지만 한창 활동하실 나이에 너무나 빨리 서둘러 우리들 곁을 떠나신 선배님의 빈 자리가 너무나 크고 허전하다.

사랑하는 학생들에게 섬김의 따뜻함과 참사랑의 가치를 가르치고저 몸소 실천하셨던 교장 선생님, 입시만을 위해서 존재하는 듯한 교육현장을 안타까와하셨다. 실력도 인성 교육도 똑같이 병행하여 교육하고자 노심초사하셨다.

10여 년이 지난 지금의 교육현장은 어떻게 변화되었는가?

조금도 나아지지 않은 채 혼란만 거듭되고 있다. 일관성 없는 교육정책에 밀려 교사도, 학생도, 학부모도 모두 괴롭긴 마찬가지다. 공교육은 땅에 떨어지고 사교육은 극에 달했다.

강남의 집값이, 전세가 터무니없이 치솟은 이유도 기러기 아빠라는 신조어가 생겨난 것도, 이혼 가정이 늘어난 것도 모두 다 사교육 때문이란다.

그것뿐인가, 믿음 위에 세워진 기독교학교가 건학이념을 무시당한 채 종교교육이 무산될 위기에 놓여있다.

아마 지금 교장 선생님이 살아계시다면 밤을 지새워 눈물로 기도하실 것이다. 동문들과 선생님들과 함께 마음을 하나로 묶어 간절하게 무릎 꿇어 주님께 간구하는 시간을 날마다 가질 것이다. 교장 선생님을 구심점으로 뜨겁게 부르짖어 응답 받는 기도회를 열 것이다.

정년퇴직을 하시기 전 학교에 재직 시에도 하루도 빠짐없이 기도실에 들르셔서 눈물로 기도하셨다.

모교의 동창회 일을 오랜 시간 맡아 해 온 탓으로 학교를 갈 일도 전화를 드릴 일도 자주 있었다. 그때마다 학교와 제자들, 후배와 동문회를 얼마나 사랑하고 계신지, 그들을 위해서 얼마나 열심히 기도하고 계신지를 느낄 수 있었고 또 실제로 뵐 수도 있었다. 그렇게 학교의 어머니, 기도의 어머니로 생활해 오신 자신의 삶의 모습을 일생 동안 실천하셨다.

학교의 재정이 어려운 상황이라 행정의 수장으로서 처리해야 될 일들을 감당해 나가기가 얼마나 힘드셨는가를 잘 알 수 있었다. 그러나 언제나 원만하고 부드럽게, 지혜롭게 이해와 너그러움으로 모든 일들을 감당하셨다.

학교 안에서나 교회 안, 후배나 제자들의 경조사를 바쁘신 중에도 꼭 참석해 주셨다. 특히 여교사들의 출산이나 유산에 깊이 마음을 써 주셨다. 출산의 기쁨을 친정엄마처럼 함께 나누고 축하해 주셨다. 몸이 약한 여교사가 어렵게 임신을 하면 친정엄마처럼 기뻐해 주셨고, 피로가 누적되어 유산이라도 되면 가슴 아파하시면서 쉴 수 있는 시간을 꼭 마련해 주셨다. 학생들에게 지장이 없도록 임시 교사를 채용하는 한편 휴직 기간을 통하여 몸을 추슬러 다시 아기를 가질 수 있도록 배려해 주셨다.

불우한 환경 때문에 꿈을 잃고 빗나가는 학생이 있을까봐 노심초사하시면서 수시로 그런 학생을 불러 격려해 주시고 위로해 주셨다.

IMF로 많은 회사가 부도가 나던 해, 나에게 하루는 전화를 하셨다.

"진경이가 장학금을 탈 수 있도록 주선을 해 주었는데, 우수한 학생에게만 주는 장학금이라고 꼭 이야기해 주세요."

진경이는 나와 같은 교회 식구였으므로 진경이 엄마는 나를 큰언니처럼 따르는 교우였다. 진경이 아빠 회사가 부도가 나면서 모든 재산은 물론 집까지 없어진 상황이었다. 어려움 없이 부유한 환경에서 살아 온 진경이가 가뜩이나 큰 상처를 받았는데 자존감만은 지켜주고 싶으시다는 말씀이셨다. 그 장학금은 도산한 가정의 학생에게 지급되는 교육부 특별지원금이라는 것이었다.

진경이 엄마뿐만 아니라 다른 학부모들도 한결같은 사랑과 배려로 마음을 써 주셨으므로 모두들 이야기했다. "언니 같은 교장 선생님"이라고.

우리 다영이가 중학생일 때, 교장 선생님은 담임선생님 이상으로 다영이의 일상에 마음을 써 주셨다. 다영이의 성적, 학교생활, 친구관계, 방과 후 취미생활에 이르기까지. 다영이가 학교를 졸업할 때 성경 찬송가를 선물로 주셨는데 자주색 가죽 표지가, 그 크기가 어쩌면 그리 마음에 꼭 드는 것을 골라 주셨는지! 고교 때도, 대학 때도, 사회인이 되고, 결혼을 해서 아기 엄마가 된 지금도, 아마 그 아이가 나이들어 돋보기를 쓸 때까지도 그 성경을 지닐 것 같다. 성경 뒷장에 "사랑하는 딸 다영이에게, 졸업을 축하한다"라고 써 주신 글을 펼쳐 볼 때마다 선생님을 떠올리게 된다.

다영이가 속 깊고 반듯하게 자라 누구에게나 칭찬받고 사랑받는 존재가 된 것은, 사춘기 중학교 시절 선생님의 사랑과 가르침을 받을 수 있었던 축복의 시간들이 큰 이유가 되어주었을 것이다.

한 아이의 성장에 따듯한 사랑과 올바른 가르침보다 더 중요한 것은 없을 터이니까.

한동안 학교 운영위원을 맡아 일을 한 적이 있었는데 회의가 있던 날 선생님께서 점심을 사 주셨다. 그때 식당 아주머니께 부탁하여 누룽지를 많이 싸 주셨는데 그 맛이 일품이었다. 그 누룽지가 그렇게 맛있던 것은 누룽지의 구수한 맛보다는 선생님의 사랑 때문이 아니었을까!

교장 선생님이 실천하신 섬김과 사랑의 배려는 아주 놀랍다.

선생님의 친가에는 어머니가 두 분 계셨다. 한 분은 친어머니시고 한 분은 작은어머니셨다. 친어머니의 가슴을 많이 아프게 했을 게 틀림없는 작은어머니를 결혼 후, 집에 모셔와 사랑으로 섬기어 소천하실 때까지 함께 지내셨다.

당뇨로 건강이 안 좋으셨던 선생님은 병원에 입원하실 때도 주위 사람들이 신경 쓸까봐 아무도 모르게 하셔서 퇴원하신 후에야 알게 되었다.

섬기기보다는 섬김을 받으려는 마음이 대부분 사람들의 가슴속에 자리잡고 있다. 머릿속으론 섬김의 아름다움을 잘 알고 있지만 실천하기가 어렵기 때문이다.

건강을 해치시면서까지 모든 일에 최선을 다하신 교장 선생님.

마음속 깊은 곳에 마르지 않는 사랑의 샘을 갖고 계시면서 누구에게나 사랑 가득 섬김을 담아 내셨다. 그분의 따뜻했던 일상은 섬김의 열매로 맺혀 아름답게 익어갔다.

　선배님이 떠나신 지 7년, 봄비 내리는 창밖은 목련이 한창이다.

아름다운 당신, 빛나는 그대

프랑스의 최연소 여성장관 폴뢰르 펠르랭이 한국을 방문했다. 그는 프랑스인이지만 한국에서 태어나 프랑스로 입양된 대한민국의 딸이다.

지난해 어느 날 신문에서 참으로 아름다운 사람을 만났다.

나는 그분과 일면식도 없지만 그분이 살아오신 발자취와 정갈한 모습에 담긴 인자함은 훈훈한 온기와 감격으로 마음을 가득히 채워 주었다.

그분은 버려진 아이들이 입양되기 전까지 50년 이상을 젊음을 바쳐 고아들을 진료해온 홀트 복지타운 조병국 부원장이다.

6·25전쟁 고아들을 시작으로 이런저런 이유로 버려진 수많은 고아들의 슬픈 운명 앞에 안정된 자신의 미래를 던져버린 것이다.

78세이신 지금도 이렇게 단아하고 아름다운데 20대의 그분은 얼마나 예뻤을까? 생각해본다.

의대를 졸업한 뒤 곧 홀트아동 복지회 고아원 근무를 시작으로 고아들을 돌보았고 아동병원 과장자리를 박차고 아예 홀트회로 자리를 옮겨 지금에 이르렀다.

버려진 아이들에게 주어진 운명은 시름시름 앓다가 죽거나 살아남아 입양을 가거나 둘 중의 하나다.

사랑하는 엄마 품에서 애지중지 키워도 아프면서 성장하는 것이 아기들인데 하물며 버림받은 아기들이야 말해 무엇하랴!

친부모가 포기한 장애아나, 희귀질환 아이들이 해외로 입양돼 훌륭히 성장해 찾아왔을 때, 또 자기들처럼 버려진 아이들을 입양하겠다고 했을 때, 고마운 마음과 보람됨과 뭉클함을 표현할 수 없노라고……

'입양은 버려진 아이들이 꿈꿀 수 있는 마지막 희망'이라고 말씀하였다.

— 가슴으로 낳은 아이

나도 한때 아기를 데려다 키워 보고 싶다는 생각에 사로잡혀 있을 때가 있었다. 작은아이가 초등학교 2학년, 큰아이가 중학교 1학년 때였다.

물론 남편에게 의논조차 하지 않은 혼자만의 생각이었었지만.

따뜻한 마음으로 키울 수는 있겠는데 잘 교육시켜 아이의 장

래까지 책임져야 한다고 생각하니 와락 겁이 나며 자신이 없어
졌다. 역시 나는 그럴만한 그릇이 못 되는구나 자책하며 생각
을 접었다.

　대한민국은 고아 수출국이라는 부끄러운 오명을 갖고 있지
만 프랑스의 최연소 여성 장관이 된 폴뢰르 펠르랭을 보면 그
생각을 슬그머니 내려놓고 싶다.

　펠르랭은 태어난 지 6개월쯤 되었을 때 프랑스 가정으로 입
양된 한국인이다. 그가 모국인 한국에서 성장했다면 지금 같은
위치에 올라 꿈을 펼칠 수 있었을까?

　1973년생인 펠르랭은 입양된 후 한 번도 한국에 와본 적도
없고 한국어는 전혀 모른다.

　그가 한국 언론과의 인터뷰에서 "나는 외모는 동양인이지만
사고방식이나 행동양식은 프랑스인이다"라고 당당하게 말했
다고 한다.

　그러나 자신이 한국에서 주목받고 있음을 알고 있다고, 한국
의 기업혁신 비결을 배우고 싶고, 프랑스의 초고속 통신망 구
축에 한국의 경험을 활용하고 싶다고, 삼성/LG가 세계기업이
된 비결도 공부하고 싶다고 말했다.

　내년쯤 한국을 방문하고 싶은데 한국문화를 알고 싶을 뿐,
생물학적 가족을 찾기 위함은 아닐 것이라고 자신의 의사를 밝
혔다고 한다.

펠르랭이 어떤 생각을 지니고 있던 간에 그의 몸속에는 한국인의 피가 흐르고 있을 것이다.

6개월 된 아기가 강보에 싸여 푸른 눈의 새로운 부모 품에 안겼을 때 얼마나 낯설고 서먹했을까! 그 또래의 아기들이라면 날마다 얼굴을 대하는 제 식구가 아니면 사랑 가득한 할머니 할아버지에게도 낯을 가려 울음을 터트리고, 오랫동안 울음을 그치지 않곤 하는데…….

포근한 엄마 품에 안겨 토실토실 살이 오른 보드랍고 작은 손으로 곤지곤지, 잼잼, 도리도리, 짝짝꿍, 재롱을 떨어야 할 시기에 그 아기는 비행기에 태워져 낯선 땅 프랑스로 갔을 것이다. 아마도 사랑에 굶주리고 영양 부족인 아기는 생명이 위독할 만큼 잔병치레가 잦았을 것이다.

조병국 의사 할머니의 손길이 없었다면 이 아기도 희생되었을지도 모르는 일이다.

펠르랭은 자신이 입양아라는 사실에 대하여, 자신이 버려진 아이였다는 사실이 한때 힘들고 괴로웠지만 좋은 부모님에게 입양된 행운을 감사함으로 받아들였고 훌륭한 부모님의 세심한 배려로 지적 호기심을 키워 나갈 수 있었노라고 이야기했다고 한다.

감사를 놓치지 않은 긍정적 사고와 그의 노력, 사랑으로 키워준 부모님 그리고 타고난 머리의 명석함, 이 모든 것이 합하여 오늘의 그가 존재할 수 있을 것이다.

모든 것이 합력하여 선을 이룬다는 성경말씀을 다시금 확인하는 시간이었다.

꿈도 소망도 사랑도 놓쳐버린 채 버림받은 생명들, 병마에 시달리던 어린 고아들을 일생 돌보아온 조병국 홀트 복지타운 부원장님 같은 분이 살아 계셔서, 입양아의 슬픔을 딛고 39세의 젊음으로 프랑스의 중소기업, 혁신 디지털 경제 담당 장관으로 발탁된 빛나는 폴뢰르 펠르랭이 우리 모두를 살맛나게 해줘서, 지구 온난화로 봄이 실종된 여름날의 짜증을 견디어 낼수 있는 것 같다.

갈마들다
— 여자 축구선수 지소연

열대야 속에 잠을 설치고 후덥지근해 우울해진 일상 가운데 한 줄기 시원한 소식이 전해졌다.

독일에서 열린 여자 청소년 월드컵에서 우리의 어린 선수들이 금메달보다 값진 동메달을 따 세계 3위에 오르는 새 역사를 썼다.

국제축구연맹 20세 이하 여자 월드컵전에서 우리의 선수들이 4강에 올랐다는 것만으로도 온 국민은 힘찬 박수를 보냈었다. 아무도 관심을 가져주지 않는 척박한 환경에서 이루어낸 쾌거이기 때문이다. 준결승전에서 비록 개최국 독일에 1대 5로 패하긴 했지만 우리 여자축구의 발전 가능성과 희망을 확실하게 보여주었다.

특히 19살 지소연의 활약은 뛰어났다. 3명의 독일 수비수를 차례로 제치고 영리한 오른발 슛으로 만회골을 뽑아냈다. 소연의 발재간과 골 결정력은 가히 예술이었다.

이번 대회에서 얻은 가장 큰 소득은 지소연의 발굴이라 한다. 대회 초반부터 각광을 받아온 소연은 결국 6경기 8골을 터트려 이번 대회 최우수 선수 2위로 실버볼을, 득점 2위로 실버슈의 영예를 자신에게 또 온 국민의 마음속에 안겨주었다.

타고난 재주와 피나는 노력으로 우리 국민들을 기쁨과 감동으로 행복하게 만들어준 젊음들이 어디 지소연뿐이랴!

피겨 요정 김연아, 마린보이 박태환, 축구의 박지성 등.

특히 지소연이 돋보이는 것은, 소연이 이루어낸 성공이 대견하고 아름다운 이유는 지독한 가난과 불우한 환경을 당당하게 이겨냈기 때문일 것이다.

밝고 긍정적인 성격으로 자궁암으로 투병하는 엄마를 극진히 보살폈다.

소연의 나이 겨우 11살 때였다. 엄마는 암수술 후에도 난소종양, 내장협착증으로 항상 몸이 아팠다. 아빠와의 불화와 헤어짐이 엄마를 더욱 병들게 했고 지하 셋방의 열악한 환경, 치료비는커녕 먹고살 생활비조차 힘겨운 생활이었다.

그러나 소연이는 기죽지 않았다. 학교에서도 집에서도 소연이 있는 곳에는 항상 밝은 웃음이 있었고 소연이 곁에 있으면 누구라도 명랑해졌다. 엄마도 소연이를 믿고 의지하면서 봉제공장에 나가 바느질일을 할 만큼 건강이 회복되었다. 소연이는 감사할 뿐이었다. 자신이 좋아하는 축구를 마음껏 할 수만 있다면, 그리고 소원이 있다면 엄마에게 찜질방이 달린 집을 꼭 마련해주는 것이었다.

드디어 소연의 소원이 이루어질 날이 머지않아 올 것 같다.

이번 대회에서 큰 주목을 받은 지소연 선수에게 독일과 미국에서 영입 제의가 있었다고 한다. 억대의 연봉과 집과 차까지 제공하는 조건으로, 소연이가 노트북 컴퓨터를 갖고 싶어했다는 이야기가 알려지자 모교의 총장님이 또 삼성전자에서도 노트북 컴퓨터와 휴대전화 갤럭시를 보내왔다고 한다.

지소연의 앞날은 참 빛으로 열려 푸른 꿈을 담아 밝고 환하게 펼쳐질 것 같다. 어두움의 밤을 지새고 새벽녘 찬란하게 떠오른 태양이 그 빛을 온누리에 퍼지게 하여 밝고 밝은 대낮이 오는 것처럼, 지소연이 어린 날 겪었던 가난과 고통의 날들이 칠흙 같은 캄캄한 밤이었다면 앞으로 열려질 희망찬 날들은 환한 대낮이 될 것이다.

우리 삶의 낮과 밤이 번갈아 오고, 기쁨과 슬픔이 번갈아 오듯이 누구에게나 힘겨운 고통의 시간들이 있고, 그 시련을 넘겼을 때 비로소 새로운 길이 열려 삶을 이어갈 수 있게 되는 것이다. 바로 이런 것이 하나님께서 허락하신 삶의 법칙이 아닐까.

살아가는 날들의 고난과 아픔의 시간들이 사람의 영혼을 깊게 성숙시키어 감사를 알게 되고 소외된 이웃을 배려할 줄 아는 따뜻함을 지니게 되어 스스로 한낮의 밝음 속으로 걸어 들어가 축복을 누리게 되는 것이다.

지소연은 비록 어린 나이지만 고난의 값진 훈련을 통하여 어려운 여건 속에서도 성실과 인내로 최선을 다한 아름다운 열매를 맺어 주었다.

엄마를 향한 지극한 효심도, 팀 안에서 친구들을 향한 배려와 나눔의 자세도 자신의 삶을 환한 한낮의 빛 속으로 끌어올린 원동력이 되었을 것이다.

춤 솜씨도 수준급이라니 광고 속에서라도 소연의 건강하고 발랄한 춤 동작과 미소를 보고 싶다.

*갈마들다 : 인생의 낮과 밤이, 슬픔과 기쁨이 번갈아 들다

팽목항에도 해는 떠오르겠지

거리마다 노란 리본을 가슴에 단 모습들이 물결치고 있다.

청계천 광장에도 안산 단원고 앞길에도 팽목항 방파제 길에도 노란 깃발이, 노란 쪽지가 살아 돌아오기를 간절히 바라는 염원을 담아서 안타깝게 나부끼고 있다. 단 한 사람이라도 살아 있기를 얼마나 기도했던가!

이제 그 간절했던 염원은 시신이라도 가족 품으로 돌아오기를 바라는 절박하고 아픈 기도로 바뀌고 있다.

도대체 누가 이 꽃 같은 아이들을, 생때같은 귀중한 생명들을 차가운 바닷물 속에 잠기게 했는가?

지난 4월 16일 오전, 뉴스 속보로 여객선 침몰 소식이 자막에 떴다. 방송국에서도 대수롭지 않은 듯 기존 프로그램을 평소대로 진행하였다. 나도 무심히 교회로 갔고 예배와 특강이 끝난 후 식사를 하면서도 아무도 세월호 이야기는 없었다. 오후에는 하린을 보러 가 공놀이도 하고, 바이올린과 피아노 솜씨도 칭찬해주고 집으로 왔다. 저녁을 준비할 때 퇴근한 남편에게 비로소 세월호의 심각한 상황을 전해 들었다. 저녁 뉴스는 온통 세월호의 시시각각 상황을 채널마다 전해주고 있었다. 거대한 여객선이 기울어 뒤집혀가고 구조되지 못한 어린 학생들이, 승선한 선량한 사람들이 두려움과 공포에 떨며 죽음과 싸우고 있을 때. 내가 한가롭고 편안하게 시간을 보낸 것이 미안하고도 부끄러웠다. 그러나 그때는 희망이 있었다. 소중하고 귀한 많은 생명들이 살아서 돌아올 수 있을 것이라는……

이 참담한 비극 앞에 우리 모두는 할말을 잃었다.

무슨 말을 어떻게 할 수 있을까. 무지개빛 찬란한 꿈을 가슴 가득 담고 환호하며, 때로는 공부 스트레스로 엄마 아빠에게 투정도 부렸을 그 귀엽고 어여쁜 영혼들. 누구에게나 천금 같은 자식들이 속절없이 차갑고 캄캄한 바다 속으로 잠겨갈 때 얼마나 무서웠을까를 생각하면 나이먹은 어른들은 용서를 구할 염치도 없다. 자연 재해라면 미안함도 덜하고 아픔도 덜할 것이다.

새로운 소식이 전해질 때마다 온 국민이 경악하며 분노에 떨었다. 하물며 희생자 가족의 억울함과 슬픔 분노는 말해 무엇 하겠는가. 도저히 용서할 수 없는 선장과 그와 함께 탈출한 몰염치한 승무원들, 아무리 자기 목숨이 귀하고 살고 싶은 욕망 때문이라고 해도 인간의 탈을 쓰고는 취해서는 안 되는 행동이었다. 악마 같은 구원파의 교주가 도사리고 있어 지시대로 움직였다면 그들 모두에게 살인죄를 적용해도 마땅할 것 같다. 만천하에 들어난 관료사회의 부패상도 용서 안 되는 행태다. 안전검사는 소홀히 하고 관리 감독 책임을 방기한 기관과의 유착관계, 해경의 속 들여다보이는 생색내기와 책임떠넘기기. 우리나라가 재난 공화국이라는 오명을 벗어나지 못하는 이유이다. 서해 훼리호의 비극이 그대로 재연되고, 성수대교의 붕괴, 아찔했던 삼풍백화점의 사고, 대구 지하철의 참사, 경주 리조트에서 일어난 대학 새내기들의 아까운 죽음. 즐거운 수학 여행길에 올랐다가 졸지에 시신으로 돌아온 꽃 같은 아이들, 빛나는 젊음으로 생을 마감한 선생님들, 삶의 터전에서 성실하게 열심히 살아온 아름다운 수많은 영혼들!

이 참담한 비극 앞에 가슴을 치고 통곡하며 울부짖어도 절망만 더 깊어질 뿐이다.

세월호의 희생자를 위해서도 언제까지 정부의 무능만 탓하고 있을 수는 없다는 생각이 든다. 부패한 관료사회도 우왕좌왕 엉터리 발표를 해온 해경도, 사건이 터질 때마다 부풀려 오버 해온 언론도 바로잡히는 계기로 삼아야 하지 않을까. 관료사회의 마피아를 없애 안전점검을 제대로 한다면 다시는 세월호의 비극은 되풀이 되지 않을 것이다. 승객을 짐짝 취급하고, 평형수를 줄이고 과적을 일삼는 몰염치도, 노쇠한 여객선을 불법 증축하는 악랄함도, 도저히 납득할 수 없는 경영주의 수심도 낱낱이 밝혀지기를 바랄 뿐이다.

세계 경제대국 10위권, IT강국 대한민국의 실상을 바라보는 부끄러움으로 반성의 시간을 가져본다. 보리고개를 넘어 배고픈 시절은 아득해졌지만 빨리빨리를 외치며 미친 듯이 산업화를 위해 달려오면서 정직, 성실, 근면은 사라지고 눈치껏, 재주껏 목적에 도달해야만 하는 비인간적 삶의 태도가 팽배해 있다.

너무 아깝고 귀중한 생명을 앗아갔지만 그들의 희생이 값진 희생으로 우리들의 조국이 서듭난다면 초롱한 눈망울을 가슴에 묻은 유가족들에게 위로가 될 수 있을까. 먼 훗날 팽목항에 찬란하게 떠오르는 해를 따뜻한 그리움으로 바라다 볼 수 있기를 감히 기원해본다.

아름다운 도시 통영에는

　팔을 뻗으면 하늘에 닿을 것같이 높이 떠 있는 조망 케이블 카는 가느다란 전선줄을 타고 미끄러지듯 달렸다. 발밑으로 한 없이 펼쳐진 푸른 숲과 고개를 돌리면 옥빛 바다가 보석 빛깔 처럼 아름답게 유유히 흐르는 한려수도 통영은 과연 동양의 나 폴리라는 칭송을 받을 만했다.

　지나간 많은 날들을 외국 관광지만을 찾아다녔던 어리석음 을 새삼 느끼게 된 날이기도 했다.

　호국의 영웅 충무공 이순신 장군의 임진왜란 당시, 한산대첩 이 있었던 격전의 바다, 당포대전을 치러낸 역사적인 그곳이 너무나 평화롭게 아름답게 흐르고 있었다. 가장 과학적으로 설 계되었다는 거북선만이 그 옛날의 용맹만을 짐작하게 했다. 이 순신 장군의 발자취를 따라 제승당을 향해 유람선에 올랐다. 제승당 앞바다에는 한산대첩기념비도 세워져 있고, 거북등대도 있었다. 제승당은 영웅 이순신을 기리는 유적지다. 그분의 영정도 모셔져 있고 업적을 기리는 비석도 3개나 보전되어 있었다. 적은 숫자의 배로 거대한 왜군의 병력을 무찔러, 승리로 이끌기 위해서 계획하고, 연구했을 작전 사령관실도 보는 이의 마음을 숙연케 했다. 나라의 미래를 위해 고뇌하고, 기원했을 수루는 고증을 거쳐 증축 중이었다.

　— 한산섬 달 밝은 밤에 수루에 홀로 앉아 긴 칼을 옆에 차고 깊은 시름 하는 적에 어디서 일성 호가는 남의 애를 끊나니.

　초등학교 때 암기했던 장군의 시조가 마음속 깊이 와 닿았다.

　유람선을 내려서 제승당 가는 길은 참으로 아름답게 가꾸어져 있었다. 제승당 경내의 나무들도, 오염되지 않은 기름진 땅에서 신선한 바다 바람을 타고 건강하고 윤기 흐르는 잎새들은 예술이었다.

　충무공을 기리기 위해서 제승당 경내를, 그 주변을 아름답게 가꾸는 일도 후세들이 반드시 해야 할 일이겠지만, 더 중요한 것은 그분의 정신을 이어 받는 것일 것이다. 개인의 영광보다는 나라의 미래가 우선이었고, 도전정신과 창의력으로 거북선을 만들어 낸 위대함, 주위 사람들을 먼저 배려한 겸손의 리더십 등 충무공 이순신 장군의 훌륭함이 묻어나는 대목이다.

　정부에 대한 불신이 팽배해 있고, 진정한 리더가 목마른 지금 영화 '명량'이 대박이 난 이유를 되새김질 해본다.

통영시가 끌렸던 이유 중의 하나는 통영이 낳은 예술인의 향기 때문이기도 했다. 우리나라 문학사에 영원히 남을 박경리기념관, 세계적인 작곡가 윤이상기념관 및 통영국제음악당, 청마유치환문학관, 김춘수유품전시관, 전혁림미술관, 초정김상옥 거리까지, 빠듯한 일정에 전부 가볼 수는 없겠으나 모두 가보고 싶은 곳이기도 했다.

통영시에서 태어나 성장한 박경리 선생은 자신의 문학적 소양과 뿌리가 통영에 있었다고 늘 말씀해 왔다.

박경리기념관에는 여자로서는 불행했으나, 인간으로선 이루어 낸 문학적 업적이 위대한 만큼, 행복했다고 할 수 있는 그분의 삶이 고스란히 담겨져 있었다.

'생명이 아름다운 것은 능동적이기 때문이다. 능동적인 것은 생명의 속성이다.'

'사랑은 밀도 짙은 연민이다. 사랑을 하려거든 길러지는 사랑을 하라.'

그분의 어록에 실려 있었다.

'늙어서 이리 편안한 것을, 버리고 갈 것만 남아서 참 홀가분하다고.'

그분이 남기고 간 시 한 구절이다.

깊은 외로움을 글로, 바느질하듯 한땀 한땀 아름답고 섬세하게, 때로는 웅장하게 위대한 작품으로 승화시킨 16권의 『토지』 『김약국의 딸들』 『파시』 초창기의 『불신시대』 『표류도』 등……

그분의 작품도, 그분도 문학사에 영원히 기억될 발자취로 남았으니, 이제 그분의 원대로 영혼도 꽃이 되고 나비되어 아름답게 피어 나기를 소망해 본다.

　시내에 있는 윤이상기념관과 테마공원은 실망스러울 정도로 규모가 적었으나, 음악가 윤이상을 기념하기 위하여 세워진 통영국제음악당은 참으로 웅장하고 멋스러운 건축물이었다. 통영 앞바다의 푸른 물결을 조망권으로 높고 드넓은 대지 위에 위풍 당당하게 서 있었다.

　매년 3월에는 국제음악제가 열리고 연말까지 세계 유명 오케스트라의 연주 일정이 잡혀 있었다. 아무쪼록 재능을 타고난 음악 꿈나무들이, 음악의 세계에서 자리를 굳힌 젊은 음악가들이, 음악을 사랑하는 많은 영혼들에게 꿈의 무대가 되었으면 하는 조용한 기대를 가져본다.

　아름다운 고장 통영이 더 빛을 발하고, 가치를 더해 국내외 관광객들로 넘쳐나기를!!!

길이 끝나는 곳에서도 길은 있는데

응달진 곳에는 아직 떠나지 못한 겨울이 서성이고 있는데, 양지바른 곳, 매화나무 가지에는 맺힌 꽃망울들이 곧 터질 듯이 부풀어 있었다.

겨울 내내 움츠러든 몸으로 공원 산책조차 게으름을 피우다가, 햇살에 이끌려 멈추어선 매화 앞에서 '아' 하는 탄성이 저절로 새어 나왔다.

자연의 위대함이랄까. 창조주의 오묘한 신비 앞에 한참을 미동도 못한 채 서 있었다. 매서웠던 겨울날의 칼바람도, 휘몰아치던 눈보라도, 꽁꽁 얼었던 땅도, 의연하게 견디어 낸 나뭇가지들이 다가오는 봄을 마중하고 있었다.

그것은 단순한 아름다움을 넘어선 환희의 외침이었다.

꽃샘바람 속에서도 한결 부드러워진 바람결이 나뭇가지 위로 내려 앉았다. 머지않아 한껏 물이 오른 가지에는 연두빛 새

순들이 돋아날 것이다.

모진 겨울을 견뎌내고, 생명의 환희를 펼쳐 보이는 자연 앞에 마음이 숙연해졌다. 새봄의 눈부심 앞에서면, 언제나 돌아올 수 없는 길을 떠난 이들이 새삼 그리워지며 마음이 시려온다.

질병으로 세상을 떠나도 슬픈 일인데, 스스로 세상을 등진 이들의 앞에 서면 정말 마음이 아프다.

지난해 봄, 꼭 1년 전 이맘 때 송파 세 모녀 자살 사건이 있었다.

그런 결정을 할 수밖에 없었던 그들의 절박함이 이해는 되지만, 안타까움을 떨쳐버릴 수가 없다. 죽어버릴 결심을 할 만큼 독한 마음으로 살아낼 용기를 왜 내지 않았을까? 마지막 월세를 유서와 함께 남길 만한, 책임감과 성실함으로 살아갈 수는 없었던 것일가?

만화가를 꿈꾸었던 작은딸의 그림 솜씨가 뛰어나 보이던데, 엄마도 언니도 아픈 몸으론 아무것도 할 수 없다는 절망만을 마음 안으로 끌어들인 것 같다. 조금만 고개를 돌리면 창틈으로 비쳐오는 희망의 햇살을 붙잡을 수 있었을 텐데…… 손을 뻗으면 잡아줄 이가 주위에 아무도 없었던 것 같다.

지병이 있어도 나이가 젊다는 이유로, 그들 자매에게는 수조원의 복지도 아무런 소용이 없었다. 불합리한 정책의 빈곤과, 지원이 필요한 사회적 약자를 위한 배려가 전혀 없는, 우리 사회가 서글퍼진다. 국가도 사회도 나 개인도 책임에서 멀어질 수는 없다.

새봄이 몰고 온 싱그러움 속에서 비극적인 뉴스는 우울함의 무게가 더 깊다.

첫눈이 내릴 것 같은, 가라앉은 하늘의 초겨울이었다면 서글 픔과 우울감이 덜 했을 것 같다.

길이 끝나는 곳에도 길이 있다는 것을 그들은 모르고 있었던 것 같다.

길이 끝나는 곳에서 길이 되어 줄 사람을 만날 수도 있을 터이고…… 수없이 자살하고픈 생각에 매달리면서도, 절망의 끝에서 솟구쳐 올라온 많은 이들의 삶을 떠올려 본다.

세계 최우수 아동 도서인 해리포터 시리즈의 작가 조앤 k. 롤링도 어두컴컴한 단칸방에서 어린 딸을 데리고, 먹고살기조차 힘들었던 시절이 있었다고 한다. 사방으로 뛰어다녀 봐도 일거리를 구하지 못한 채, 생활보조금으로 연명하면서, 삶의 끈을 놓지 않았던 것은 아마도 어린 딸 때문이었지 싶다. 영국 최고의 문학상과 영국 왕실의 작위까지 수여받은, 세계적인 인물로 부상한 지금의 위상을 그 시절 상상이나 할 수 있었겠는가.

청력을 잃고 피아니스트, 지휘자로서의 희망이 없어졌을 때, 베토벤은 절망을 딛고 일어나 수많은 걸작을 남겼다. 자신의 곡을 들을 수 없는 비극을 넘어설 수 있었던 것은 기쁨의 원천인 음악이 그에게 있었기 때문일 것이다.

너무 위대한 대가들에게서 눈을 돌리면, 우리나라에도 시련을 딛고 일어선 장한 젊은이들이 있다. 팔다리가 없이 장애아로 태어난 김세준은 장애인 수영 스타로 당당하게 스포츠 의학을 공부 중이다. 뇌성마비로 태어난 장성빈도 역시 예중 수석 합격을 통해 판소리 명창을 꿈꾸고 있다.

앵벌이 생활로 껌팔이 소년이었던 최성봉도 오디션 프로 준우승을 거쳐 성악가로 발돋음하고 있다. 스스로의 긍정과 꿈이 있었기에 가능한 일이었을 것이다.

송파 세 모녀의 작은딸의 그림 솜씨가 아깝기 그지없디.

삼시 세끼 먹고살 길이 막연했을 수도 있다. 그러나 조금만 생각을 바꾸었다면 아까운 세 목숨이 허무하게 꺼져가지는 않았을 것이다.

복지의 사각지대에 놓여 있던 그들의 비극 앞에 모순된 정책을 탓할 수밖에……

배고팠던 보리고개를 견디어 온 우리 세대와는 달리 풍족한 시대를 살아온 젊은 세대들에게도 아픔이 있고 고통이 있다. 청년실업의 답답한 현실 말이다. 희망의 끈을 놓지 말라고, 길이 끝났다고 절망하지 말고 새 길을 찾아 나서 달라고. 위로와 격려로 용기를 심어 주고 싶다.

도핑 파문으로 선수 생활 최대의 위기를 맞고 있을, 우리의 마린보이 박태환 선수에게도 일러두고 싶다. 1년 8개월 후, 어떤 일이 있을지라도, 길이 끝나는 곳에도 길이 있다고.

연아의 미소, 아사다 마오의 눈물

연아의 은퇴 무대는 정말 멋졌다. 예술이었다.

한 마리의 나비가 춤을 추듯이, 빙판 위가 아니고 부드러운 카페트 위에서 춤을 추는 것처럼 음악에 맞추어 때로는 강렬하게 때로는 애절하게 완벽한 아름다움으로 보는 이들을 황홀하게 했다. 그것은 무결점의 연기였고 인간의 무한한 가능성을 보는 것 같아 전율을 일으키는 경이로운 순간이었다. 가뿐한 점프 뒤에 부드러운 착지는 얼마나 자연스러운지 누구라도 시도만 하면 뛰어오를 수 있을 것 같은 착각을 일으키게 했다. 누가 보아도 금메달감이었다.

그러나 정작 우리 모두를 감격하게 한 것은 결과를 받아들이는 연아의 태도였다. 공정하지 못한 심판들의 점수 앞에서도, 시상대 위에서도 밝고 건강한 미소로 깊은 울림과 큰 깨우침으로 올림픽의 참 정신을 일깨워 주었다.

"최선을 다 했고, 보여드리고 싶은 것을 실수 없이 다 보여드렸으므로 지금 행복합니다."

심판이 적절하지 못했다는 세계의 여론에 대해서도 그것은 심판들의 몫이라고 쿨한 대답을 했다.

금메달을 놓친 것을 가장 안타깝게 생각하는 엄마에게는 가장 간절한 사람에게 금메달이 간 것이라고 생각하자고, 이제 엄마도 나도 편하게 휴식하자고, 위로를 했다고 한다.

아직은 어른이라고 하기보다 소녀라고 생각되는 그 어린 영혼이 어떻게 그렇게 성숙되었을까? 최선을 다한, 자기 자신과의 싸움에서 자기를 이겨 낸 당당함이었을 것이다. 메달 색깔에 무관하게, 공정하지 못했던 심판들의 평가에도 상관없이 무결점 경기를 펼친 결과를 담담하게, 가슴 가득한 감사로 받아들인 연아는 우리 국민 모두에게 진정한 올림픽 정신을 깨닫게 해 주었다.

올림픽의 개척자 피에르 쿠베르탱은 올림픽의 의의는 승리하는 데 있지 않고 참가하는 데 있다고 했다. 메달권에 들든 안 들든 올림픽에 참가할 수 있는 것만으로 얼마나 영광스러운 일인가! 선수마다 소질을 타고 났고 각고의 노력 끝에 한 국가의 대표가 된 선수들이다.

메달 색깔에 가장 민감한 사람들은 아마도 우리 국민들일 것이다. 아사다 마오를 가장 경계한 것도 그런 맥락이고. 아사다 마오가 쇼트 트랙 경기 도중 엉덩방아를 찧고 넘어졌을 때 나만 해도 어른답지 못한 생각을 했었다. 연아를 이기려고 트리 풀 악셀을 죽기 살기로 고집하더니 무슨 꼴이냐, 우리의 연아 가 마오에게 금메달을 빼앗기는 일은 없겠구나 라고. 마오가 퇴장하면서 침통한 얼굴로 눈물을 흘릴 때도 가엾다는 생각보 다는 연아의 입장에서만 생각을 굳혔었다.

금메달이 아닌 은메달의 연아가 공정하지 못한 판정에도 불 구하고 긍지에 넘치는 미소로 답했을 때, 진정한 승리와 올림 픽의 참뜻을 깨닫게 되면서 뒤늦게 마오의 심정을 헤아려보게 되었다. 2년여 전에 엄마를 잃은 마오의 슬픔과, 선수생활 내 내 경쟁하며 연아와 비교당했던 그 아이의 스트레스를!

아사다 마오는 소치로 떠나기 이틀 전 엄마의 묘소를 찾아가 금빛의 메달을 엄마에게 약속했던 것 같다. 그리고 떠나는 비 행기에 오르기 전 선수단복을 입은 채, 엄마와 자주 들르던 음 식점에 들러 다시 한번 엄마와의 추억을 되새겼다 하니 마오의 초조함과 외로움이 경기 중에 실수로 이어지지 않았나 싶다.

연아나 마오는 둘이 다 훌륭한 경쟁자가 있어 더 열심히 했 고, 발전할 수 있었노라고 했다. 맞는 말이다. 마오의 눈물에 자신도 울컥했노라는 연아의 답은, 많은 의미를 내포하고 있었 다. 마오의 회한과 안타까움을 십분 이해한다는 속 깊은 연아 는 역시 한 수 위다.

밴쿠버의 금메달로 더 오를 곳이 없는, 정점에 있던 연아가 다시 스케이트화를 신은 용기는 실로 가상했다. 올림픽 2연패

를 이루어내려는 목적도 있었겠지만 후배들에게 올림픽 무대
에 설 수 있는 기회를 마련해 주고자 했던 갸륵한 마음이 앞섰
을 것이다.

전용 경기장도 없는 피겨의 불모지 한국에서 세계의 정점에
오른 연아는 아주 값진 일깨움을 우리 국민 모두에게 안겨주었
다. 불가능할 것 같은 상황에서도 도전하고 노력하면 이루어
낼 수 있다는 푸른 희망을!

이제 연아에게는 새로운 삶이 펼쳐질 것이다.

평창올림픽의 홍보대사로, 장래의 IOC위원으로, 지도자
로…….

어린 나이에 노블레스 오블리주를 몸소 실천해 30억 가까운
기부 천사가 되었다니 놀라울 뿐이다. 가난한 나라 수단에 가
서 봉사를 하고 싶은 꿈을 갖고 있다니 아무쪼록 그 꿈나무가
무럭무럭 자라 무성한 그늘을 만들고, 아름다운 열매를 많이
맺어 우리 모두를 다시 한번 행복하게 해 주기를 기원해 본다.

보훈병원 가는 길

　보훈병원 가는 날은 역사공부 하는 날이다.

　6·25전쟁과 월남전에서 직접 싸운 역전의 용사들이 제각각의 용맹스러운 사연을 지닌 채 노쇠한 몸을 이끌고 보훈병원 가는 버스에 탑승한 그 옆 자리에 나도 동석한다. 그분들과 직접 대화도 나누고, 가끔은 앞자리에서 혹은 뒷좌석에서 들려오는 실감나는 전선의 이야기도 듣는다.

　피 끓는 젊음으로, 혹은 소년티를 벗어나지 못한 학도병으로 조국을 위해 얼마나 몸 바쳐 싸움에 임했는가를 열띤 토론으로 목소리를 높인다. 어떻게 지켜낸 조국인데, 제대 후 상이용사가 되어서도 얼마나 힘들게, 얼마나 열심히 산업역군으로 몸 바쳐 일하여 왔는가! 마음 안의 소리가 강도 높게 펼쳐진다.

　드디어 최빈국에서 잘사는 나라로 변화되었지만 늙고 망가진 자신들의 몸만 훈장처럼 남았을 뿐이라고…… 그리고 나아가 현 정치하는 지도자들을 향한 비판으로 이어져 비수처럼 꽂힌다. 하나도 잘못된 말이 아니어서 고개만 끄떡인 채 앉아 있을 뿐이다. 그분들의 평균 연령은 내 또래부터 10살쯤은 더 높아 보인다.

대부분 지팡이를 짚었거나, 꾸부정한 허리로 워커를 밀거나 부축을 받지 않으면 보행이 불편한 분들이다. 허리를 곧게 펴고 성성하게 걷는 내가 그분들과 함께 보훈병원 진료를 받을 수 있다는 사실이 송구스러울 뿐이다.

송구스러운 마음 뒤안길에는 아찔했던 그 시절의 내 모습이 그림자처럼 드리워졌다. 첫 아이를 낳고 이틀째 되던 날 남편이 청룡부대의 일원으로 월남전 참가 차 떠나게 되었다. 어른이라 하기에는 한참 미숙하기만 했던 28살의 산모는 엄마가 되었다는 감격과 기쁨은커녕 전쟁터로 향하는 남편의 안위 때문에 불안과 두려운 마음이 앞섰다.

전운이 감도는 그 땅에서 남편에게 위험이 닥쳐올 것만 같아, 나쁜 일이 일어날까봐 마음이 타들어갔다.

잠을 설치고 새벽녘 간신히 잠들면 꿈속에 정장을 한 남편의 모습이 보이기도 하고 전사통지를 받는 악몽에 시달리기도 했다. 부질없는 상상을 떨쳐버리려 아기의 맑은 눈을 들여다보며 나 자신을 추슬러 나가던 시간이었다.

남편은 6·25전몰군경 유족이고, 해병대 중대장으로 월남전에서 무공훈장을 받은 연유로 남편과 우리 가족은 보훈가족의 자격이 주어졌다. 모든 진료비와 처방받은 약값의 많은 부분을 국가가 부담해 준다. 대단한 혜택이다. 고엽제해당자나 상이용사는 치료비, 약값이 전액 무료라니 국가도 최선의 관심을 갖고 할일을 다하고 있다는 생각이 든다.

또 아직도 몸을 못 움직이는 6·25전쟁 상이용사들이 보훈병원에 장기입원 중이라니 정부에서도 외면을 하고 있지는 않구나 하는 생각으로 좀 안심이 된다. 그러나 꽃다운 나이에 목숨을 잃은 젊음들에 생각이 미치면 깊은 아픔에서 헤어나올 수가 없다.

그분들의 고달팠던 삶의 흔적에서 내 조국의 시련 많았던 아픔의 역사가 읽혀진다. 희미해진 시력, 불편한 다리, 곧게 펼 수 없는 허리, 거칠고 윤기 잃은 피부, 많은 나이 때문만은 아닌 듯한 남루한 모습, 그분들의 몸 자체가 대한민국의 살아 있는 역사다.

인기리에 방영되었던 드라마 '우리 갑순이'에서 갑순이 고모 신말년은 항상 읊조린다. "내 몸뚱이 자체가 피눈물 나는 역사여……."

재미를 넘어 깊은 생각에 잠기게 하는 마음 쓰라린 대사다.

바람 잘 날 없는, 지지고 볶는 그들의 삶이 절실하게 공감 가지만 가장 뇌리에 박히는 대사는 고모의 독백이다.

몸뚱이 자체가 피눈물 나는 역사가 아닐지라도 상처 없는 영혼이 어디 있으랴. 저마다의 상처를 지닌 채 살아가는 것이 우리 모두의 모습이다.

돌아가신 어머니는 버릇처럼 말씀하시곤 했다. 내가 살아온 이야기를 책으로 쓰면 책 3권은 되고도 남을 것이라고…….

이야기로 엮어낼 사연을 지닌 사람이 어디 어머니뿐일까. 각자에게 주어진 삶의 몫을 살아낼 수밖에 없었던 각 사람의 시간의 흔적들이 쌓이고 쌓여 개개인의 역사가 되었을 것이다.

보훈병원 앞뜰 잔디밭에서 휠체어에 앉은 채 먼 하늘을 바라보고 있는 분들은 무슨 생각에 잠겨 있는 것일까?

그 옛날 조국의 부름을 받고 목숨 걸고 싸우던 용맹스럽던 추억에 잠겨 있는 것인지도, 아니면 아득히 옛날이 되어버린 젊은 날의 추억을 소중함과 자랑스러움으로 반추하고 있는 것인지도 모른다.

남편이 현역을 떠나 오랜 시간이 지났음에도 해병대의 생활과 밀림 속을 헤치며 전투를 하던 장면들을 이야기하는 것처럼…….

남편은 동기생들보다 일찍 군을 떠났지만 항상 마음속으로 해병대를 자랑스럽게 생각하고 있다. 6·25전쟁 때 '귀신잡는 해병'이라는 별칭으로 온 국민의 신뢰를 한몸에 받던 해병대는 드디어 국가의 부름을 받아 제일 먼저 우리 역사상 최초로 해외원정에 참전하여 혁혁한 공을 세우고 돌아왔다. 남편도 매년 현충일이 되면 국립묘지에 잠들어 있는 전우들에 대한 많은 생각에 잠기곤 한다.

남지나해의 검푸른 바닷가의 이름도 알 수 없는 낯선 밀림 속에서 포연과 총탄이 빗발치는 가운데 김 해병은 가슴에 적탄이 관통하였다.

그는 후송헬기에 타기 직전 말하였다. "중대장님, 치료받고 반드시 돌아오겠습니다." 그러나 요란한 굉음 속에 단 10초간만 착륙하는 헬기가 이륙하여 다낭 야전병원에 도착했을 때 그가 운명하였다는 슬픈 소식이 전해왔다. 아마도 헬기가 고도를 높이자 기압이 하락하여 과다출혈로 사망하였을 것이다.

남편은 아직도 김 해병의 약속을 기다리고 있는지도 모른다.

포탄이 작열하는 전선에서 순간순간이 삶과 죽음의 경계선을 넘나들던 그들의 고통스러웠던 기억과 또 집에서 그들을 기다리던 가족들의 애태우던 심정을 누가 이해하랴.

그분들이 젊음을 바쳐 지켜 낸 조국과 거칠고 황량했던 시간들 속에서도 꿋꿋하게 자신을 세워나갔던 선배들의 생애가 젊은 영혼들에게 귀감이 되는 값진 교훈이 되기를 바라는 마음 간절하다.

국방의 의무를 다하고 있는 젊은 군인들에게도 응원과 격려의 박수를 보내고 싶다. 수고 많다고. 힘들지는 않은지 따뜻한 눈빛으로 미소를 보내자고 캠페인이라도 열고 싶다. 그러나 현실은 어떤가? 병역의무를 기피하는 젊은이들과 그의 부모들,

여러 가지 구차한 변명을 늘어가면서도 고위직에 앉아 있는 힘 있는 분들, 또 그들을 임명한 권력자들, 그들이 양심과 도덕 앞에 무릎 꿇는 날이 올 것인지!!

나라를 지키는 일은 군인들만의 의무가 아닐 것이다. 최고 통치자로부터 어린 학생에 이르기까지 온 국민이 한뜻으로 마음을 합치고, 국민 각자의 몫을 다하는 자세로 북한의 무모하고도 어이없는 도발에 빈틈없는 자세로 대처해야 할 것이다.

이제 보훈의 달인 6월도 얼마 남지 않았다. 휴가 나온 군인들을 버스나 전철에서 만나면 얼마나 수고가 많으냐고 따뜻한 말 한마디 건네고 싶다.

대한민국의 살아 있는 역사임을 자부하는 그분들도 자신들의 생을 들여다보면서 깊은 아픔 대신 조국의 평화를 가꾸어온 자랑스러운 용사였었다는 자긍심과 존재감이 충만한 삶이기를 소망해 본다.

뭣이 중헌디

얼마 전 친구가 카카오톡으로 영상을 보내주었다.

부추연이라는 제목을 보고 인터넷에 자주 접속하지 않는 나는 부추를 먹고 건강해지는 정보인 줄 알았는데 부정부패추방 시민 연합회의에서 제작한 내용이었다.

열변을 토하는 윤 모 교수의 강의는 네이처 리퍼블릭 회장의 100억대 200억대 원정 도박사건에 연루된 유명 변호사와 법조계의 강한 부패성에 대하여 강한 분노를 표하고 있었다. 건당 수임료를 50억 ~100억 이상 받고 탈세까지 자행한 검사장 출신의 유명 변호사, 전관예우 봐주기로 눈 가리고 아웅식으로 부당한 판결을 일삼는 썩은 법조계, 자신들에게 불리한 법은 절대로 통과시키지 않는 국회의원들, 갑의 위치에 있는 부정한 자들을 계엄령 선포하여 강하게 응징해야 한다는 지당한 내용이었다.

폭풍 공감이다.

국민들이 내는 세금으로 녹을 받으며 귀하고 높은 자리를 이용해 권력을 휘두르며 치부를 일삼아 왔다는 건 용서할 수 없는 일이다. 우리 모두가 분노하는 이유이다.

엘리트 검사로서 이름을 날리던 유명 검사가 쓰레기 변호사로 추락한 것은 추함을 벗어난 비극이다. 지성을 가장한 법의 잣대로 그가 추구했던 것은 120채가 넘는 오피스텔을 소유하고 임대업의 회사를 음지에서 운영하는 것이었다. 겉으로 나타난 것이 그것일 뿐, 얼마나 많은 그의 재산들이 고약한 냄새를 풍기며 숨겨져 있을까?

이번 사건에 함께 얽힌 최유정 전직 부장판사와 현직에 있을 때, 국민과 사회정의를 위해 일하겠다던 그들의 맹세는 처음부터 위선의 탈을 쓰고 있었던 것이다.

많이 배우고 명석한 두뇌로 그들이 추구한 가치는 도대체 무엇이었는지 고함쳐 묻고 싶다. 당신들의 삶 속에서 무엇이 중요한지는 알고 있느냐고!!

곧이어 터진 진경준 검사장과 넥슨의 김경준 회장의 꼼수 어린 부패의 연결고리는 경악을 넘어 썩은 냄새가 너무 진동해 실제로 마스크를 착용하고 싶다. 어물정 넘어가려던 진 검사장의 주식 대박 사건은 그 실체를 드러내면서 나향욱 교육부 고위공무원의 민중은 개, 돼지 발언과 함께 국민들의 분노는 하늘을 찔렀다. 또 꼬리를 물고 불거지는 청와대 우 수석의 의혹은 양파 껍질 벗겨지듯 끝없이 펼쳐지는데 투명한 답도 없이 국민을 우롱하고 있다. 열심히 사는 국민들의 의욕을 꺾고 위선과 거짓에 물든 고위층의 무너져버린 가치관은 우리 모두를 신음케 한다.

금수저를 물고 태어나 뛰어난 머리까지, 넘치는 감사로 많은 것을 마음껏 누리며 살아도 부족할 것 없는 그들이 명예 권력까지 거머쥐고도 끝없는 탐욕에서 벗어날 수 없었던 것은 세상적인 출세에만 눈이 어두웠지, 진정 중요한 가치가 무엇인지 모르고 있었기 때문일 것이다.

취업을 못한 젊은이들이 아침부터 저녁까지, 또 밤 9시부터 새벽 3시까지 알바를 해도 한 달에 100만 원도 채 안 되는 보수를 받고 꿈마저 포기하고 싶은 절망을 안고 살아간다. 40대 50대 중장년들이 자영업의 개·폐업을 반복하며 충혈된 눈으로 거리를 방황한다.

지하철 스크린 도어를 수리하다 사고를 당한 청년의 죽음은 누구나의 가슴을 아픔으로 적셨다. '아가야 라면 먹지 말고 쌀밥에 미역국 먹어라.' 청년의 유품에서 나온 컵라면을 보고 어떤 엄마가 쓴 위로의 글이다. 자식을 길러본 부모라면 누구라도 눈물 가득 머금고 성실하게 열심히 살았던 19세 청년의 명복을 빌어주었을 것이다.

똑같은 이 땅의 자식들인데 누구는 고위직 부모 덕에 외제차 타고 규정 어긴 꽃보직에 외박을 일삼을 수 있을까?

녹슬고 무디어진 검찰의 칼날은 많은 의혹과 부정을 수박 겉 핥기 식으로 은근슬쩍 넘길 것만 같다. 법은 만인 앞에 공정하다는 사법 정의가 지독한 농담이었다는 쓸쓸함이 마음속을 가득 채우고 있다.

열심히 일하고 착실하게 세금 내고 법과 질서를 지키는 우리네 서민들은 손해 보고 바보가 된 기분을 떨쳐버릴 수가 없다.

이번 여름 수련회에 신고 간 샌들이 무참하게 틀어져버려 한 발자국도 걸음을 옮길 수가 없었다. 3년 선쯤일까. 멀쩡한 모양을 한 만 원짜리 샌들을 사 오랫동안 신었던 것이 화근이었다. 어쩌자고 나이든 여자가 싸구려 신발을 사 신었느냐고 친동기 같은 권사들에게 핀잔을 들었다. 비싼 신발은 발바닥이 닿는 부분도 부드럽고 많이 걸어도 피곤하지 않다는 의견들이었다. 내가 그런 사실을 몰라서 값싼 신발을 사 신은 것은 아니다. 정장을 하지 않는 한 주로 운동화를 신고 다니니까 샌들까지 비싼 것을 신는다는 것이 낭비라는 궁상 실력이 발동을 한 것이었다.

우리 가족이 해마다 착실하게 내는 세금액을 생각하니 허탈해졌다.

대다수의 국민이 이렇게 열심히 성실하게 국민의 의무를 묵묵하게 다하고 있는데……

명예와 권력 재물까지 많은 것을 소유했음에도 고위직의 그들이 끝없이 탐했던 것은 도대체 무엇이었을까?

그들에게 소리쳐 물어보고 싶다.

당신들에겐 도대체 뭣이 중헌디!!

빛바랜 금수저는 어디로 가야 할까?

흙수저를 물고 태어났어도 열심히 살고, 깊은 감사로 희망을 잃지 않고 노력하여, 꿈을 이루어 낼 수 있는 세상이라면, 빛바랜 금수저의 인생보다 훨씬 가치 있는 삶이 아닐까!

판잣집에서 성장하여 벤처기업을 일구어낸 '하이딥'의 고범규 대표처럼.

40대 중반의 그는 스마트폰 포스터치 기술을 개발하여 애플을 제쳤다니 놀라울 뿐이다. 삼성전자연구원이 되어 대박을 친 그의 일성은 실패를 두려워 말고 도전하라는 것이었다.

취업난을 겪는 젊음들이 분노와 좌절 속에서 수저론을 강하게 논하면서 절망의 늪 속으로 빠져들고 있다. 금수저도 흙수저도 하기 나름 아닐까 싶다.

요즈음 가장 멋진 금수저 아기를 보는 행복한 날이 있었다.

나도 그 아기에게 마음속 축전을 보냈다.

'예쁜 아기 맥스(mAx) 탄생을 축하합니다! 강보에 싸인 맥스의 잠자는 모습은 세상 모든 이들에게 미소를 머금게 했습니다. 날이 갈수록 예쁜 재롱이 늘어갈 맥스 아기에게 다시 한 번 축하의 박수를 보냅니다.'

행복이 가득한 표정으로 mAx에게 쓴, 더 나은 세상에서 자라기를 바란다는 맥스 아빠의 편지 안에는 미래 세대에 대한 책임감과 의무감을 다하기 위해 노력하겠다는 결심을 밝혔다.

내 아이만이 아닌 세상의 모든 아이들이 다 함께 행복할 수 있는, 더 나은 세상을 만들기 위해 자신들 지분의 99%를 자선 사업에 기부하겠다고 밝힌 그 아름다운 계획은 신선하고도 감격적이었다.

페이스북 창업자 마크 저커버그와 소아과 전문의 프리실라 챈 부부는 3번의 유산을 겪고 맥스를 낳았다고 한다. 아무리 귀한 아기라도 보유한 지분의 99%인 450달러(약 52조)를 기부하기란 쉽지 않았을 것이다. 더구나 신세대인 그들은 너무 젊은 나이다. 아니 아직 어린 나이라 할 수 있다.

억만장자 빌 게이츠와 워런 버핏이 자선사업의 멘토가 되어주고 멘토 두 분이 시작한 기부약속 운동에 동참한 일이 계기가 되어주었을 것이다.

선진국인 미국의 사회 분위기가 개인의 깊은 배려의 마음과 뛰어난 능력이 조각해 낸 열매이리라!

부자의 성공이 개인의 싱공으로 끝나지 않고 인류 공동체를 위하여 어떻게 값지게 쓰임받는 가를 새삼 깨닫게 되는 시간이었다.

저커버그의 기부방식은 특별했다. 비영리 자선단체가 아닌 기업투자 형식의 기업을 만들어 면세 혜택은 포기하였지만 자선도 베풀고 투자도 하고 정치적 기부도 하여 빈곤층의 삶을 바꾸어 나가는 자선 자본주의를 발전시켜 나간다는 것이다.

선진국의 어린이들이나 최빈국의 어린이들이나 똑같이 평등하게 교육받고, 건강하고 행복하게 살아갈 수 있는 세상을 만들어 나가고자, 딸의 출산을 계기로 실행에 들어간 진정한 노블레스 오블리주이다.

미국 자본가들의 자식사랑, 금수저 부모들의 자식사랑이 이렇듯 아름답고 멋지게 실현되고 있는데 우리 사회 특권층의 금수저 대물림은 고약하기 이를 데 없다. 모 국회의원은 로스쿨 졸업시험에 낙제한 아들을 위해 변호사 시험을 치루게 하고자 관계기간에 압력을 넣었다는 의혹으로 한동안 시끌시끌하였다. 한두 건이 아니어서 일일이 나열하기조차 민망할 뿐이다. 금수저 대물림을 하고자 하는 부모들의 상식을 벗어난 갑질 아니겠는가!

영원히 을일 수밖에 없는 대다수의 사람들이 분노와 좌절을 견디어내야 하는 아픈 현실이다. 금수저 부모들의 빗나간, 그릇된 사랑이 캥거루족을 만들고 심지어 빨대족이라는 신조어까지 넘실댄다. 대대로 자식들을 잘 살게 하려는 탐욕이 자식들의 미래를 빼앗는 어리석은 행태임을 왜 모르고 있는지 한심할 뿐이다. 부족함이 없이 모든 것이 갖추어진 금수저 자식들은 노력할 필요를 느끼지 못하고 성장한다.

한여름에도 한기를 느껴야 하는 흙수저 젊음들은 절망과 고통의 시간 속에서도 한 줄기 빛이 가슴속에 남아 있기만 하다면, 바닥을 치고 날아오를 수 있을 것이다. 힘찬 날갯짓은 노력이라는 아름다운 몸부림이 될 것이다. 잎새마저 다 떨군 채 깡마른 모습의 겨울나무가 그 안에 수액을 간직하고 새봄의 부활을 준비하고 있는 것처럼!

노력도 없이 겸손과 배려의 미덕을 모르고 어른이 된 영혼이 재벌 2세가 된들 그 기업이 제대로 굴러갈 것인가 의심스럽다.

세상의 갑인 부모들이여.

그릇된 자식사랑이 빛바랜 금수저를 만든다는 사실을 버려야 할 욕심이라는 깊은 교훈 앞에 겸허하게 무릎 꿇기를!!

부질없는 희망일까

누구나 벗어나고 싶은 이기심 앞에서 망설여 본 적이 있을 것이다.

떳떳하지도 못하고 당당하지도 못하지만 자기에게 불이익이 돌아올까봐, 손해 볼까봐, 귀찮은 일에 얼굴 내밀었다가 입장 곤란해질까봐 몸을 사린 경험이 있을 것이다. 곧 부끄러운 가책으로 되돌아와 심히 후회한 경험 말이다.

강서구 가양동의 특수학교 건립 토론회에서 장애아 엄마의 무릎 꿇은 호소는 그 엄마들의 아픔을 넘어선 국가적인 문제로 사회적, 교육적인 과제로 크게 떠올랐다.

장애를 가진 것이 죄도 아닌데 그 엄마들은 울면서 호소하였다. "욕하셔도 모욕을 주셔도 괜찮습니다. 때리시면 맞겠습니다. 그런데 학교만은 절대 포기할 수가 없습니다. 장애 아이들도 학교는 다녀야 하지 않겠습니까?" 자신들이 아니라 아이들을 위해서 스스로 굴욕적인 자세를 취한 모성의 자세에 강한 공감이 형성되었다. 그 지역에 특수학교가 없어 몸이 불편한 아이들이 편도 2시간이 넘는 학교를 다녀야 한다니 딱한 사정이 말로 다 표현할 수가 없다. 절대로 허락할 수 없다고 결사반대하는 주민들의 변은 집값이 떨어진다는 것이 첫 이유이고 좋은 것만 보고 자라야 할 자기들의 귀한 아이들이 장애아들의 온전하지 못한 모습을 보게 하는 것이 싫다는 것이다.

내 자식 귀한 줄 알면 남의 자식도 귀한 줄 알아야 할 것이거늘 한심한 이기심 앞에서 할말을 잃는다.

집값이 떨어진다는 것은 그들의 막연한 생각일 뿐 전연 사실에 근거하지도 않는다. 어려서부터 몸이 불편한 친구를 이해하고 배려하는 교육의 장점을 그들은 완전 외면하고 부끄러운 이기심만 앞세우는 것이다. 이런 집단 이기심 앞에서 누구나 한번쯤 자신을 들여다보면 답이 나오지 않을까.

만일 우리 아파트 안에서 이런 일이 일어났으면 나는 어떻게 행동하였을지 생각해 본다. 나는 반대하지 않았을 것이다. 그러나 장애아들과 그 부모들의 입장이 되어 앞장서서 반대하는 주민들을 설득하고, 일이 되도록 발 벗고 나서서 노력하는 일에는 좀 주저하지 않았을까 싶다. 장애아들의 입장을 이해하고 편들어 주고 싶어도 결과가 뻔히 보이는데 힘든 일을 하고 싶지 않은 소극적이고도 얍삭한 이기심이 발동하였을 것 같다. 귀찮은 일에 발 들여놓고 싶지 않은 이기심도 부끄러운 이기심이다. 자신이 손해 볼까봐 자신에게 돌아올 몫이 깎일까봐 행하는 이기심보다 귀찮고 게을러서 해야 할 일에서 슬쩍 빠져버리는 이기심이야말로 진정 부끄러운 이기심이고 누구나의 마음속에 지니고 있는 이기심일 것이다.

마음속에 숨겨둔 이기심은 인간의 죄성과 연결되어 슬픈 자화상을 연출하고 있다.

1970년대에 박완서 선생의 『부끄러움을 가르칩니다』라는 단편집이 출간되어 많은 공감대를 형성했던 기억이 난다.

강남 개발로 인해 새롭게 형성된 신흥부자들 졸부들의 생활상을 그린 작품들이었는데 노력 없이 갑자기 형성된 물질적인 풍요는 무지한 그들의 인격을 나락으로 떨어뜨렸다. 욕심은 욕심을 낳고 없는 자들 위에 갑질을 해대는 행태는 골수의 부르조아들보다 더 고약했었다. 자신들의 이익을 위해서는 물불을 가리지 않아 열심히 노동이라도 해서 겨우 먹고사는 가난한 이들의 밥그릇마저 무참히 빼앗아버리는 몰염치를 주저 없이 감행하였다.

호박에 줄긋는다고 수박되지 않는다지만 태어나길 도저히 '아니올시다' 하는 인물이라도 값비싼 화장품에 명품으로 휘감은 졸부 여인들의 변신은 겉모습만은 참아준다 해도 가난 위에 군림하는 극단의 이기심 앞에서는 분노를 금할 수가 없었다.

작품들이 전하여준 메시지는 부끄러움이 무엇인지 알려주었다.

우리 교회 안에 장애우를 위한 부서인 사랑부에서 한동안 봉
사를 했었다.

사랑부 식구들이 교회 도착 전에 웃음으로 그들을 마중하고
손잡아주며 그들과 함께 예배드리고 사랑한다는 영혼과의 교
감을 쌓아갔다.

예배를 끝내고 점심시간이 되면 식사를 도와주었는데 휠체
어에 앉거나 누워 지내는 그들에게 음식을 부드럽게 짓이겨 떠
먹여 주거나 시중드는 일이었다.

토해내는 일이 다반사여서 쉬운 일은 아니었다. 그보다 조금
더 어려운 일은 대소변 가리는 일이었다. 스스로 걸어서 화장
실 갈 수 있는 친구들이 몇 명 되지 않았으므로 대부분 기저귀
를 사용하였었다.

그러나 가장 큰 역할은 장애우 엄마들의 하소연을 들어주고
위로하는 일이었다. 엄마들의 가슴 가득히 쌓인 슬픔과 한, 그
아픔 속으로 들어가 같이 울어주고 공감대를 형성해 주는 일이
었다. 함께 같은 마음이 되어주는 것만으로 큰 위로가 되어 주
었다.

단 하루라도 아이들의 그늘에서 벗어나고 싶지만 단 하루라
도 성치 않은 자식보다 더 사는 것이 소원이라는 엄마들의 간
절한 바람을 들으면 깊은 시름에서 벗어나기가 힘들었다.

준수한 얼굴로 웃음 짓던 은표도, 하루가 다르게 소년의 모습에서 벗어나던 청현이도. 소녀의 해맑은 미소를 잃지 않던 유리도. 이젠 다들 청년이 되었다. 만나면 좋아하며 땀에 젖은 사탕을 내게 쥐어주던 유리의 모습은 내게 환한 반가움을 안겨주었지만 반가운 표시로 입고 있던 옷을 하나씩 벗어 던지던 철이의 모습은 아연실색할 노릇이었다.

겉모습만 자라고 정신의 세계는 멈추어선 그들의 성장이 엄마들에게도 내게도 절벽 앞에 선 것처럼 마음을 아프게 했었다.

그래도 그들 모두는 특수학교에 다니며 교육을 받고 있었다.

선천적인 장애인의 숫자는 전체 장애인의 25% 가량이라니 생활하다가 불의의 사고로 장애인이 된 사람들이 훨씬 많은 것 같다. 우리 모두는 잠재적인 장애인이다.

또한 누구에게나 보이지 않는 장애가 있다. 욱하는 성질을 못이기는 분노조절 장애, 올바른 판단 앞에 망설이는 결정 장애, 내 일이 아니니까 하는 공감 능력 장애 등을 품고 사는 것이 저마다의 모습일진대 장애인을 폄하하고 편 가르기하는 것은 절대 해서는 안 되는 일이 아닐까 싶다.

로봇다리 세진이의 당당한 모습을 보면 한 사람의 넓고 깊은 사랑이 선천성 장애라도 얼마나 훌륭하게 성장할 수 있는가를 보여주고 있다. 두 다리와 오른손이 없이 선천성 무형성 장애를 안고 태어난 세진 군을 가슴으로 낳아 기른 그 엄마의 사랑과 힘찬 격려가 없었다면 수영 세계대회에 나가서 어떻게 그처럼 수많은 메달을 딸 수 있었겠는가? 물론 엄마의 뜻을 받아 본인도 피나는 노력을 했으리라.

지금은 미국유학을 가기 위해 학교를 알아보고 있다 한다. 대학원에서 재활심리를 전공한 후 유엔에서 공공 외교에 관한 일을 하고 싶어하고 IOC위원이 되는 꿈을 갖고 있다하니 꿈을 꼭 이루기를 기도해주고 격려와 박수로 응원하고 싶다. 수많은 장애아들에게 희망이 될 것이기에…….

자식을 키우는 다 같은 엄마로서 조금만 양보하고 이기심에서 조금만 비켜나면 강서구 가양동의 특수학교 문제로 무릎 꿇는 엄마들의 안타까운 모습은 일어나지 않을 것이다.

부끄러운 이기심을 버리고 서로 이해하고 소통하여 아름답게 성장해 나가는 우리 사회의 모습을 보고 싶은 것이 부질없는 희망일까?

식물도, 사물도 제 몫을 다 하는데

5년쯤 전이던가 남편이 등산 다녀오는 길에 철쭉화분을 하나 사왔다. 화분은 작고 볼품도 없었지만 딱 한 송이가 봉긋하게 꽃망울을 맺고 있었다. 풍채 좋은 군자란과 서양란 사이에서 초라하기가 이를 데 없었지만 피어난 꽃만은 화려하고도 고혹적인 진분홍 빛깔이었다. 그러나 그뿐 베란다 구석에 놓아둔 채 별 관심을 두지 않았다.

수년 동안 관심 밖의 철쭉화분에게 물만은 제대로 주었지만, 다른 화분들과 심하게 차별을 했다. 난 종류엔 각별한 애정을 기울여 아침인사도 다정하게 나누고 햇볕 따라 자리를 옮겨주며, 꽃대가 올라오기를 기다리면서 세심하게 살펴주었다. 새로운 뿌리를 밀어올린 꽃대인 줄 알고 환호성을 지르기도 하고 남편과 꽃대다, 뿌리다, 서로 우기기도 하였다.

목 언저리로 파고들던 꽃샘추위도 물러가고 바람결이 한결 부드러워지면, 실내에서 겨울을 난 화분들도 봄맞이 이사를 시킨다. 소중하게 위해 바치던 화분들만 몇 개 골라서 아파트 앞 화단으로 나가 자연 바람도 쐬어주고, 비도 맞혀주고 무더운 여름날은 경비아저씨가 시원한 물줄기로 목욕도 시켜준다.

한결 건강해진 모습으로 꽃망울을 맺은 화분들을 늦가을 집 안으로 들인다. 볼품없는 화분은 그 축에도 끼지 못해 한여름 내내 베란다 구석에서 더위를 견디어냈다.

동지가 지나고 하루에 쌀 한 톨만큼씩 여물어가는 햇빛이, 차츰 은빛 햇살로 바뀌어 가기도 전에 구석에 놓여 눈에 잘 띄지도 않던 고 조그만 화분에 불이 켜지듯 꽃봉오리가 인사를 해 왔다. 미안한 마음이 들면서 창 쪽으로 옮겨주었다. 몇 년 만인가, 그 화분의 가치를 알아준 것이!!

조그만 화분 전체가 흡사 화려한 꽃다발처럼 아니 꽃바구니처럼 내 방 창을 통해 아침저녁으로 기쁨을 전해왔다. 예쁘다 생각해 주지도 않고 바라봐 주지 않아도 꽃잎을 열어 제 몫 다 해준 작은 철쭉 앞에 비로소 머리를 숙이고 싶어졌다.

어느 날 아침나절 군자란의 화려한 노을빛 꽃잎과 우아한 크림색 호접란 사이에서 기죽지 않고 석 달째 진분홍 꽃잎을 쉬지 않고 피워낸 철쭉꽃잎이 대견하기도, 미안하기도 해 찬찬히 들여다보고 있는데, 주방 쪽에서 천둥치듯 요란한 소리가 들려왔다. 깜짝 놀라 달려가 보니 다용도실 세탁기에서 나는 굉음이었다.

우선 전원을 끄고 세탁기를 열어보니 흥건한 물속에 세탁물들이 뒤엉켜 잠겨 있었다. 통상 세탁기의 수명이 10년이라 생각하면 5년이나 더 노쇠한 몸을 이끌고 힘겨워하면서 일을 해 온 것이다.

그동안 세탁기의 나이를 생각해 본 적이 없었기에 여간 당황스럽지가 않았다. 고장이 나서 속을 썩인 적이 한 번도 없었는데 무슨 일일까? 찬찬히 생각해보니 한 달쯤 전일까 세탁기를 돌려놓고 외출했다가 돌아왔을 때 그대로 세탁기가 멈추어 있었던 적이 있긴 있었다.

깜빡 잊고 작동 버튼을 누르지 않았구나 생각했었는데 그때 아프다고 호소를 해 온 것을 나는 인정머리 없이 모른 체한 것이었다. 서둘러 고장 신고를 하고 기사가 출장을 왔다. 모터 고장은 아니지만 오래 사용해 수명이 다된 것이란 진단이었다.

세탁도 되고 탈수도 되었지만 작동할 때마다 세탁기 옆에 섰다가 작동 버튼을 눌러주어야만 했다. 느리지만 힘겹게 우리 집 세탁물을 두어 달 후까지 제 몫을 다하고 나는 정든 세탁기와 이별을 했다.

아파도 참으면서 하루 종일 허리를 펼 수 없이 일을 하는 주부들 특히 노년의 엄마들이 세탁기의 일생하고 똑같다고 생각키웠다. 해도 해도 폼도 나지 않고 끝도 없이 반복되는 아무도 알아주지 않는 주부들의 일상 지금이야 주부의 일상 노동력이 법적으로도 인정이 된다지만 육아와 집안 살림 전부를 생각하면 돈으로는 절대 계산할 수 없는 가치이다.

참고 견디어 내는 것이 최대의 미덕인줄 알고 살아온 우리 세대에 비하면 요즘 젊은 주부들의 삶은 몰라보게 여권이 신장된 셈이다.

자신들의 존재감을 찾고 당당하게 살아야 하는 것이 행복을 향해 가는 길이라는 것을 깨달아 가고 있다.

그러나 누릴 권리에 앞서 할 도리를 다하는 것이 우리들 각자에게 주어진 책임 아닐까……

제 몫 다하는 삶!

아내와 남편, 부모와 자식, 통치자와 국민 다 각자에게 주어진 자신들만의 몫이 있을 것이다.

작금 내 나라의 혼란을 바라보는 마음은 안타깝고 씁쓸하다.

국민의 80%가 실망과 분노 속에 하이에나처럼 대통령을 탄핵까지 몰고 갔어도 박근혜 전 대통령이 탄핵이라는 아픈 결과를 담담하게 받아들이면서, 지지층에 자제를 호소하고 촛불집회에게도, 자신의 지지 세력인 태극기집회에게도 나라의 미래를 걱정하는 여러분들의 뜻을 잘 알겠노라고 위로와 화합의 뜻을 전하는 성숙함을 보여 주기를 간절히 바랐었다.

20여 년 전 지인의 삼우제가 있던 날 동작동 현충원의 장군 묘역에 간 적이 있었다. 맞은편 박정희 대통령 묘소에 들렀을 때, 그 당시 칩거 중이던 박근혜를 만났다. 주름치마의 단정한 모습으로 겸손하게 목례를 나누었다. 오래전 10·26사태로 아버지마저 홍탄으로 잃었을 때 장례식 장면이 떠올랐다. 20대의 근혜가 가녀린 소복 차림으로 동생들을 다독이던 모습은 모두의 가슴을 슬픔으로 적셨었다.

베란다 구석에서 초라하게 잊혀져 있던 보잘것없던 그 작은 철쭉화분이 수줍은 듯 조금씩 꽃망울을 내밀다 마침내 화려한 꽃들을 품어 주변의 뭇 꽃들을 제압한 가련했던 철쭉은, 또 아픈 몸을 추스르며 마지막까지 제 책임을 다한 세탁기는 제 몫도 다하지 못하는 인간들에게 부끄러움을 가르쳐주었다.

박근혜 전 대통령에게 말해주고 싶다.

누구에게나 생의 기슭에서 만난 아픔과 시련과 고난의 시간이 있을 것이다.

그 시간들을 풀어내는 것은 긍정의 마음으로 이웃과 세상과의 소통, 오기와 아집을 버리고 묵묵히 제 몫 다하는 온기 가득한 마음일 것이라고!!!

모자가 동동 떠내려 간다

얼마 전 신문에서 아름답고도 훈훈한 기사를 읽었다.

언어 청각 장애 1급인 부부가 전 재산을 학교재단에 장학금으로 기부했다는 내용이었다. 경북 경일대 학생회관 내 2평 남짓한 공간에서 20년 넘게 열쇠와 도장 제작을 하는 50대 장애인 부부는 집과 땅 등 가진 것 모두를 학교에 기부한 것이다. 공시지가 기준으로 1억 3600만 원이니 그리 큰 금액은 아닐지라도 어느 재산가의 수천억보다 더 빛나 보였다. 학교 측의 배려도 가슴 뭉클한 사연이었다.

20여 년 전 학교 이곳저곳을 다니며 수리를 했고 구두를 거두어 닦는 일을 했다고 한다. 말은 통하지 않았지만 겸손하고 친절한 그의 태도와 성실한 모습의 그를 학교 측에서 작은 공간을 임대료 없이 무상으로 빌려주어 열쇠, 도장 제작 수리로 생계를 이어갈 수 있었다.

아직 아이가 없는 부부는 더없이 평화롭고 행복한 생활을 누릴 수 있게 배려해준 경일대와 학생들을 위하여 하고 싶은 일이었다고 수화를 통해 뜻을 전했다고 한다. 학교 측에서는 그들 부부가 희망하는 기간까지 그 자택에서 살도록 하고 그의 이름으로 장학재단을 만들고 기부금을 모아 재단을 키워나갈 예정이라 한다.

"청년 취업이 어려운 지금 경일대 학생들만큼은 모든 어려운 일들을 척척 해결하는 만능열쇠 같은 훌륭한 인재로 성장하기 바라는 마음 간절합니다"는 멋진 인사와 함께 사진기자의 청에 응한 부부의 사진은 얼마나 선하고 부드러운 느낌을 주는지 보는 사람을 저절로 미소 짓게 만들어주었다.

신문에 실린 선량함이 가득 담긴 두 부부의 사진을 보면서 10년도 전에 북유럽 여행길에서 만났던 허 선생 부부의 때 묻지 않은 모습이 떠올랐다. 한없이 선량해 보이고 순박한 인상의 그들 부부는 해외여행길이 처음인 것을 한눈에 짐작할 수가 있었다. 새로 마련한 두 분의 커플 운동화와 한 번도 써보지 않았을 어색한 여름 모자가 기내식을 반반씩 나누어 먹던 다정한 모습과 함께 눈에 확 들어왔다. 우리 일행이 아니었다 해도 오래 기억에 남았을 모습이었다.

아마도 환갑 여행으로 자식들이 마련해준 여행이 아니었을까 짐작이 갔다. 패키지 여행의 팀으로 묶이면 처음엔 서로가 서먹해 하다가 사나흘 지나면 얼굴을 익히고 친근해진다. 20

명이 넘는 일행이 한 팀이 되었으나 나는 제일 촌스러웠던 그 부부가 정이 많이 갔다.

북유럽 여행은 비용이 만만치 않아서 대부분의 일행들이 여유롭게 사는 티가 났고 여행경험이 많은 사람들이었다. 식당에 가서도 우리 부부는 그분들과 같이 앉기를 즐겼고 이야기를 나누며 친밀감을 쌓아갔다.

여행 첫날부터 허 선생은 궂은일을 솔선해서 하곤 했다. 이동하는 버스에서도 좋은 자리는 늘 양보하였고 각자의 짐을 실을 때에도 내릴 때에도 늘 도움을 주곤 하였다.

여행의 첫 도착지는 모스크바였다. 크레믈린궁의 대통령 사무실과 그 주변 경관, 그리고 각양각색의 9개 양파 돔 지붕으로 가장 러시아적인 성 바실리 사원도 사진으로 찍고 눈 속에도 담았다. 그러나 최대의 백화점이라는 굼 백화점도 살 만한 물건이 없었다. 모스크바대학 거리에 있는 자작나무숲은 정말 아름다웠다. 서로 앞 다투어 좋은 자리에서 사진을 찍으려 아우성을 치듯이 분주했지만 허 선생은 끝까지 양보하는 미덕을 보여주었다.

성 페테르부르크로 옮겨 피터 대제의 여름과 겨울 궁전도 둘러보고 성 이삭성당의 아름다움에도 취해 보았다. 특히 네바 강변에 정박되어 있는 '오로라'함 관람은 인상적이었다. 1905년 대한해협에서 벌어졌던 노일전쟁에 참전하여 러시아가 대패한 후 구사일생으로 살아서 되돌아간 3척 중 하나로, 그 후 러시아혁명 때 러시아궁을 향해 쏜 한 발의 포성을 신호로 그 유명한 역사적인 러시아혁명이 시작되었다고 한다. 그때까지는 가이드의 설명으로 일행이 함께했었다.

가이드가 자유시간을 주면서 소매치기를 조심하라는 주의를 강조하였다. 여행을 떠나기 전부터 지인들로부터 또 여행안내서에도 러시아는 도둑이 심하다는 주의사항이 있었다. 지금은 어떤지 모르겠지만 10여 년 전의 러시아는 너무 가난해 도둑이 많았던 것 같다. 한눈팔면, 호텔에서도 짐 트렁크도 잃어버린다는 소문이었다. 자유시간에 둘러 본 거리는 복잡했다.

점심시간에 만난 허 선생 부부는 밝았던 얼굴에 그늘이 가득한 채 풀이 죽어 있었다. 무슨 일이 있었는지 물어보니 여행경비를 몽땅 소매치기당했다는 거였다. 위로할 말이 떠오르지 않아 손부터 잡았다. 다치지 않아 다행이라는 상투적인 말을 하면서 야속하게도 여행 초기에 돈을 털어간 소매치기에게 심한 분노를 느꼈지만 어쩔 도리가 없었다. 가이드에게 얼마간의 돈을 빌리기로 했으니 걱정 말라고, 일행들에게 폐를 끼쳐 미안하다고 도리어 마음이 울적해진 우리를 위로해 주었다.

소매치기들은 귀신처럼 알아 본 것이다. 여행길이 처음인 것 같은 순진한 사람을!!

현금은 반드시 부부가 나누어 지녀야 한다는 것을 알아가면서 여행은 계속되었다.

성 페테부르크에서 국제열차를 타고 핀란드의 헬싱키에 도착하였는데 그곳에 있는 시벨리우스기념탑이 우리 아파트 옆 아시아 공원에 있는 강철 탑과 비슷해 참으로 반가웠다. 그 기념탑을 모델로 한 모양이었다.

스웨덴을 거쳐 노르웨이 구 수도인 베르겐에서 관광 도중 내가 아끼던 모자가 바람에 날려 물에 빠지고 말았다. 속절없이 동동 떠내려가는 모자를 바라만 보고 있을 때 허 선생이 재빠르게 긴 막대기를 구해다가 모자를 건져주었다. 너무 요란스럽지도 않았고 꽤 멋스러워 내가 즐겨 애용하던 모자였다. 얼마나 고마웠는지 감사 인사를 건네니 그분은 오히려 쑥스러워하였다.

노르웨이는 자연경관이 가장 아름다웠다. 특유의 거대한 빙하와 피요르트 협만, 수많은 빙하호를 감상할 때 많은 관광객이 넘쳐났다. 그곳에서 허 선생네는 또 한번 소매치기를 당해 나의 마음을 아프게 하였다. 가이드에게 빌린 돈마저 잃어버렸다면 공항에 내려 집까지 갈 차비는 있는지, 자식들에게 전해주고 싶은 여행선물을 살 돈은 있는지 걱정이 되었고 도움이 되고 싶었다.

남편과 의논 후, 일행들에게 동의를 구해 위로금을 모으기로 마음먹었다. 아무리 좋은 뜻을 갖고 하는 일이라도 모금은 언제나 힘들고 거북한 일이다. 오랫동안 친분을 쌓은 사람들과의 관계에서도 그럴진대 일주일 남짓 쌓은 친분으로는…….

한 사람씩 설득해 돈을 모으면서 새로운 깨달음이랄까 값진 공부를 할 수 있었다.

일행 거의가 동참해 주었는데 유독 참여하지 않은 두 가정이 있었다.

골프 매니아라는 자랑으로 특권층인 양 행동하던 우리 또래의 부부와, 법대생 두 아들 데리고 온 젊은 엄마. 교만이 하늘을 찔렀던, 잘난 체하던 그들의 행동에선 이미 악취가 났었다. 그래도 잘난 값을 하려면 모금에는 참여할 것이란 내 생각은 빗나가 씁쓸한 뒷맛을 안겨주었다.

위로금을 전해 받은 허 선생의 진심어린 감사에 여행 도중의 피로는 말끔히 사라지고 공항에서 서로가 아쉬운 작별인사를 나누었다.

집에 도착한 며칠 후 허 선생 부부에게서 연락이 왔다. 너무 감사해서 우리 집으로 찾아뵙고 싶다는 훈훈한 인사였다. 정중하게 거절하니 그럼 식사라도 한번 대접하게 허락해 달라는 간절함이 전해왔지만 마음만 받겠다고 예의 갖춘 인사로 따뜻한 마음만 나누어 갖기로 하였다.

위로금을 모을 때 동참해 주지 않았던 두 가정은 상류층에 속한 부류의 사람들일 것이다. 높고 자랑스러운 학력, 강남에 값비싼 아파트에서 최고의 교육을 받은 엘리트를 자식으로 둔 잘 사는 사람들이다.

잘 살아 간다는 의미는 어떤 모습의 삶일까?

'잘'이라는 부사의 사전적 의미는 '제대로' '올바르게' '탁월

하게'이다. 그러면 잘 산다는 것은 제대로 참되게 사는 것을 의미하는데 '잘 산다'고 하면 물질의 풍요, 높은 지위를 누리며 사는 것으로 인식되어 있다.

진정 잘 사는 사람이란 전 재산을 장학금으로 기증한 장애인 부부나 한평생 익힌 건물수리(방수) 기술로 양심껏 일하여 자식들 분수껏 교육도 시키고 저축한 돈으로 아내를 위하여 여행도 준비하고, 이웃을 순박한 마음으로 돕고 살아가는 허 선생 같은 분들의 삶일 것이다.

나도 잘 살아내고 싶다.

삶의 깊이를 헤아려가며 따뜻한 가슴으로 섬김을 실천하고 감사를 쌓아가며 제대로, 참되게 잘 살고 싶은 소망을 품는다.

어머니의 된장찌개

어머니
된장찌개엔
달래 향이
푸르게 살아 있었다.
사랑도 한 웅큼
구수함도 한 웅큼
녹아 있었다.

그리움 수북 쌓인
내 된장국엔
씁쓸한
오늘이
가득하다.

4부

어머니 그림자

어머니 그림자

오랜만에, 정말 오랜만에 어머니를 꿈에서 만났다.

꿈속에서 어머니는 돌아가실 때보다는 조금 젊은 모습이셨는데, 내 건너편에 앉아 계셨다. 내가 앉은 자리는 아주 낮았고, 어머니의 자리는 높고도 멀었다. 나는 반가움도 잊은 채 어머니를 멍하니 바라다보았다. 생전의 어머니가 늘 그러셨듯이, 혼자서 신세타령 중이셨다.

올가을로 어머니가 떠나신 지 40년이 된다.

그리움조차도 아득해진 많은 시간들이 내 뒤에 쌓였다. 요즈음 2, 3년 동안은 꿈에서도 잘 나타나지 않으셨는데 왜 나를 찾아오셨을까?

아마도 추도일이 가까워진 때문일까, 어머니의 생신날이 담겨 있는 가을이기 때문일까.

어머니가 가신 후 살아갈 힘을 잃고 우울증에 시달렸던 많은 날들이 내게는 너무 컸던 아픔이었다. 날카롭던 마음속의 생채기가 무디어지면서 잊혀져 가고 있다고 생각했었는데, 무의식 속에서 어머니는 여전히 살아 계셨던 것 같다.

6·25전쟁 발발 후 어머니마저 잃을 뻔한 우리 형제들은 극적으로 어머니를 만나게 되었으나 기쁨도 잠시 극심한 생활고에 시달렸다.

고달프고 힘겨운 생활 앞에 지칠 때마다 어머니의 신세타령, 푸념은 점점 강도가 쎄져 갔다. '내가 전생에 무슨 죄가 많아서, 이리도 힘겹게 살아야 하나, 내가 남씨 가문에 시집와서 무얼 그리도 잘못했단 말인가. 잘난 자식 다 놓치고 못난 자식들이나마 정성스레 키웠는데…… 모두 한 구덩이에 쓸어넣어 파묻어버리고, 나도 죽어버리면 끝나버릴 것을!' 처음엔 어머니의 그 푸념에 충격을 받았으나, 여러 차례 반복해서 듣고 나니 엄마가 짊어진 삶의 무게가 얼마나 무거운지, 우리 집 형편이 얼마나 궁핍하고 힘겨운지 엄마의 비명을 이해하게 되었다.

너무 빨리 철들어 애늙은이가 되었고, 그때부터 지금까지 언론을 통해서 엄마가 어린 자식들을 데리고 동반자살을 했다는 기사를 접할 때마다, 어머니 생각이 났다.

잘난 자식 다 놓쳤다는 어머니의 한 맺힌 절규는 내 바로 위의 언니 위로, 오빠 둘과 언니 한 명, 삼남매를 차례로 잃으셨는데, 그 삼남매가 준수하기가 이를 데 없었다는 것이다. 그들이 나다나는 곳마다 빛이 비치듯 주위가 환하게 빛났다는 게 어머니의 애틋한 회고였다. 빛나는 모습으로, 넘치는 기쁨으로 엄마에게 왔었던 오빠들과 언니는 왜 그렇게 황망히 어머니의 곁을 떠난 것일까? 그것도 계속해서 줄줄이…… 눈부신 햇살이 사라지듯, 당신의 아들이 마지막 눈을 감을 때의 모습을, 나는 아이 엄마가 된 후에도 눈물을 삼키며 들었다. 어머니의 아픔은 끝내 잦아들지 못한 것이다.

칭찬은 고래도 춤추게 한다는데, 칭찬은커녕 죽은 형제와 끊임없이 비교당하면서 성장하였지만 주눅들지는 않았다.

초등학교 시절 초저녁이었다. 안방에서 설핏 잠이 들었는데 마루에서 어머니가 누군가와 이야기를 하고 계셨다.

사는 것이 너무 힘들지만, 내가 사는 힘은 아이들이라고. 아무리 고생스러워도 나는 아이들을 반듯하게 잘 키워낼 것이라고. 우리 아이들은 2등도 아니고 모두 1등만 한다고. 대강 이런 내용이었다.

엄마는 우리들을 자랑스럽게 생각하고 있었구나, 기분 좋은 확신이 왔다. 하긴 6·25가 나기 전 아버지가 살아계시고, 우리가 여유롭게 살던 때, 엄마는 한번도 우리 형제들을 향해 못난이, 찌꺼기 같은 표현을 쓰지 않았으니까.

따뜻하고 부드럽기보다는 강하고 대찬 성격의 어머니를 마음속으로 많이 원망했었다. 꿈을 갖는 것조차 사치로 여겨질 만큼 남루했던 사춘기 시절 따뜻하게 보듬어 줄 엄마가 내게는 간절했었다.

우리 세대의 모든 어머니의 교육법은 칭찬보다는 꾸중을, 격려보다는 질책을 앞세웠다.

그런 중에도 우리 어머니는 유별나셨다. 서로 사랑하라는 가르침에 앞서 사람다운 사람이 되기 위해서 지켜야 할 인간적인 도리부터 강조하셨다. 당신 자신부터 철저하게 도덕과 윤리를 지켜나가는 집안의 기둥이셨다. 큰며느리였던 어머니는 가문 지키는 일을 가장 중요하게 여기고 지켜 나가셨다.

교회에 나가면 봉제사를 못 받든다는 잘못된 인식 때문에, 신앙생활을 제대로 할 수 없었던 자신의 일생에 후회와 깊은 회의를 느끼며 살아가셨다.

허름한 일꾼들에게도 인정을 베푸시는 어머니가, 내 자식이든 남의 자식이든 눈에 거친 행동을 볼 때마다, 불호령을 내리시는 모습은 전혀 다른 사람 같아 나를 헷갈리게 했다. 외출에서 돌아오시면 할머니께 꼭 절을 올리시던 모습이나, 한여름에도 맨발을 보이시지 않던 모습까지도.

마음속 깊은 곳에 사랑을, 두꺼운 껍질 안에 가두어 둔 채, 자식들을 모질 만큼 엄하게 다루셨던 어머니를 뒤늦게야 이해할 수 있을 것 같았다.

홀어머니 슬하에서 자란 자식들이 행여 반듯하지 못한 인간으로 성장할까봐 내 어머니는 그토록 엄하고 무서운 엄마가 되셨던 걸까?

이 험한 세상에서의 삶이 끝날 때까지, 아마도 나는 어머니의 그림자를 벗어나지 못할 것 같다.

　음식 솜씨가 뛰어나셨던 어머니의 손맛이 간절히 그리워지
는 날이다.

어머니의 추억

지난밤 꿈속에서 진땀을 흘리며 시장 안을 누비고 다녔다.

어린 아기를 품에 안고서. 그 아기가 어떻게 내 품으로 왔는지는 선명치 않았으나 아기를 맡아서 키워야 하는 입장이었다. 그러나 내 나이로 보나 여러 가지 상황이 아기를 키울 형편이 도저히 불가능했으므로 아기를 맡아 줄 사람을 찾아나선 길이었다. 당연히 경찰서나 적당한 보육시설을 찾아야 할 것이었으나 꿈속에서는 생각이 미치지 못했던 것 같다.

점포마다 들어가서 구걸하듯 애원을 하였다. "제발 아기를 맡아 주세요. 가엾은 아기입니다. 제발." 떡집에서도, 기름 짜는 방앗간에서도, 순대집에서도, 튀김집에서도, 다 머리를 가로저으며 내 의견을 받아주지 않았다. 할 수 없이 집으로 돌아가야겠는데 버스 정류장도 찾아지지 않았다. 이 골목, 저 골목을 헤매고 나녀도 차가 다니는 큰길은 나오지 않았다. 품에 안긴 아기는 잠이 들어 팔에 힘은 빠지고 헝클어진 머리로 길 가는 사람을 붙들고 "잠실 종합운동장까지 가려면 어떻게 가야하나요?" 날까지 어둑어둑 어두워진 캄캄한 길을 바라보며 주저앉아버렸다. 울고 싶은 답답한 가슴으로 잠에서 깨어났다. 왜 이런 꿈을 꾸었을까!

엊그제 보육원에서 자란 아이들의 슬픈 사연을 읽으면서 떠오른 생각 때문인 것 같다. 고등학교를 졸업하는 19살 무렵이 되면 보육원을 떠나야만 하는 막막한 이야기였다. 어린 나이부터 보육원이 집이고 원장님과 돌보는 복지사들을 부모님이나 이모로 부르며 자란 아이들이 갑자기 울타리 밖으로 나와 독립된 생활을 꾸려가야 한다는 것이다. 보육원 퇴소식은 눈물바다가 되어 식을 진행할 수가 없었다는 내용이다. 드물게 대학진학을 했거나 취업을 한 아이들도 있다지만 대부분이 알바로 살아가야 하는 의지가지없는 뼈아픈 그 아이들의 현실은 헬 조선 운운하며 불만에 쌓인, 부모 보호 아래에 있는 그 또래 청소년들은 정말 호강어린 투정이구나 하는 생각을 들게 했다. 일단 거처는 자립생활관으로 옮긴다지만 먹는 것부터 스스로 해결해야만 하는 아픈 현실이 그들의 몫이었다. 어린 나이에 보호막을 떠나 차가운 세상으로 나서야 하는 그들의 처지가 남의 일 같지 않게 다가왔다. 지하 셋방이라도 옥탑방이라도 가족이 함께할 수 있는 생활은 얼마나 복된 삶인가를 느끼게 하였다. 고아들에게 가장 큰 행운은 입양되어 가는 것이라는 말이 새삼 실감이 되었다.

60년도 더 지나간 옛날, 어머니께서 버려질 미혼모의 아기를 새 옷을 사서 입혀 시골 친척 집에 데려가 부모를 만들어준 일이 어제 일처럼 선명하게 눈앞을 스쳐갔다.

내가 중학교 2학년 때 창신동 산꼭대기 집에서 세를 살며 자취생활을 할 때였다. 엄마의 친정 먼 친척 집이었는데 셋방은 화장실 바로 앞 문간방이었다. 손바닥만 한 마당에는 온종일 햇빛 한 뼘 구경할 수 없는 울퉁불퉁한 시멘트가 입혀져 있었다. 당연히 마당에는 수도가 없이 언덕 아래 공동수도에서 물을 길어 와야 했지만 인심 후한 주인아주머니가 가끔 구수한 국도 한 그릇 갖다 주시고, 여린 몸으로 물 길어 나르는 우리 자매가 안쓰러워 당신 집 물 긷는 김에 우리 쓸 물도 길어다 주시곤 하였다. 이렇듯 비슷비슷한 옹색한 집들이 모여 있었는데 우리 옆집에 세를 사는 미혼모의 아기가 있었다. 아마도 그 미혼모는 유흥업소에 나가는 것 같았고 낮에는 아기를 돌보다가 저녁 시간에 일을 나가는 딱한 사정의 어린 엄마였다.

시골집에서 생활하시는 엄마는 우리 자매가 걱정되어 자주 우리들 자취방에 들르셨는데 그때 아기의 딱한 사정을 알게 되어 입양을 주선하셨다. 입양이랄 것도 없이 아기를 도저히 키울 수 없는 어린 엄마는 그저 밥이나 주리지 않는 집에 보냈으면 하는 바람을 엄마가 해결해 주었다.

전쟁 통에 우리 식구가 내려가 살던 시골집은 고향마을 남씨 집성촌이었다. 친척 집은 농사지어 먹고살 만하지만, 대를 이어 줄 아이가 없었다. 본처에게서 얻은 딸 하나가 있었지만 후취로 들어온 아내가 몇 년째 아기가 없었다. 양쪽과의 충분한 대화도 없이 엄마는 결심하신 듯 어느 날 아기 옷 한 벌을 사 오셨다. 나는 두 번인가 아기를 본 적이 있었는데 예쁘다는 생각보다는 너무 불쌍하게만 보였었다. 노랑꽃이 핀 듯한 작은 얼굴에 콧물을 흘리고 있는 잔망한 아기는 찌들고 허름한 런닝셔츠만 걸쳤을 뿐 아래는 늘 벗은 채였다.

어머니는 아기를 깨끗이 씻겨 새 옷을 갈아 입혀서 아기를 친히 업고 창신동에서 3번이나 차를 갈아타면서 새 부모가 되어줄 집에 데려다주었다.

나는 그때 어머니가 얼마나 좋은 일을 하셨는지 잠깐 생각을 하였을 뿐, 깊이 있는 생각은 못 했던 것 같다. 아기에게도, 어린 엄마에게도, 귀여운 아들이 생긴 그 친척댁에도. 새로운 행복을 선물한 큰 사건인데도…….

방학이 되면 잠깐 시골집에 내려가서 머물곤 했지만 그 후 한 번도 그 아기를 보지 못하였다. 아기는 잘 자라고 있다는 이야기, 이름도 집안 돌림자를 넣어 지어서 호적에 올렸다는 이야기 등. 문중의 반대가 있었지만 어머니의 도움으로 족보에 올려 완전히 남씨 문중의 어엿한 아들이 되었다는 이야기를 들었다. 아기가 사춘기가 되었을 때 동네 사람들의 입방아로 어느 댁 마님이 업어다 준 업둥이라는 소문이 소년의 귀에까지

들어가 어머니는 걱정을 하시면서도 일부러 그 댁과 거리를 두고 계시는 듯했다.

시간이 지나 나도 결혼을 하고, 어머니도 돌아가신 뒤 친정 나들이는 뜸할 수밖에 없었다. 조카를 통해 들은 소식으로는 항렬이 위인 그 젊은 아저씨는 대학교육도 마치고 건설회사에 다니면서 부모님을 극진히 모신다는 훈훈한 이야기 끝에 대박 난 소식을 접하였다.

개발붐에 힘입어 고향집 마을은 아파트가 들어서면서 적지 않은 보상금이 나왔다는 것이다. 농사를 많이 짓던 그 댁은 가장 많은 보상금이 나와 상속받은 돈으로 젊은 아저씨는 건설회사를 차려 성공적인 삶을 꾸려가고 있다는 소식이었다.

그 옛날 아기였던 그도 60대가 될 만큼 세월이 흘렀다. 지금 왕래가 있는 사이는 아니지만 들려오는 소식으로는 자식들도 공부를 잘해 모두 명문대를 졸업하고 모범적인 사회생활을 하고 있는 듯하다.

혈연을 넘어 한 사람의 역사를 새로 쓸 수 있게 만들어준 어머니는 생명의 존엄을 지켜내신 귀한 일을 실천하신 것이다.

가장 없이 혼자 힘으로 자식들을 키워내야 했던 어머니는 부드럽고 따뜻하기보다는 엄하고 무서운 분이셨다.

자식들과 친구같이 지내셨다면, 호랑이 마님이라는 호칭대신 다정한 할머니라는 인상을 이웃들에게 심어주셨더라면 어머니 자신도 덜 외로우셨을 터인데…….

몸에 익숙하지 않은 밭농사를 즐겁게 지으셨던 것은 씨 뿌려 싹틔운 새 생명과 자라나는 환희를 벗 삼아 어머니가 살아가는 힘이 아니었을까.

가슴속 깊은 곳에 사랑을 저장해 놓으시고서!

내게도 그 시절이

    9살 하린이 6·25전쟁에 관한 글을 썼다면서 노트북을 열어 자기의 글을 보여주었다. 담임선생님의 설명을 듣고 비교적 상세하게 남북한의 전황과 미국의 도움, 러시아 중국의 개입까지 1950년부터 1953년 정전될 때까지의 한국전쟁이라고.

    훌륭하게 잘 썼다는 칭찬과 함께 UN과 38국가에서 우리나라를 도와서 싸워주었다는 설명을 해주었다.

    시골로 피난갔던 이야기와 그때 할머니가 하린이 같은 어린이였다고, 상상이 가느냐고 물어 보았더니. 도저히 상상이 안 된다고 대답하였다. 그도 그럴 것이 하린이 태어나던 2006년에 나는 이미 60대 중반의 할머니였으니까. 제 엄마의 어린 시절은 아기 때부터 유치원, 초등학교, 이후의 사진까지 익히 보아 온 터라 익숙한 모양이지만 내게는 도저히 연결이 되지 않는 모양이있다.

할머니도 아기였을 때가, 어린이였을 때가, 소녀였을 때가 있었다는 것을 알기에는 너무 어린 하린이 아닌가!

아득히 먼 어린 시절, 내게는 특별한 버릇이 있었던 것 같다. 아니 한 성질 했다고나 할까, 엄마에게 꾸중을 들었을 때. 내게 잘못이 있었다고 생각되면 순순히 받아들였지만 그렇지 않을 때는 억울한 마음이 풀릴 때끼지 울음을 멈추지 않았다. 오래 울려면 기운이 딸리니까 큰 소리로 울다가 좀 쉬고 또다시 큰 소리로 울고 해서 기어이 사과를 받아내곤 했다. 사과라기보다는 달래주셨을 것이다. 얼마 후부터 내 버릇을 고치기 위해서였는지 아무리 오래 울어도 나를 무시하고 관심이 없는 듯 엄마와 언니들은 더 재미있는 이야기로 웃음꽃을 피우곤 했다. 그리고 나 들으라고 "굴밤대 우는 소리 곧 나오겠는걸!" 하고 더 즐거워했다. 오래 울면 목이 잠겨 목소리가 쉰 듯 탁하게 나오기 마련이다. 아마도 굴밤대는 그렇게 우는 내가 모르는 새를 지칭하는 것이었다.

그날 아버지가 퇴근하셨을 때까지 내 억지는 멈추지 않았다. 엄마에게 이야기를 들으신 아버지가 갑자기 내 조그만 어깨를 꽉 잡으시더니 앞뒤로 세차게 흔드셨다. 또 고집 피울 거냐구, 또 억지 쓸 거냐구. 내 역성을 들어주실 것이라는 기대가 허물어진 것만도 마음이 아픈데 대단한 충격이었다. 매를 맞은 것보다 더 아프고 슬펐다. 평소에 큰 소리로 역정을 내시는 모습을 본 적이 없던 아버지셨는데. 그날 저녁엔 엄마의 다독임도 언니들의 위로도 별로 도움이 되지 않았다. 이튿날 아버지가 퇴근하실 때 다른 날처럼 뛰어나가지 못했다. 숨듯이 뒤쪽에 서 있던 나에게 "어디 우리 문학박사 오늘도 책 많이 읽었나?" 하시면서 자그마한 상자를 내게 주셨다. 상자 안에는 눈이 번 쩍 뜨일 만큼 예쁜 공 두 개가 들어 있었다. 푸른색 바탕에 새 하얀 꽃이 화려하게 그려져 있는, 또 한 개는 진홍색 바탕에 잔 잔한 꽃무늬가 수놓듯 그려져 있었다. 온갖 아름다운 물건들이 쏟아져 나오는 지금까지도 그렇게 눈부시게 아름다운 물건을 본 적이 없다. 그 옛날 아버지는 그 귀한 물건을 어디에서 구하 셨을까?

그날 아버지께서는 어린 내가 자기 주장이 너무 강한 성격으 로 자랄까봐, 성장해서도 자기만이 옳다는 고집 속에 다름을 인정 못하는 잘못된 가치관을 갖게 될까봐서 나를 그렇게 호되 게 혼내셨나보다. 버릇을 고쳐주기 위해서.

그것이 사랑이었다는 것을 나는 아주 훗날에야 깨달았다.

아버지와 내가 함께했던 시간은 9년밖에 되지 않는다. 오랜 시간을 함께하지 않아도 어린 날의 기억들은 추억의 방 속에 오색찬란한 조각보처럼 펼쳐져 있다. 아버지는 우리 형제들에 게 각각의 적성에 맞게 의학박사, 문학박사 등으로 불러주셨 다. 아마도 우리들을 그렇게 키우시려는 아버지의 바람과 우리 들을 향한 기대를 합한 사랑의 표현이었지 싶다.

6·25전쟁이 정전으로 마무리되었지만 전쟁의 폐허 위에 던져진 엄마와 어린 우리들은 먹고살 길이 막막했다. 사방이 잿더미로 변해버린 시골집 한쪽 구석에서 쑥을 뜯고 도토리묵 찌꺼기를 양식 삼아 연명을 하면서 엄마는 수시로 아버지의 마지막 말을 되풀이하셨다. 똑똑한 아이들 잘 키워달라는 아버지의 마지막 부탁은 어머니에게 힘이 되기도 했고, 부담이 되기도 했을 것이다. 눈물 섞어 하시는 어머니의 한탄은 "입에 풀칠하기도 어려운데……."였다. 내게도 아버지의 마지막 말씀은 위로가 되기도 했고, 다하지 못한 숙제이기도 했다. 가슴 가득히 차오르는 눈물과 함께.

미래를 기대할 만큼 희망을 걸었던 당신의 딸은 똑똑하지도 못했고, 도전정신도 없이 어머니의 비명 섞인 한탄과 신음 속으로 빨려들 듯 숨어버렸다.

빛이 되기는커녕 그림자처럼 희미하게 살아온 나를 아버지는 얼마만큼 이해하실까? 아니 열심히 잘 살아왔노라고 칭찬해 주실까?

한낮의 무더위가 절정으로 치솟지만 푸른 나무 사이로 일렁이는 바람이 한 줄기 소나기라도 불러올 것 같은 나른한 오후다.

송홧가루 날리는 봄날에

　녹색의 계절. 푸른 그늘 사이로 비쳐오는 햇살이 눈부신 아침이다. 나뭇잎들 가득히 초록빛 환희가 넘실대면 마음까지 푸른빛으로 물들며 흔들려 온다. 아니 연두빛 자유로 차오른다. 무언가 기쁜 일이 있을 것만 같아 영롱한 새벽이슬 앞에, 이름 모를 풀잎 앞에, 손톱만 한 풀꽃 앞에도 고개 숙이고 말 걸어본다. 반짝이며 윤기 흐르는 나뭇잎은 빛나는 생명력으로 아우성치고, 뒤늦게 피어난 늦둥이 약한 꽃들은 푸른빛에 가려 숨듯이 수줍고 애잔하다. 묵묵히 무심한 듯 서 있던 소나무들이 조용히 꽃대를 밀어 올렸다. 아! 송홧가루, 연갈색으로 맺혀 있는 알갱이들 속에는 진노란 가루를 품고 있을 것이다. 이 도시 안에서 아무도 받아가지 않을 그 송홧가루는 도대체 어디로 다 흩어져 날아갈 것인가? 발걸음을 멈추고 한참을 바라보았다.

내 키가 닿을 만큼 작은 키의 소나무도 여럿 있지만, 소나무 동산에는 4미터 이상의 나무들이 빽빽하게 서 있다. 곧게 서 있는 듬직한 소나무에 등을 대고 복식호흡을 하면서 흠흠 소나무 송진 냄새를 맡아보려 했지만, 후각도 낡아버렸는지, 공해 때문인지, 송진 냄새는 온데간데없고 마음만 어린 시절 옛날로 달음질쳐 갔다.

시골집 마루 위, 뒤주 위에 놓여 있던 다식판, 반들반들 윤이 나게 길들여진 꽃무늬가 새겨진, 명품(?) 명절 때만 되면 온 동네가 돌아가며 빌려가던 그 다식판이 떠오른 건 송화다식 때문이었다. 샛노란 송홧가루를, 직접 달인 조청에 곱게 개어 동글납작하게 빚어 다식판에 꼭 눌러 찍어내면 아름다운 꽃처럼 피어나던 그때의 진노랑빛 꽃송이들.

어디 송화다식뿐이랴, 쌀도 볶아내고, 찹쌀도, 흑임자도 볶아 곱게 빻아, 고운체로 내려서, 조청 섞어 반죽해 찍어낸 꽃들이 찬합에 차곡차곡 쌓여가던 행복한 기억들이 엊그제 일처럼 눈앞에서 아른거렸다. 입이 짧아, 먹성이 좋지 않던 나는 다식들을 즐겨 먹지는 않았지만, 그냥 바라보는 것만으로 좋았던 것 같다. 송화다식 맛은 달기보다는 쌉싸름했고 입속 가득히 퍼지는 묘한 향기가 특별하고도 낯선 음식이었다.

6·25 피난시절 내려간 시골집은 남씨 집성촌이었지만, 내게는 정 붙지 않는 아주 낯선 곳일 뿐이었다. 친구도 없었고, 엄청나게 바뀌어버린 생활환경 때문에 어린애다운 활기참은커녕

늘 주눅들어 있었다.

어둡고 가난했던 그 시절, 유일하게 생기 가득했던 시간들은 명절 준비하던 때가 아니었을까? 컴컴하고 을씨년스럽던 가마솥 아궁이 속이 주황색 불꽃으로 타오르면, 집안 가득 맛있는 냄새가 퍼지며 분주해졌다. 조청 고아지는 단내가 진해지면, 안방 아랫목은 엉덩이를 댈 수 없을 만큼 뜨겁게 달아올랐다. 식혜의 밥알은 꽃잎처럼 떠오르고, 생강과 계피가 달여진 수정과의 투명한 액체 속으로, 탱탱한 곶감이 스르르 미끄러져 들어가 잠겼다. 떡시루에 앉힌 녹두편이 잘못 쪄질세라 "에미야, 떡시루 잘 앉혀졌는지 한번 더 보거라!" 할머니의 다짐도 반복되셨다. 엄마의 특기인 장김치에 밤채와 잣이 마무리되면 어여쁜 백항아리 속에서 특별한 김치가 알맞게 익어갔다. 그보다 하루 전쯤 할머니가 직접 만들어주셨던 따끈한 두부 맛은 아마도 내가 죽는 날까지 잊지 못하리라. 물에 불린 노란 콩을 맷돌에 곱게 갈아, 굵은체에 내려 간수를 쳐, 가마솥에서 끓여내면 농도에 따라 순두부가 되고, 말랑한 두부가 되는 것 같았다.

따끈따끈한 두부를 큼지막하게 썰어 갖은 양념으로 맛을 낸 양념장에 찍어 먹으면, 기막히게 맛있었던 그 맛. 부드럽고도 고소했던, 황홀한 맛의 극치랄까! 부엌 뒷문 밖에서는, 반듯한 돌 두 개에 받혀진, 솥 뚜껑 번철 위에서 녹두 빈대떡이 고소한 냄새를 풍기며 익어갔다. 밀가루 분칠을 한, 생선전 재료들이 시집가는 색시처럼 노란 달걀 물로 마지막 치장을 하고나면 엄마의 감시가 부쩍 심해졌었다.

자식을 올망졸망 여럿 둔, 조카며느리가 제비새끼처럼 입 벌리는 아이들을 챙기느라 채반이 좀처럼 채워지질 않았기 때문이다. 넉넉지 못한 살림에 총지휘를 하는 어머니는 항상 무서운 감시자가 되었다.

전쟁의 상흔이 가시지 않은 폐허 속에서도, 명절만은 오지게 챙기는 정 많은 우리 민족의 정서가 담긴 한 폭의 그림이다. 이웃의 아이들은 울긋불긋 설빔도 차려 입었지만, 엄마가 내게 내 주신 옷은 손수 만들어준 멜빵 바지에 감색 세루 잠바였다.

꽃분홍치마에 노랑저고리는 아닐지라도 우중충한 옷 대신에 연두색 저고리라도 입고 싶었다.

이름을 부르는 것조차 조심스러운 듯, 우리 아가라고, 유리 그릇 다루듯이 사랑을 주셨던 할머니도, 인간의 도리와 자존감을 지켜나갈 수 있도록 반듯하게 우리들을 키워주셨던 어머니도, 어린 내게도 깍듯하게 '작은아씨' 불러주던 달덩이 같던 그 올케언니도 오래전에 내 곁을 떠나, 추억 속으로 묻혀버렸다. 지금의 나는 그 시절 그때의 그분들보다 훨씬 나이들었다.

아득한 옛일이 엊그제 일처럼 선명하게. 아련하게 내 안으로 들어온 것은 싱그러운 푸르름에, 부드러운 바람결에, 송홧가루 냄새에 실려 온 꿈꾸고 싶은 그리움 때문 아닐까?

쑥버무리

안 권사가 직접 뜯은 쑥으로 절편을 만들어, 모임에 간식으로 갖고 나왔다. 절편이야 어느 떡집에 가도 얼마든지 만날 수 있는 흔한 떡이다. 그러나 늘 먹던 절편하고는 달리, 싱싱한 쑥을 넉넉하게 넣은 탓인지 향기도 진했고, 깊은 쑥색의 품위가 가히 일품이었다. 배 권사의 전원주택으로 나들이 갔던 날, 함께 쑥을 뜯던 즐거운 추억을 떠올리며 웃음꽃을 피웠다.

그날 푸르게 펼쳐진 쑥이 돋아난 언덕 위에 서니, 쑥에 얽힌 어머니와의 옛날의 기억이, 아픔처럼 아니 그리움처럼 보채듯 마음속으로 들어왔다.

6·25전쟁이 정전으로 마무리되면서 부산으로 피난 갔던 정부의 일부 기관들도, 많은 시민들도 서울로 돌아왔다. 서울에 있던 학교들도…….

아직도 부산에 많은 서울 시민들이 남아 있었고, 서울의 학교들은 분교처럼 운영되고 있었다. 1953년 나는 정신여중 신입생이 되었는데 본교 건물에는 미군 부대가 주둔하고 있었다. 종로 5가 연동교회 지하에서 한동안 수업을 받아야만 했다. 피난 갔던 시골의 초등학교를 졸업하고 원하던 중학교는 따로 있었으나 실패하고 입학한, 중학교 생활은 새로운 시작 임에도 활기차기는커녕 쓸쓸하고 슬펐다. 시골 초등학교지만, 전체 일등이라는 자존심도 무참하게 무너졌고, 엄마와 떨어져 지내야 하는 쓸쓸함이 가장 큰 이유였을 것이다. 식구들이 함께 서울로 이사할 형편이 도저히 되지 않으니까 엄마와 남은 가족들은 시골에, 언니와 나 둘이서만 작은 방 하나를 구해 자취를 해야만 했다. 성냥불 켜는 것조차 무서워했던 내게, 처음 해보는 밥짓기란 공중에서 외 줄타기만큼이나 어려운 일이었다. 가느다란 성냥개비 머리와 유황이 부딪히면서 확 불꽃이 튀면 손으로 불이 옮겨 붙을 것 같아 당겨진 성냥불을 내던지기 일쑤였다. 언니와 같이 지내는 생활이었지만 둘의 실력은 비슷했다. 제대로 먹지도 못하고, 비 맞은 병아리처럼 풀죽어 지내는 우리 자매가 눈에 밟혀 엄마는 노심초사 밤잠을 못 이루며 지내야 했고, 궁핍한 살림이래도 식구들이 함께 모여 살 수 있으면 얼마나 좋을까, 어린 나이지만 뼈저리게 느꼈었다. 엄마는 익숙지 않은 농사일 틈틈이 어렵게 시간을 내어 우리들을 보러 오곤 했다.

시골집은 서울에서 아주 먼 거리는 아니었지만, 시외버스를 두 번 갈아타야만 했다. 시외 버스정류장이 연동교회 근처 종로 5가에 있었으므로. 엄마는 서울 올라올 때마다 학교에 먼저 들르곤 했는데, 나는 딱 질색이었다. 엄마는 조금이라도 빨리 나를 보고 싶어서, 또 시골집에 일이 너무 많아 곧바로 내려가려면 우리들을 못 보고 가게 될까봐. 그 마음은 이해가 되었지만 나는 너무 싫었다. 누구나 식구를 밖에서 만나면 어색하고 거북한 법이다. 하물며 쌀자루를 머리에 이고 양손에 올망졸망 반찬 보따리를 든 모습이라니…… 6·25전쟁이 일어나기 전, 아버지가 살아 계실 때, 빛나는 모습으로 학부모회의를 주관하던 엄마가 후줄근한 모습으로 내 앞에 서 있는 것만으로 난 가슴이 아팠고 알 수 없는 분노가 치밀어 올랐다. 엄마는 학교에 오래 머물지는 않았다. '밥은 제때 먹는지, 언니와 싸우지는 않는지' 옷깃도 바로잡아 주고 내 머리칼도 쓰다듬어 보고. 나는 대답도 하는 둥 마는 둥 엄마가 빨리 가 주기만을 바랐었다.

쑥들의 새순이 돋아나던 어느 봄날, 엄마가 학교에 들렀는데, 그날은 다른 날과 달리 예배실로 올라가는 본당 앞 계단 밑에 자리를 잡고 앉으며, 너도 앉아 보라고 했다. "쑥버무리를 쪄 왔는데 따끈할 때 먹어봐." 점심시간이긴 했지만 나는 울화가 치밀어 올랐다. "그까짓 쑥버무리가 뭐라구!" 내가 하도 화를 내며 펄펄 뛰니까 엄마도 주섬주섬 보자기를 싸서 일어나 휭하니 가버렸다. 그날 내 눈에 비친 엄마의 뒷모습은 한없이 초라했다.

해보지 않은 험한 일에 앙상한 두 어깨는 균형을 잃고 비뚤어져 있었고, 머리에 이고 있는 물건은 곧 떨어질 것처럼 위태로워 보였다. 임질도 해본 사람이 하는 것이지. 가슴속 깊은 곳으로 시린 바람이 일었다.

학교가 끝나고 집으로 갔을 때, 엄마가 차려놓고 간 밥상 위에 쑥버무리가 놓여 있었다. 아직 온기가 남아 있는 떡 한 조각을 입에 넣으니 쫀득한 맛과 쑥 향기가 입안 가득 고여 오면서 울컥 목이 메었다. 후두둑 눈물방울이 손등으로 떨어졌다. 그날, 잠자리에 들기 전 일기를 쓰면서 학교에 찾아온 엄마에게 성질 부린 이야기는 빼놓고 적었다. 일기를 읽을 담임선생님에게 창피해서였다.

며칠 후 종례시간에 선생님이 내 일기를 읽어주셨다. 누구의 일기인지 이름을 밝히지 않으셨지만 칭찬과 격려를 아끼지 않으셨다.

영문학을 전공했던 미혼의 선생님은 내 일기에서 쑥 향기와 더불어 봄내음을, 애틋한 엄마의 정을 읽어 내신 것 같았다. 아니면 며칠 전 교무실 창을 통하여 실랑이를 버리고 있던 우리 모녀의 모습을 보신 것은 아니었을까?

해마다 햇쑥이 나올 무렵이면 떡집 진열대엔 쑥버무리가 잠깐 등장한다. "어머나 쑥 버무리네!" 탄성을 지르며 추억에 잠기곤 한다.

따뜻하고 자상한 엄마를 목말라했던 내게, 대차고 강했던 어머니는 사랑을 마음 안으로만 끌어안은 엄격한 어머니셨던 것 같다.

쑥 같은 강인함으로 가문을 지키고, 자식들을 반듯하게 키워 내신 어머니는 올곧은 성품과 날선 표현으로, 호랑이 마님이라는 별명으로 불리웠지만, 사람을 귀히 여기던 속정 깊었던 우리 시대 어머니의 표본이셨다.

부부는 무엇으로 사는가?

    부부란 누구인가? 가장 가까운 거리에서 서로의 단점을 들여다보면서도 결국은 서로를 품을 수밖에 없는 나의 반쪽? 서로의 다른 생각 앞에서는 세차게 할퀴다가도, 결국은 쓰다듬어 줄 수밖에 없는 영원한 친구? 아니면 전생의 원수? 나도 잠깐 하나님의 창조 사역을 깜빡 잊은 채 신은 전생의 원수를 부부로 만나게 하여 사랑할 수밖에 없도록 만들어 주신 것이 아닐까 생각에 잠겼었다.

    처음 결혼을 하면 눈에 낀 콩깍지 때문에 마냥 행복해하다가, 단점마저 예뻐 보이다가, 얼마 지나지 않아 금성에서 온 남자와 화성에서 온 여자라는 게 곧 밝혀지고 만다. 30여 년을 전혀 다른 환경에서 살아오다가 연인일 때 전혀 모르던 성격, 버릇, 말투, 식성마저도 전혀 낯설어 삐걱거리기 시작하면 곧 전쟁도 그런 전쟁이 없다. 조그만 말다툼이 불씨가 되어 양가 부모까지 감정싸움으로 치닫게 되면 돌이킬 수 없는 결과를 갖고 오기도 한다. 여자가 경제적 능력을 갖고, 여권 신장이 되면서 젊은이들의 결혼에 대한 생각과, 부부가 지켜야 할 도리와 신뢰는 바닥으로 떨어져버렸다.

하긴 헤어지는 것이 두 사람의 행복과 자존감을 지켜 나가는 길이라면 굳이 불행한 결혼생활을 이어나갈 필요는 없는 것 아닌가라는 생각이 든다.

하지만 나이든 우리 세대는 끝없이 참아내서라도 결혼생활은 반드시 지켜나가야만 한다는 생각이 골수에 박혀 있다.

내년이면 결혼 50주년이 된다.

수없이 많은 시간들이 우리들 뒤로 쌓여져갔다. 행복했던 시간들도, 힘겨웠던 시간들도 모두 추억이 되어버렸다. 가난을 함께 겪어내며, 기쁨으로 벅찼던 일도, 고통스러웠던 순간도 함께 한 탓일까. 모습마저 닮아버린 두 사람이지만 아직도 이해되지 않는 순간도, 낯익으면서도 때로는 낯설어 외로움이 느껴질 때도 있다. 자식 낳아 키우며 그 많은 시간을 함께했는데도 평행선을 달리는 것처럼 생각이 합해지지 않는 것을 보면, 역시 부부는 피를 나누지 않은 남일까, 남편이란 단어처럼 남의 편일까.

남편은 친구가 만나고 있던 남자친구의 친구였다.

재치 넘치는 입담과, 상큼한 매력을 지녔던 친구와 나는 중·고교 때부터 소통이 잘 되었고 죽이 잘 맞았다. 소통을 넘어선 특별한 교감이랄까.

소아과 의사의 셋째딸이었던 친구는 위로 대학생인 언니가 둘이나 있어 비주얼이 장난이 아니었다. 가정 형편이 전혀 다른 환경임에도 우리 둘은 영어연극 출연도 함께, 영어 회화를 위한 선교사 댁 방문도 함께, 내 영향인지 피아노를 치던 친구는 영어반 특활도 함께였다.

내가 은행에 근무하던 시절 친구는 음대 대학원 학생이었다. 피아노와 가야금을 복수 전공하던 친구는 조교 생활이 무료했던지 학교가 끝나기 무섭게 내 직장으로 출근하다시피 했다. 나의 업무가 끝나면 친구와 나는 무궁무진한 이야기 속으로 푹 빠져 시간 가는 줄 몰랐다. 젊음의 한가운데 서 있던 우리들의 대화는 성숙한 정신세계에서 바라보면 치기어린 어휘의 나열이었는지도 모른다. 친구와 내가 나눈 이야기 중 가장 흥미롭고 신났던 내용들은 잘난 체하는 젊은이들, 특히 젊은 남성들을 헐어내고 씹어대는 일이었다. 친구의 연인에게는 10여 명의 엘리트 친구가 있었는데 우리들의 평가 도마에 오르면 난도질당해 너덜너덜해졌다. 고시를 합격했어도, 의대를 나왔어도, 공대를 나왔어도, 가장 좋은 직장이라는 은행원이어도 흠은 있기 마련이다. 유일하게 헐어내지 못한 한 사람이 있었는데, 그가 남편이었다. 남편은 그때 미국 연수 중이었다. 문제는 그 열명의 친구들이 입을 모아 칭찬을 아끼지 않는 장본인이 남편이었다. 어떤 사람일까 궁금하긴 했지만, 깊은 관심은 아니었다.

어느 날 친구가 분해서 못 견디겠다는 표정으로 내게 달려왔다. '네 친구 춘길이가 아무리 똑똑해도, 누구에게나 칭찬받을지라도 내 친구보다는 못하다' 이런 내용으로 둘이서 다툰 모양이었다. 나에 대한 친구의 평가가 터무니없이 과했다 싶기도 했고, 친구와 내가 거리에서나, 가는 곳마다 시선을 집중시키는 일로 목에 힘이 너무 들어간 것 같기도 했다. 이런저런 연유로 나는 남편을 만나게 되었다. 처음본 남편은 반듯한 느낌으로 단정한 사람이었다. 그러나 가슴이 두근두근 뛸 만큼 그런 흔들림이 있었던 것은 아니었다. 결혼을 결심하게 된 것은 신뢰할 만한 사람이라는 마음의 소리가 들렸기 때문이었다. 부모님은 물론 조부모님까지도 6·25 끝자락에 공산당들에게 희생당한 사람, 갖고 있는 것이라곤 그의 첫 인상이 내게 심어 준 정확한 미소랄까? 가난이 두려웠다면 그와 결혼을 하지 않았을 것이다. 남편은 사관학교를 나온 가난한 젊은 장교였다. 요즈음 절찬리에 방영된 '태양의 후예'에 나오는 유시진 대위처럼 그도 유 대위님이었다. 고난을 에너지로 바꾸는 힘이 그의 힘겨운 사춘기를 돌봐주는 어른들 없이 버텨내지 않았을까! 성실함과 장래성에 나는 내 미래를 걸었던 셈이다. 나를 아껴주시던 어른들의 반대에도 나는 내 결정을 굽히지 않았고, 당당했었는데 내 자신감은 여기까지였다.

결혼 후 실생활에 부딪힌 내 생활은 너무 고되고 힘들었다.

언탄아궁이 옆에 신발을 벗어놓고 방으로 들어가야 하는, 쪽

마루도 없는 단칸 셋방은 견딘다 해도, 과묵했던 남편의 매력이 나를 숨막히게 했다. 나는 늘 식구들과 시시콜콜한 이야기들, 이웃에 사는 친척들 근황부터, 찌개 맛이 싱거운지 짠지, 머리를 묶을 것인지 자를 것인지 이런 일들이 그에게는 모두 비건설적이라는 식이었다. 6·25이후 한 명 남은 동생과도 헤어져 홀로 살아온 그의 생활습관은 내게는 벽과 같은 느낌이었다. 내 어머니에게도, 내 형제들에게도. 직업군인이었던 남편과는 같이 생활하지 못하고, 주말에나 집에 오곤 했다.

설레임을 담아 주말을 기다리곤 했지만, 다른 부부들처럼 익숙하기까지는 많은 시간이 걸렸다. 세월의 두께가 쌓여가면서 성장한 아이들이 내게 말했었다. "엄마는 좀더 감성적이고 멋을 즐기는 사람과 결혼했으면 좋았을 텐데." "왜 아빠처럼 성실하고 좋은 사람이 최고 남편이지." 답하면 "그래서 엄마는 행복하기만 했어?" 어려서부터 검소함과 절약, 부지런함, 칭찬보다는 바른 태도, 모범적인 생활을 강조하던 아빠가 버겁고 어려웠던 모양이다.

아빠의 퇴근시간이 되면 아이들이 현관의 신발 정리부터 거실부터 온 집안을 물걸레로 다시 닦아 깔끔한 분위기를 만들어 놓아야만 했었다. 훗날 결혼생활을 해본 딸들이 '엄마가 결혼을 참 잘한 것 같아' 멋 즐기고 감성 풍부한 신랑과의 생활이 실생활에서 녹록지 않았던 모양이었다.

남편의 장점을 귀히 여기고, 나와는 많이 다른 생각조차도 이해하는 지혜가, 인내가, 그의 마음에 가 닿았던 것 같다. 남편도 노력을 아끼지 않았고, 나도 남편이 고맙고 소중한 존재라는 평범한 진리 앞에 머리 숙여 감사했다.

노력마저 배신을 때리는 이 힘든 세상에서, 따뜻한 말 한마디, 소소한 일상 속 배려, 어떠한 경우에도 서로의 마음 안에 지니고 있는 신뢰가 무너지지 않는다면, 부부는 끝까지 서로에게 고마움을 지닌 채 함께 걸음을 옮겨 나갈 수 있을 것이다.

이 험한 삶의 마지막 날까지 내 곁에 있어 줄 사람! 비 올 때 우산을 받쳐주고, 같이 비를 맞아줄 사람이 부부 아니던가!

부부의 호칭이 '여보'인데 한자의 뜻이, 옆에 있는 보배라는 뜻이란다.

부부는 서로에게 옆에 있는 보배이고 보석이다.

마음의 눈

하린이 다섯 살이 되었을 무렵 어느 날 내게 깜찍한 질문을 했다. 마음의 눈이 어떻게 생겼느냐고.

"할머니, 나한테 그 마음의 눈 좀 보여주면 안 돼요?"

유치원에서 있었던 일이나 제 집에서 있었던 일을 내가 소상히 알고 있는 것이 신기하고도 궁금한 듯 "할머니 어떻게 알았어? 망원경으로 봤어?" 나는 그 귀여운 볼을 살짝 쓰담으며 "할머니는 다 알 수가 있어." "어떻게?" "음 마음의 눈으로 봤어."라고 답했다.

잠깐 생각에 잠기더니 마음의 눈을 보여달라고, 보여줄 수 있느냐고, 보여주면 안 되겠느냐고 졸라댔다.

지금은 보여줄 수 없지만 하린이 큰 다음에 대학교에 들어갈 때쯤 되면 설명해 주겠노라 대답해 주었다. 그날 이후에도 가끔씩 먼 거리에 있는 일을 내가 알고 있으면 마음의 눈으로 봤느냐고, 나도 좀 보여주지 하고 아쉬워했다.

돌아오는 3월에 초등학교에 입학하는 하린은 동화책은 물론 모든 인쇄물을 완벽하게 읽는다. 글씨도 어려운 받침을 가끔 틀릴 뿐 문장 구성도 제법이다.

지난해 내 생일 카드에 축하의 글은 조금 서툴렀었는데 어버이날 카드에 써온 글씨는 초등학교 3학년 수준은 되는 것 같다.

요즘 아기들은 모두 성장이 빨라서 키도 크고 지능발달도 놀랍다지만, 유치원 친구들 중 글을 못 읽는 친구도 있고. 글씨도 하린에게 써 달라고 부탁을 한다니, 하린은 또래들 중 좀 빠른 것 같다. 이러다가 막상 학교에 입학해서 학교 공부에 흥미를 잃으면 어떻게 할까 은근히 걱정이 된다.

아기 때부터 책을 가까이 하고 문화체험을 많이 해서인지 아는 것이 많다. 그림책 작가 '앤서니 브라운'에 관해서도 나보다 더 많은 정보를 갖고 있다. 지난해 벌써 그를 만나 보았다고, 참 잘생겼더라고 깜찍한 말을 해서 나를 놀라게 했다.

요즈음은 국내를 넘어 세계로 관심이 옮겨졌다.

미국의 땅 넓이, 오바마 대통령, 캐나다, 프랑스의 루부르박물관과 에펠탑, 로마의 성 베드로 성당, 스페인의 건축물, 네델란드의 풍차와 튤립, 핀란드의 조각 등 질문에 답하는 내 설명이 성에 안 차면 그려달라고 한다.

이집트가 아프리카 위쪽에 있는 걸 내가 깜빡 했다가 진땀을

뺐다. 피라밋과 스핑크스에 관하여 물어보길래 사진을 보며 설명을 하는 걸로 마무리지었지만 하린의 호기심과 궁금증은 끝이없다.

돈키호테의 집은 가보았는지, 덴마크에 가서 인어공주는 정말 보았는지?

길다란 속눈섭을 내려간 채 손가락으로 짚어가며 세계지도를 들여다본다.

피아노 진도도 빠르고 그림 솜씨도 뛰어나 그려놓은 그림들을 모아놓고 있는데 전시회를 한번 열어주고 싶은 생각이 든다.

만날 때마다 두 팔 벌려 품에 안겨와 보드랍고 따뜻한 하린을 기분 좋게 껴안는다. 아마도 점점 커가면서 뛰어와 안겨오는 횟수는 줄어들 것이다. 많은 이야기는 나눌 수는 있겠지만.

어제도 "할머니 마음의 눈 언제 보여줄꺼야?" 어떻게 생겼을까 혼잣말을 했다. 아마도 마음의 눈은 보여주지 못하고 마음의 눈으로 볼 수 있는 것을 설명해줄 수 있을 것이다.

20세기 문맹은 글씨를 못 읽는 것이지만 21세기 문맹은 사람의 마음을 못 읽는 것이라고.

사람을 만날 때는 반드시 그 마음을 읽어낼 수 있는 마음의 눈을 열고 있어야 한다고. 열려진 눈으로 외롭고 허기지고 목마른, 지극히 작은 자를 찾아낼 수 있어야 한다고. 그 영혼들에게 따뜻한 손 내밀어 위로할 수 있어야 한다고.

제갈량의 지혜보다는 유비의 너그러움을 마음의 눈으로 찾아낼 수 있어야 한다고. 누구에게나 똑같이 허락된 시간이지만 시간의 가치 앞에 겸허하게 무릎 꿇어 그 가치를 마음의 눈으로 읽어내야 한다고. 그래서 기회의 시간을 당당하게 찾을 수 있어야 한다고!

　아름다운 마음의 눈을 열고 있으면 아름다운 것들이 많이 보일 것이라고.

행복도서관

　행복도서관에서 빌린 『겨울 왕국』과 그리스 로마 신화 『아테나에게 도전하는 아라크네』를 재미있게 읽었다. 어린이 도서지만 건성으로 책장을 넘기지 않았고 이야기 전개나 등장 인물의 성격, 이름, 지명을 꼼꼼하게 머릿속에 각인시키며 읽었다. 책을 반납할 때 도서관장의 질문과 퀴즈에 제대로 대답할 수 있어야 하기 때문이다. 세상에 이렇게 철저하고 성의 있는 도서관이 또 있을까? 도서관장의 열심과 운영 방침이 놀랍고 기특하다. 관장을 맡고 있는 하린은 이번 3월 새 학기에 초등학교 2학년이 되었다.

　도서관 규칙도 엄격하여 대여 노트 2쪽에 4가지의 지켜야 할 규칙이 순서대로 적혀 있다. 그 첫째가 반드시 열심히 읽어야 할 것, 대여 기간은 5일, 반납일을 어기면 500원의 벌금을, 책을 읽은 후 관장의 심사에 좋은 성적을 받고, 꾸준히 많은 책을 읽은 회원에게는 관장이 판단하여 상장과 상을 준다. 회원 자격은 관장이 만든 회원증을 받는 날부터 갖게 된다.

회원증에는 하린이 그려 넣은 간단한 그림과 이름, 도서관명, 사용 방법 등이 쓰여 있다. ─ 이 카드를 빌릴 책에 대 주고 비밀 번호를 뒤에 써 주시오. ─ 라는 설명과 함께 이 부연 설명은 하린 자신이 어린이 도서관에서 책을 빌릴 때 터득한 지식일 테다.

어린이의 교육이 생활환경과 집안 분위기에 얼마나 크게 영향을 주는지 새삼 깨닫게 되는 시간들이었다.

유아 때부터 책을 가까이 한 하린은 자연스럽게 책을 좋아하게 되었다.

아가 때부터 유익하고 재미있는 그림 동화를 많이 사주었고 유치원 시절 도서관 나들이를 가장 즐거운 놀이로 여기게 하였다. 하린의 머릿속에는 토요일이나 휴일은 도서관에 가는 날로, 미술관 혹은 박물관도 가고, 보고 싶은 영화도 감상하고, 맛있는 외식과 함께 문화체험을 하게 한 것이다. 출근을 하는 제 엄마가 주말이면 하는 의식과도 같은 행사이다.

초등학생이 된 후에는 학교 도서관에서도 책을 빌릴 수 있어서 더 다양한 책들을 접할 수 있었다. 학교에서는 책을 많이 읽는 학생에게 시상하는 제도가 있어 책 읽는 즐거움에 보람과 기쁨까지 맛보게 되었다.

지난해 크리스마스에 선물로 어린이 교양 학습도서 로마 그리스 신화를 구입해 주었다. 1월 하순경에 생일선물로 지구별 영웅전도. 2종류의 책 모두 시리즈였으므로 100권이 훨씬 넘는 분량이었다. 이미 갖고 있던 책과 더불어 많은 책을 갖게 된 하린이 도서관처럼 책을 빌려주는 역활을 하고 싶어했다. 친구들과 식구들에게만 빌려 줄 것이니까 책을 잃어버릴 염려도 없을 것이라는 게 하린의 알찬 생각이었다. 내게 책을 빌려 가라고 권하던 날 도서관에 관한 계획이 대강 잡혀 있었다. 도서관 이름도 '행복도서관'이라 지어 놓았다고 자랑스럽게 이야기 했다. "할머니한테 보여줄 거 있어." 우수한 회원에게 주려고 상장까지 만들어 놓고 있었다.

그 어린 영혼에 깃든 기특한 생각이 나를 한없이 기쁘게 했다.

하린과 함께 병원놀이, 인형놀이, 기차놀이, 실뜨기놀이, 말짓기놀이, 숨박꼭질, 공놀이 등등…… 수많은 놀이로 즐거운 시간을 가졌지만 이보다 더 기쁘고 보람있는 놀이는 없을 것 같다. 이 도서관놀이를 통하여 하린은 더 많은 책을 읽게 될 것이다. 상상력과 창의력을 키우고 더 깊은 지혜를 터득할 것이고 어려운 내용의 책도 친숙해질 것이다. 아름다운 꿈도 예쁘게 키워 나갈 것이다.

나는 일주일에 한번 하린을 보러 감으로 5일을 넘긴 벌금을 기쁨으로 내고 있다. 도서관 대여 노트에 반납일을 적고 싸인한 후에, 이렇게 모아진 돈은 하린의 통장에 저축하였다가 어려운 이웃을 도와주는 일에 쓰도록 할 것이다. 아직은 벌금을 내는 사람이 극히 적지만 저축과 돕는 일을 자연스럽게 익혀 나간다면 이 또한 좋은 공부가 되지 않을까?

보드랍고 따뜻한 하린의 손을 잡고 꽃비가 내리는 아시아 공원을 함께 걸으며 이번 주 읽은 책 내용을 이야기했다.

꽃 구경도 즐거웠고 봄 냄새 향기로운 오후의 햇살도 싱그러웠다.

오월, 돌아와 줘

맑고 밝은 오월이 떠나고 있다. 이렇게 빨리…… 봄의 절정이고. 계질의 여왕이란 오월이 미세먼지 가득한 희뿌연 하늘을 이고.

한여름의 더위를 방불케 하는 뜨거운 한낮으로 가뜩이나 낮아진 행복지수를 바닥으로 내몰고 있다.

어린이날도, 어버이날도, 긴 연휴도 다 날아가버렸다.

조기 대선으로 시끌시끌하던 오월 초순 중국 발 미세먼지 소동은 어른들의 발도 묶어놓고 어린이들의 즐거운 운동회도. 연휴동안 마음껏 뛰어놀 수 있는 시간도 빼앗아버렸다. 창문도 열어놓을 수 없는 답답함, 창을 통해 내다본 아파트 잔디밭엔 즐겁게 뛰어놀고 있을 어린이들 모습은커녕 강아지 한 마리도 눈에 띄지 않는다.

어린이날을 포함해 선거일까지 징검다리 연휴가 9일이나 된다고 함박웃음을 띠고 있던 손녀는 운동회 연습이 한창이었다. 초등학교 5학년인 하린은 보기좋게 그을린 얼굴로 내게 연습 실황을 중계방송하듯 알려주었다.

　운동회 프로그램 중에 줄넘기 경기가 있는데, 자기가 맡은 역할에 대해서 설명을 했다. 청군 백군으로 나누어 줄넘기 경기를 하는데 3분 안에 줄에 걸리지 않고 살아남은 숫자가, 많은 쪽이 이기는 경기인 모양이었다. 하린은 우선 3분의 시간을 재는 책임과 양쪽에서 줄을 돌리는 중요한 책임을 맡아서 하게 되었다는 것이다. 선생님처럼 자기가 친구들에게 경기 요령을 설명해 주었는데 "줄이 돌아갈 때 들어가되, 줄넘기의 줄이 가장 커다란 원으로 돌아갈 때 문이 열렸다 생각하고 뛰어 들어가라고." 목이 아파오는데도 큰 소리로 설명하느라 힘이 들었다고 즐겁게 이야기하였다. "아유 우리 강아지는 똑똑하기도 하지." 탱탱한 하린의 궁뎅이를 두들겨 주며 칭찬을 했다. 어릴 적 줄넘기놀이를 하던 옛날을 떠올리며……

　집으로 돌아오면서도 기분이 사뭇 즐거웠다. 두드리면 문이 열리고 문이 열려야 들어갈 수 있다는 생각을 줄넘기 경기에 응용한 하린의 지혜로운 생각이 얼마나 신통하던지 저녁 식탁에서 남편에게 하린의 줄넘기 연습과 신통함을 대단한 일처럼 반복 설명을 했다. 그렇게 즐거움의 운동회는 미세먼지 때문에 무기 연기가 되었다. 물론 나중에 날이 좀 맑아진 다음에 운동회가 열리긴 했지만 바람 빠진 풍선처럼 즐거움에 가득 찼던 마음에 금이 간 것 같아 운동회가 열리던 날 나는 좀 과장된 축하 메시지를 보내주었다.

어버이날인 5월 8일이 월요일이므로 하루 전 일요일로 식사 약속을 잡았다. 출근을 하는 아이들의 의논에 당연히 그렇게 하자고 답을 보냈다. 5월 첫주 목요일부터 미세먼지 농도가 300 가까이 치솟았다. 길에는 모자를 깊게 눌러쓰고 귀신 마스크에 선글라스로 무장을 한 사람들로 넘쳐났다.

아침 산책로에서 그런 차림의 모습을 만나면 깜짝 놀라 하루의 기분을 망치기 마련인데 내 아이들까지 그런 모습으로 만나질까 걱정되었다.

그렇다고 폐 속 깊숙이 미세먼지의 입자가 침투한다는데. 전화로 문자로 약속을 미루며 당부를 해야 했다. 교회 예배 외에는 절대 외출하지 말라고……

기온도 5월 초 3일부터 7월의 더위를 방불케 하는 30도를 웃도는 더위가 쳐들어 왔다. 가장 아름다운 5월은 그렇게 계절의 여왕자리를 내려놓고 있었다. 재앙도 이런 재앙이 없다.

황량하고 추웠던 겨울을 무던히 이겨낸 나무들도, 잘려진 나무의 그루터기에도 희망의 불씨처럼 연녹색의 잎들을 돋쳐내고 있었다.

각각의 나무들이 오순도순 사이좋게 조화를 이루며 연두색이 초록으로 더 짙은 푸름으로 숲을 이루어 가는 모습은 얼마나 신비롭고 아름다운가!

덥지도 춥지도 않은 상쾌함으로 누리고 싶었던 이 당연한 권리를, 환희를 느닷없이 도둑맞은 것 같아 억울하기도 하고 슬프기도 하였다.

라일락의 보랏빛 향기도 타는 듯한 영산홍의 붉은 꽃잎도 백색의 투명한 새하얀 철쭉도 5월이 한창이어야 하는데 4월이 가기 전에 지고 말았다.

5월은 감자꽃이 활짝 피는 계절이다. 자주색 감자에는 자주색 꽃이 흰색 감자에는 하얀 꽃이 소박하게 피어나 뿌리에 달걀만 한 알을 주렁주렁 매달고 자라고 있을 계절! 도심에선 찾아볼 수도 없는 감자꽃이 갑자기 생각난 건 아득한 어릴 적 오월의 날들이 그리움처럼 찾아들었기 때문이다.

추위가 완전 물러가기 전 손끝이 아직은 아리고 시릴 때. 할머니는 자주색 감자와 흰 감자를 쪼개듯 잘라놓으셨다.

"할머니, 왜 뭐 할려구?"

"땅속에 심어 주면 감자 식구들이 많이 늘어나거든, 이것이 씨감자란다."

피난 갔던 시골집은 터가 꽤 넓어 텃밭이 많았었다.

흙속에 심어준 씨감자는 싹을 틔어 흙을 뚫고 올라오더니 하루가 다르게 자라났다. 잎들이 제 모습을 갖추어 보기 좋게 푸른 밭을 이루더니 드디어 꽃이 피어나기 시작했다. 자주색, 흰색의 감자꽃들과 옆 이랑의 쑥갓의 노랑 꽃, 딱정벌레처럼 작은 연보라색의 아욱 꽃이 어울려 소담스러운 화단이 되었다.

꽃들을 찾아 나비들이 날아들었다. 노랗고 하얀 나비들이 춤추며 노는 텃밭에서 온종일 바라만 보아도 지루하지 않았다.

날개를 접고 꽃 위에 앉은 나비를 살금살금 걸어가 잡을 수도 있었으나 나는 그렇게 하지 않았다. 하늘하늘 날아가는 나비 등에 업혀 나도 날고 싶은 상상에 취해 있었는지도 모른다.

그런 날 밤에는 내 겨드랑에 날개가 돋아난 듯 날아다니는 꿈을 꾸곤 하였다.

즐거운 놀 거리도, 친구도 없던 울적하고 배고팠던 피난시절이었지만 맑고 푸른 하늘과 삽상한 바람이 일던 그때의 오월은 커다란 위로가 되어주었다. 봄, 여름, 가을, 겨울 4계절이 뚜렷해 살기 좋은 내 나라가 아니었던가!

지구의 온난화가 몰고 온 지구상의 문제라지만 세상의 끝은 어떻게 변화될 것인지 두렵기만 하다. 과학의 발전이 놀라운 결과를 가져오고 있지만, 창조주가 허락하신 아름다운 자연을 인간이 감히 훼손하고 있는 아픈 현실이 인간들 눈앞에 펼쳐지고 있는 것은 아닌지? 자고 나면 인공지능이 인간의 두뇌를 능가한다는 기사가 언론을 도배하고 있지만, 기뻐만 할 수 없는 심정이다.

아름다운 오월, 제발 떠나지 말고 여왕으로 돌아와 줘…….

내 아픈 손가락은

"할머니 글쓰기 숙제 다 했어?"

"아니, 아직 다 못 했어."

"무엇에 대해서 썼는데?"

"아픈 손가락에 대해서."

"할머니 손가락 다쳤어?"

"아니. 엄마나 이모는 할머니 아픈 손가락이니까. 그런 이야기 썼어. 손가락은 몸의 한 부분인 거 알지? 엄마나 이모가 마음이 아프든지, 몸이 아프든지 하면 할머니 손가락이 아픈 거야. 물론 마음도 아프고."

10살 하린은 대강 알아들은 듯 머리를 끄떡여주었다.

지난밤 꿈속에서 내 시계는 30년도 훨씬 뒤로 돌려졌다.

긴 다리에 약간 곱슬한 단발을 한 큰아이와 복숭아빛 두 볼을 한 작은아이가 생생하게 내 앞에 서 있었다. 무슨 이야기를 나누었는지 확실하지는 않았지만 젊었던 날의 시간이었다. 꿈에서 깨면서 퍼뜩 정신이 들었다. 무슨 일이 있는 것 아닐까? 아이들이 어렸을 때처럼 내 보살핌이 필요한 건 아닐까. 걱정, 근심이 쌓여 있는데 내가 모르고 있는 것은 아닐까. 요즈음 한창 S그룹 합병설이 경제지에 큰 이슈가 되어 있는데 아이들한테 유익한 일인지 해로운 건지 도무지 알 수가 없다. 대그룹의 일을 내가 알 수도 없지만 조심스레 물어 보면 '엄마는 별 걱정을 다해' 간단한 문자가 올 뿐이다.

이미 내 품을 오래전에 떠난, 다 커버린 아이들이다. 아니 사회에서 제 몫을 하고 있는 어른들이다. 어릴 때 자식이지 아이들의 삶은 아이들의 몫, 부모된 우리 부부의 삶은 별개의 것이다. 노년을 행복하게 사는 법은 한 걸음 물러나 아이들을 위해 기도하고, 힘들 때 쉬어갈 그늘이 되어 주면 되는 것이다. 머리로는 그렇게 정리하고 지내지만, 그래도 어미 마음이 어찌 무심할 수 있단 말인가. 아이들 목소리만 들어도 대뜸 가늠이 된다. 몸이 고달프구나, 걱정거리가 있구나 하고.

초등학교 저학년 때까지였을까. 아이들을 내 취향대로 옷도 입히고 가고 싶은 곳에 데리고 다니고 고분고분 만만할 때까지가. 세월의 두께가 쌓여 도시락 싸고, 잔소리 늘어놓고 팽팽 돌아가던 젊은 엄마 시절이 아련한 옛날이 되었지만 여전히 자식 걱정을 내려놓지 못한 딱한 어미다.

스페인 동요에 삐약삐약 소리 내며 노는 병아리를 향하여

'아가야 아가야 어디가 아프냐? 엄마, 엄마 노래하는 거에요. 아파서 우는게 아니예요' 이런 동요가 있다. 동서양을 막론하고 동식물의 세계에 이르기까지 엄마 마음은 똑같은 것 같다.

온종일 비가 추적추적 오는 날 미끄러운 빗길에 차 바퀴가 헛돌지나 않았는지 걱정되어 보낸 문자에 '엄마 런던에 와 있어, 집에 가서 연락할게' 간단한 답이 온다. 뉴욕이나 파리, 일본 등, 외국 출장이 잦은 큰아이가 자식걱정 없이 자유롭게 지내는 것이 다행이다 싶다가도, 나이들면 외로울 텐데 생각이 미치면 가슴속 깊은 곳에 싸한 바람이 일며 마음이 아려온다.

현관문 키 누르는 소리에 '엄마다' 달려 나가 얼싸안고 들어오는 작은아이와 손녀를 흐뭇하게 바라보다가도, 자식 때문에 입주 도우미와 항상 함께 지내야만 하는 환경을 생각하면, 또 다른 걱정이 앞선다. 이래도 걱정, 저래도 걱정. 아이들 핀잔대로 엄마는 걱정도 팔자다. 우산장사 아들과 나막신 장사하는 두 아들 걱정에 마음 편한 날이 없던 옛 동화가 생각난다.

큰아이가 초등학교 입학하던 해, 수두가 한창 돌았다. 열이 오르고 얼굴에 수포가 생긴 아이를 데리고 병원에 다녀오는 길에, 시장에 들러야만 했을 때, 아픈 아이를 데리고 사람 많은 시장 통에 들어가기도, 얼굴이 왜 그러냐고 인사 받는 것도 신경 쓰여 시장 입구 정육점 처마밑에 아이를 세워 놓았다. "엄마 시장 봐 갖고 금방 올게, 꼼짝말고 서 있어." 서둘러 찬거리를 사는데 갑자기 하늘이 새카맣게 어두워지더니 천둥번개가

치며 장대비가 쏟아지기 시작했다. 나는 혼비백산 아이를 향해 뛰기 시작했는데 눈을 뜰 수가 없이 내리 꽂히는 비 때문에 걸음이 옮겨지지 않았다. 불과 몇 분 사이지만 긴 시간이 흐른듯, 어린 것 혼자서 벼락치는 소리에 놀라 비 속에서 오들오들 떨며 엄마를 부르며 우는 소리가 들리는 듯했다. 숨이 멎을 듯 아이에게 달려갔을 때 아이는 옷도 별로 젖지 않고, 그 자리에 오두카니 서서 나를 맞았다. 이제는 40이 훌쩍 넘어 대기업의 중견 간부로 일하는 능력 있는 커리어 우먼이지만, 내게는 지금도 물방울 무늬의 바바리를 입고 왼편 가슴에 흰 손수건을 달고서, 4·19탑 근처 시장입구 정육점 처마밑에서 엄마를 기다리던 초등학교 1년생이다.

회사에서 책 만드는 일을 하는 작은아이가 마감이 가까우면 휴일도 반납한 채 야근도 한다. 피로에 지쳐 몸살기라도 있으면 밥맛을 잃고 힘들어한다.

끼니라도 걸렀을까봐 걱정이 분분한 내게 "엄마 저녁 제대로 먹었어, 엄마는?" 목소리가 밝으면 겨우 안심이 된다.

작은아이가 4살 무렵 눈 쌓인 겨울날 병원에 가는 길이었다. 주택에 살 때는 소아과도 멀리에 있어 힘에 부치지만 아이를 업었다. 빈몸으로도 눈쌓인 길은 미끄럽고 힘겨웠는데, 눈길에 아이를 내동댕이칠 것만 같아 다리가 휘청거렸다. "엄마 코코 어부바 해서 힘들어?" 왈칵 눈물이 솟아 "아니, 엄마 등에 얼굴 대고 엄마 꼭 잡아." 등 쪽으로 따뜻한 기운이 전해졌었다.

초등학교 학부모가 되어 있지만, 우리 부부에게는 아직도 그때의 어린아이다. 어릴 때의 코코라는 애칭으로 여전히 부르고 있는 것을 보면, 3년 가까이 장신대 교수인 선배님에게 지도자 양성 훈련을 받은 적이 있다. 공부가 끝나고 나면 간식을 나누며, 이야기꽃을 피우곤 했는데, 자식들 때문에 속 끓이는 내용이 압권이었다. 결론은 자식은 애물단지였다.

어느 날 선배님이 우리들에게 '자식은 애물단지가 아니라 축복단지다' 애물단지, 애물단지 하면 정말 애물단지 되는 것이고 축복단지다. 생각하고 기도하면 축복단지가 되는 것이다. 정말 강하고 멋진 메시지였다.

내 몸을 통해 이 세상에 온 아이들, 하나님의 축복이 아니면 이런 기적이 있을 수 있을까! 아기 때부터 얼마나 많은 행복을, 기쁨을 가져다 주었는가?

자식은 어렸을 때 이미 효도를 다했다는 생각으로 가슴이 차올랐다.

내 아픈 손가락은 축복단지다.

너희들의 존재만으로 엄마는 행복했다고, 엄마의 딸로 태어나 너무 고마웠다고…… 세상의 모든 엄마들도 다 같은 마음일 것이다.

어머니, 꽃 구경 가요

얼마 전 장사익 씨가 부르는 노래를 들은 적이 있다.

그의 노래는 들을 적마다 강한 흡인력을 가지고 있다는 것을 느끼게 된다.

특별히 그날 들은 "어머니, 꽃 구경 가요"란 제목의 노래는 가슴속 깊은 곳으로부터 차오르는 뭉클함이 있었다.

먼저는 곡을 넣어 불렀고 나중에는 가사를 시 낭송으로 전해 주었다.

꽃들이 만개한 어느 봄날 아들은 노모에게 꽃 구경 가자고 권했다. 가랑잎처럼 바싹 여윈 노모를 등에 업으니 깃털처럼 너무 가벼워 아들은 가슴이 아팠다.

산에는 진달래, 철쭉, 개나리, 산수유, 이름 모를 들꽃들이 꽃 바다를 이루고 있었다. 꽃에 취하고, 봄바람에 취하고 아들은 잠깐 슬픔을 잊었다.

연분홍빛 철쭉이 구름 떼처럼 피어 있는 산속은 이 세상이 아니고 낙원같았다. "어머니, 꽃좀 보세요." 아들의 목소리에 잠든 줄 알았던 어머니가 "쉬엄쉬엄 가거라, 다리 아프겠다." 노모의 가느다란 목소리는 평온했지만 아들의 가슴은 찢어졌다.

끝없이 펼쳐지던 꽃 바다가 끝나고 소나무 동산이 나왔다.

아들의 등에 머리를 기대고 있던 노모가 퍼뜩 정신이 든 듯 갑자기 팔을 뻗어 솔잎을 따 뿌리기 시작했다.

"어머니 솔잎은 왜 자꾸 따서 뿌리세요?"

"아들아, 혼자 내려올 때 길 못 찾을라."

아아 어머니!

자식은 어머니를 버릴 수 있어도 어머니는 절대로 자식을 버릴 수 없으리라. 제주도 구경 시켜드린 후 버림받은 노모가 끝끝내 아들의 연락처를 함구했던 슬픈 일화를 많은 사람들이 기억하고 있을 것이다.

개똥밭에 굴러도 이승이 좋다는 옛 어른들의 말씀이 있다.

아무리 힘들고 고단한 삶이라도 죽는 것보다는 살고 싶다는 얘기다.

누구나 죽음을 피할 수 없다는 것은 자명한 사실인데도 천년만년 살 것처럼 삶의 집착을 버리지 못하고 아등바등 살아간다.

고령화 시대의 심각성 앞에 젊은이들의 장래를 걱정하면서도 100세 건강을 염두에 둔 듯 9988234를 농담 삼아 외쳐댄다. 99세까지 팔팔하게 살다 이삼일만 아프다가 죽고 싶다는 뜻이다.

새로 태어나는 아기들은 점점 줄어드는데 노인들만 넘쳐나는 두려운 세상이 곧 다가온다는 것은 커다란 재앙이다.

그러나 사람의 생명만큼 귀하고 소중한 것이 또 있을까?

태어남과 죽음은 피었다 지는 꽃처럼 생성과 소멸이 반복되는 자연의 이치일 것이다.

누가 감히 절대자가 하시는 일을 거스를 것인가.

희망 사항이지만 건강한 사고력으로 내 이웃을 배려할 수 있을 때까지는, 자식들의 고단한 삶을 쉬어갈 넓은 그늘이 되어 줄 수 있을 때까지는, 나를 아끼고 따르는 후배들이 자기들 곁에 머물러 주기를 진심으로 원할 때까지는, 나의 두 다리로 가고자 하는 곳을 갈 수 있을 때까지는, 맛있는 음식을 제맛을 느끼며 즐겁게 먹을 수 있을 때까지는, 책을 읽거나 드라마를 보거나 할 때, 재미와 감동 슬픔을 제대로 느낄 수 있을 때까지는, 살아 있을 가치가 있을 것 같다. 물론 건강이 따라 줄 때 말이지만.

자식들이 짐으로 느끼기 전에, 주위의 모든 분들이 떠남을 아쉬워 할 때, 잠들 듯이 하나님 나라로 가는 것이 노년 모두의 간절한 소망일 것이다.

존엄한 죽음을 맞을 수 있는 권리와 함께.

어머니의 뜨락

— 여호와여 나의 말에 귀를 기울이사 나의 심정을 헤아려 주소서 시편 5;1

경숙은 운전석에 앉자마자 차를 출발시키지 않고 핸들에 이마를 얹었다.

요양원 뒷마당 땡볕에 주차해 놓았던 차속은 찜통 같았다.

마음이 답답하고 울음이 복받치는 것은 더위 때문이 아니라 어머니의 초점 잃은 눈빛 때문이었다. 100세가 넘은 노모는 그녀를 보자 반갑기는커녕 귀찮다는 듯 슬쩍 고개를 돌렸다.

"엄마" 부르며 손을 잡으니 "누구슈?" 했다 "엄마 막내딸" 한참 바라다보더니 "경숙이, 진아 에미?" 기대로 가슴이 벅차올랐지만 거기까지였다. 그녀가 준비해간 부드러운 음식을 오물오물 잡숫고 나더니 초점 없는 눈동자로 다시 "누구슈?" 했다.

어머니를 요양원에 모신 지 2년 지났다. 요양원에 가실 때만 해도 정신이 초롱초롱하셨는데 자식들로부터 버려졌다는 느낌

때문이었을까, 가슴이 찢어질듯 아프다. 103세까지 집에서 모셨으면 할 도리는 다한 것이라는 생각이 자식들 모두의 생각이었다. 아마 자식들 중에 하나라도 불구가 있었다면 어머니는 끝까지 당신이 품으셨을 것이다. 우선 올케한테 너무 미안했고 경숙의 집에 오시면 채 한달도 못되어 오래비 집에 가겠노라 보채시곤 했다.

100살까지도 정해진 분량대로 성경을 읽으셨던 어머니, 자식들은 물론 이웃을 위해, 교회를 위해 기도하셨던 어머니, 자신의 속옷을 손수 세탁하셨던 어머니셨다.

일찍 돌아가신 아버지를 대신해 홀로 오남매를 반듯하게 키워내신 어머니를 사랑하고 존경했다.

어머니가 사랑으로 정성을 다하여 가꾸어온 가정에는 계절마다 예쁜 꽃들로 가득찼다. 오남매의 꿈이 소박하게 피어나고 영글어갔다.

엄마의 뜨락에 몸을 누이면 걱정도 근심도 위로 받았고, 지쳐버린 영혼에 새 힘이 실리곤 했다.

사랑하는 우리들의 엄마. 어머니 단 한번만이라도 자식들의 이름을 불러주셨으면 경숙은 절규하듯 기도한다.

주님께서 하락하신 삶의 몫을 제대로 살아내고 있다고 생각했었는데!

고려장을 지내러 가는 아들을 위하여 등에 업힌 노모가 나무가지를 꺾어 아들이 돌아갈 길을 표시해주었다는 옛이야기가 경숙의 가슴을 쓰라린 아픔으로 헤집고 지나갔다.

노모는 자식들을 이해하고 용서하셨을까?

하나님은 경숙의 남매들과 그들의 노모를 여전히 사랑하고
계시는 걸까?

말, 말끝에 장 한 사발

돌아가신 어머니의 어록에는 재미있고도 유익한 말. 말들이 잔뜩 담겨 있다.

새삼 이 말이 생각난 것은 함부로 생각 없이 말을 주고받는 요즘 세태가 한심하고도 서글퍼서인지도 모른다. 지각 없는 말로 상처주는 허다한 모습을 보면 혀로도 얼마든지 사람을 벼랑 끝으로 몰아 희생시킬 수 있다는 무서운 결과를 보아왔기 때문이다. 입술의 열매는 얼마나 무거운 것인가!

먹고살기조차 힘겨웠던 가난하고 배고팠던 시절 비록 배우지 못했지만 조상들은 아쉬운 부탁을 하러 가서도 예의에 어긋나지 않는 훈훈한 말투로 대화를 이어갈 줄 알았었다. 장 한 사발을 얻으러 가서도 대뜸 된장 한 사발 얻으러 왔다고 말 꺼내기 전에 안부도 묻고 정겨운 옛이야기도 하고 분위기가 부드러워졌을 때 필요한 것을 요구하는 식이다. 지혜롭고 따사로운 그림이다.

어머니는 우리 형제들에게 대화법이라 할 수 있는 생활태도를 '말, 말끝에 장 한사발'이라는 유머 섞인 말로 가르쳐주셨다. 당신도 실천하셨고……

6·25전쟁 후에 한동안 고향마을에 내려가 살았었다.

남씨 집성촌이었던 그곳에는 먼 친척이거나, 오래전 할머니나 어머니 밑에서 하인이었던 친숙한 이들이 살고 있었다.

우리도 가난했지만 이웃에는 더 가난한 이들이 많았다. '삼시세끼 밥 먹고 살기가 어려웠던 시절, 집에 찾아온 사람이 어머니의 젊은 시절이나 아버지 살아계실 때 도움 주셨던 이야기를 시작해 이야기가 무르익으면 어려운 자기 집 사정을 꺼낸다. 어머니는 밥 한술 뜨고 가라고 붙드셨고 무엇이라도 손에 들려 보내셨다. 된장, 고추장 같은 긴요한 것들로……. 그럴 때마다 나는 느꼈다. 저런 모습이 곧 '말, 말끝에 장 한 사발이라는 것이구나' 하고!

집에 찾아오는 이웃에게서나 우리 형제들이나 어려움에 부딪혀 살면서 늘상 경험했던 생활의 지혜였다.

언니가 고등학교에 입학하던 해였다.

등록 마감일은 다가오는데 속수무책으로 시간이 지나가고 있었지만 돈을 마련할 길이 없었다. 입술이 바짝 마른 채 여기저기 뛰어다닌 엄마는 눈 주위마저 딸기처럼 벌겋게 부어올랐다. 지금이야 각종 장학금 제도가 많지만 그때는 일단 학교에 입학하고 난 후에야 성적이 좋으면 길이 열리든지 하니까 입학금은 꼭 준비해야만 했었다. 시골에서는 정말 돈 구하기가 힘들었던 것은 모두가 어렵게 살기도 했지만 봄에는 각종 씨앗, 거름 농기구 준비 등 넉넉한 집도 돈이 마를 때였다.

엄마는 궁리 끝에 서울 친척 집으로 입학금 구하기 작전에 돌입했다.

왕래는 있었지만 특별히 가깝게 지내지는 않았던, 엄마가 당숙모가 되는 사이니 아주 먼 관계는 아니었던 것 같았다. 그리고 똑똑하고 반듯한 딸들이라고 칭찬해 주곤 하던 6촌간인 친척 집에 도움을 청하기로 마음을 먹었다. 엄마는 학급에서 반장을 맡고 있을 만큼 자존심 센 언니가 아닌, 나를 데리고 길을 나섰다. 전화 같은 통신 수단이 없던 때라 연락도 없이 갔지만 다행이도 그분이 집에 있었다. 그 집을 찾아가는 동대문 밖 신설동 골목길엔 새봄의 냄새가 희미하게 드리워져 있었다. 어색한 대로 서로 인사가 끝난 후에도 엄마는 입학금 이야기를 꺼내들지 않았다. 방문 목적을 확실히 아는 나는 초조해지는데 엄마는 옛날이야기만 하고 있었다. 엄마가 시집왔을 때, 사촌 시숙인 그분의 아버지가 선생님이셨는데, 금칼을 차고 제복을 입으신 모습이 얼마나 멋있으셨는지, 많은 사람들의 존경을 한 몸에 받으셨다는 이야기부터 내게는 6촌 오빠가 되는 그분은 큰할아버지의 손주라서 나이가 지긋한 분이었다. 달변이었던 그분의 젊은 시절은 아주 능력 있고 빛난 날들이었다는 이야기까지, 여러 번 들었던 이야기지만 나도 슬며시 이야기 속으로 빠져들게 되었다. 대가족 제도인 시절엔 할아버지 형제분들의 식솔이 다 함께 살았다는 사실을 나도 익히 들어 알고 있었다. 모두가 즐거운 기분이 되었을 때 그제서야 엄마는 간결하게 방문한 목적을 설명하셨다. "도와주게나. 자네의 은혜는 잊지 않음세. 될성부른 나무는 떡잎부터 알아본다고. 똑똑한 아이들 잘 키워 달라는 자네 당숙의 마지막 부탁이 내 숙제라네."

어머니는 이렇게 '말, 말끝에 장 한 사발'이란 교훈적 메시지를 아주 잘 활용하셨다. 빌려주는 돈이었지만 얼마나 고마웠는지, 두고두고 고마움으로 기억되었다.

모교의 동문회 일을 맡아서 할 때 강당건립 기금을 모금하느라 마음을 모두어 힘을 합해 노력한 경험이 있었다. 주님의 교회와 연계해서 하는 일이었지만 우리 동문회가 오랜 기도로 준비해온 숙원사업이었다.

학생들의 예배장소를 마련하는 귀하고도 값진 일이었다.

남자학교와 달리 대부분이 주부인 여학교 동문들의 모금환경은 아주 열악했다. 기 대표를 통한 모금을 계획했지만 결국은 한 사람 한 사람 개인적인 설득에 나서야 했다. 국내는 물론 해외동문들도 다 동참하는 10여 년이 소요되는 거대한 일이었다. 임원들은 물론 마음을 모아 최선을 다하였지만 동문 전원이 참여하도록 노력을 하였다. 모금을 하고자 만남을 가질 때

돈 이야기부터 꺼내지 않고 따뜻한 마음이 전해지도록 대화를 충분히 나누어 마음이 열렸을 때, 비로소 예배처소에 대한 간절한 소망이 전해지도록 모금의 목적을 전하곤 하였다. 이민 간 동문들도 적극 참여해준 아름다운 결과는 더 큰 열매였다.

미국행 비행기에 올라 여러 번 미국 전 지역을 누비는 수고도 마다하지 않았었다.

드디어 대강당과 수련관이 완공되어 헌당예배를 드리던 날의 감격과 감사를 잊을 수가 없다. 모금에 힘쓰고 참여한 지금의 우리들이 세상을 떠난 후에라도, 새싹 되어 자라날 10대의 어린 후배들이 예배실과 기도실에서 찬양하고 말씀으로 믿음을 키우고 꿈을 이루어갈 것이다.

이보다 더 보람 있는 일은 없으리라!!!

상대방의 마음을 열어 설득할 수 있는 슬기로움은 따뜻한 말, 언어의 힘이 아닐까. 말 한 마디에 천냥 빚을 갚는다는 속담처럼.

어머니의 어록에 담겨있는 '말, 말끝에 장 한 사발'의 유머 섞인 교훈은 험하고 어두운 세상을 여는 열쇠가 되었지만. 그 어둠을 거두어 내고 빛으로 채워주신 분은 소망과 부활의 길을 열어주셨다.

남춘길의 삶과 수필누리(隨筆世界)

들어가는 말

수필은 삶을 진솔하게 그려내는 언어예술

수필은 지은이의 생각(삶)을 진솔하게 그려내는 언어예술이다. 다시 말해 체험을 바탕으로 서정과 이지적 설리(說理)를 감동적으로 밝혀내는 글월이다. 관념이나 심상의 정서가 내포된(connective) 언어적 기능을 갖는 시(詩)나, 허구로 꾸미는 소설과는 다르다.

강범우는 "수필은 가슴에서 울어 나오는 정서에다가 머리로 생각하는 지적(知的) 옷을 입히는 글월"[1]이라고 정의했다. 수필이 지적이면서 자신의 누리(世界)를 객관화시킨 언어미학적 조화와 균세(均齊)를 이루기 때문이다. 수필을 무량한 심미적결정

---

1) 강범우, 『100만인의 수필교실』 p21 참조

(審美的結晶)의 글월이라고 한 이유가 여기에 있다. 그러므로 한 편의 수필을 보면 그 사람의 인품을 알 수 있다. 작품에는 지은이의 혼과 사상이 깃들어 있으며, 삶을 수놓는 생명이 함께하기 때문이다.

남춘길의 삶과 신앙과 수필누리

남춘길은 독실한 신앙인으로서 문학의 광맥을 찾는 여류 수필가이다. 그러나 작품을 억지로 잘 쓰겠다고 기교를 부리지 않는다. 그녀의 수필들은 마치 봄비 내린 후 푸른 싹이 돋아나는 들판처럼 우리에게 감동을 주고 있다. 그녀의 수필 "송홧가루 날리는 봄날에" 한 대목을 본다.

녹색의 계절. 푸른 그늘 사이로 비쳐오는 햇살이 눈부신 아침이다. 나뭇잎들 가득히 초록빛 환희가 넘실대면 마음까지 푸른빛으로 물들며 흔들려 온다. 아니 연두빛 자유로 차오른다. 무언가 기쁜 일이 있을 것만 같아 영롱한 새벽이슬 앞에, 이름 모를 풀잎 앞에, 손톱만 한 풀꽃 앞에도 고개 숙이고 말 걸어 본다. 반짝이며 윤기 흐르는 나뭇잎은 빛나는 생명력으로 아우성치고, 뒤늦게 피어난 늦둥이 약한 꽃들은 푸른빛에 가려 숨듯이 수줍고 애잔하다. 묵묵히 무심한 듯 서 있던 소나무들이 조용히 꽃대를 밀어 올렸다. 아! 송홧가루, 연갈색으로 맺혀 있는 알갱이들 속에는 진노란 가루를 품고 있을 것이다. 이 도시 안에서 아무도 받아가지 않을 그 송

횟가루는 도대체 어디로 다 흩어져 날아갈 것인가? 발걸음을 멈추고 한참을 바라보았다.

—「송홧가루 날리는 봄날에」일부분

그녀의 수필 「송홧가루 날리는 봄날에」서는 시골집의 명절 이야기와 민속에 관한 이야기가 세세하게 나온다. "마루 위, 뒤주 위에 놓여 있던 다식판, 반들반들 윤이 나게 길들여진 꽃무늬가 새겨진, 명품(?) 명절 때만 되면 온 동네가 돌아가며 빌려가던 그 다식판" 이야기…… "샛노란 송홧가루를, 직접 달인 조청에 곱게 개어 동글납작하게 빚어 다식판에 꼭 눌러 찍어내면 아름다운 꽃처럼 피어나던 그때의 진노랑빛 꽃송이들…… 쌀도 볶아내고, 찹쌀도, 흑임자도 볶아 곱게 빻아, 고운체로 내려서, 조청 섞어 반죽해 찍어낸 꽃들이 찬합에 차곡차곡 쌓여가던 행복한 기억들이 엊그제 일처럼 눈앞에서 아른거렸다." …… 6·25 피난시절 …… 엄청나게 바뀌어버린 생활환경 때문에 늘 주눅들어 있었던 그 시절, 유일하게 생기 가득했던 시간들은 명절 준비하던 때라고 회상하면서 그리운 날들의 추억을 되살려 내고 있다. 들판 이야기나 세시풍속과 명절풍속 이야기들은 마치 식물연구가나 민속연구가처럼 세심하게 관찰하여 그때 그 시절을 아름답게 그려내고 있다. 인간과 자연을 사랑하는 눈과 마음으로 다가가지 않으면 쓰기 어려운 글월이다.

이런 글월을 읽으면 소식(蘇軾)²⁾의 동파전집(東坡全集) 답진태

허서(答秦太虛書)에 나오는 수도거성(水到渠成)이 생각난다. "깊은 산속에서 솟아나는 물은 저절로 도랑이 되어 흐른다. 그리고 주변의 아름다운 경관과 어우러지면서 냇물이 되고, 강이 되어 마침내 바다로 들어간다." 깊은 성찰로 만물의 본질을 꿰뚫어보는 혜안을 가져야 쓸 수 있는 글월이다. 좋은 글월은 읽는 이들이 물길이 모이듯이 모여든다. 꽃에 꿀과 향기가 있으니까 벌 나비들이 모여드는 이치와 같다.

수필 「쑥버무리」는 사춘기 시절의 일을 쓰고 있다.

쑥에 얽힌 어머니와의 옛날의 기억이, 아픔처럼 아니 그리움처럼 보채듯 마음속으로 들어왔다. (중략) 비 맞은 병아리처럼 풀죽어 지내는 우리 자매가 눈에 밟혀 엄마는 노심초사 밤잠을 못 이루며 지내야 했고, (중략) 엄마는 익숙지 않은 농사일 틈틈이 어렵게 시간을 내어 우리들을 보러 오곤 했다. (중략) 엄마는 서울 올라올 때마다 학교에 먼저 들르곤 했는데, 나는 딱 질색이었다. (중략) 하물며 쌀자루를 머리에 이고 양손에 올망졸망 반찬 보따리를 든 모

---

2) 소식(1036~1101). 호는 동파거사(東坡居士), 소동파(蘇東坡)라고도 부른다. 문장의 대가로 아버지 소순(蘇洵), 동생 소철(蘇轍)과 함께 당송팔대가(唐宋八大家)에 속한다. 아버지는 노소(老蘇), 동생은 소소(小蘇)라 칭하고, 소식은 대소(大蘇)라 불린다. 21세에 과거에 급제한 뒤, 구양수(歐陽修)의 지원을 받아 각지의 지사(知事)를 지내고 대신의 자리에 올랐지만, 왕안석(王安石) 등 신법당(新法黨)의 개혁정책에 반대하다가 필화(筆禍)사건으로, 구금과 좌천, 유배를 거듭했다. 만년에 6년에 걸쳐 광주(廣州)와 해남도(海南島)에서 유배생활을 하다가 사면되어 돌아오는 도중에 병사했다. 훗날 역경에 굴하지 않는 그 생명력을 인정받고 있다.

습이라니…… 6·25전쟁이 일어나기 전, 아버지가 살아 계실 때, 빛나는 모습으로 학부모회의를 주관하던 엄마가 후줄근한 모습으로 내 앞에 서 있는 것만으로 난 가슴이 아팠고 알 수 없는 분노가 치밀어 올랐다. (중략) 쑥들의 새순이 돋아나던 어느 봄날, 엄마가 학교에 들렀는데, 그날은 다른 날과 달리 예배실로 올라가는 본당 앞 계단 밑에 자리를 잡고 앉으며, 너도 앉아 보라고 했다. "쑥버무리를 쪄 왔는데 따끈할 때 먹어 봐." 점심시간이긴 했지만 나는 울화가 치밀어 올랐다. (중략) 그날 내 눈에 비친 엄마의 뒷모습은 한 없이 초라했다. 해보지 않은 험한 일에 앙상한 두 어깨는 균형을 잃고 비뚤어져 있었고, 머리에 이고 있는 물건은 곧 떨어질 것처럼 위태로워 보였다. (중략) 따뜻하고 자상한 엄마를 목말라했던 내게, 대차고 강했던 어머니는 사랑을 마음 안으로만 끌어안은 엄격한 어머니셨던 것 같다.

　　─「쑥버무리」 일부분

에릭슨(Erik H. Erikson, 1902-1994)[3]은 인간의 삶을 영아기, 유아기, 유년기, 아동기, 학동기, 사춘기, 성년기와 노년기 등 8단계로 나누고 있다. 그 가운데 12세~24세까지의 청소년기인 사춘기는 가장 중요한 시기가 된다. 이때는 안드로겐이라는 남성호르몬과 에스트로겐이라는 여성호르몬이 늘어나면서 정체감과 정서 발달에 크나큰 변화와 영향을 미치기 때문이다. 갑자기 큰 변화를 맞는 청소년들은 호기심이 늘어나면서 '또래'와 관계에 큰 관심을 가지게 된다.

서로를 비교하면서 자신의 처지가 뒤떨어진다고 생각되면 기가 죽는다. 그것은 곧 부모와의 갈등으로 이어지기도 한다. 부모를 원망하기도 하고 이유 없이 반항하기도 한다. 그러면서 친구들의 행동이나 말투, 옷차림, 문화, 유행 등에 예민해진다. 그때는 부모보다 또래들이 더욱 중요한 자리를 차지한다. 친구 따라 강남간다라든지, 부모 팔아 친구 산다, 라는 말이 이런 현상에서 나온 말이다.

이때가 사춘기의 특성상 자기중심성이 폭발하는 시기이다. 뇌의 구조도 바뀌어진다. 자주 사용했던 뇌는 더욱 활성화되지만 사용하지 않는 뇌는 줄어든다. 정서를 전달하는 과정에서 실수가 자주 일어나고 감정조절이 잘 되지 않는다. 또 극단적인 행동이나 충동적 공격성 등 여러 현상이 일어나기도 한다.

남춘길은 이런 성장통을 겪고 있을 때에 있었던 일을 진솔하

---

3) 에릭슨(Erik H. Erikson,1902-1994). 독일 프랑크푸르트에서 출생. 부모는 덴마크 사람이었으나 그가 태어나기 전 이혼하여 어머니가 프랑크푸르트로 가게 되었다. 에릭슨이 세 살 때 어머니는 소아과 의사인 Homburgerq박사와 재혼했다. 소년시절 에릭슨은 고대사와 미술에서 재능을 보였지만 학교를 싫어했다. 고등학교 졸업 후, 유럽여행을 했고, 여행에서 돌아온 후 예술학교에 적을 두었다가 다시 이탈리아 전국을 방황하였다. 인종적 소외감과 계부와의 가족 배경이 그의 심리사회 이론, 특히 자아정체감이나 심리사회적 개념을 정립하는 데 영향을 미쳤다. 25세 때인 1927년에 Anna Freud와 Dorothy Burling Ham이 설립한 어린이연구소에서 가르치기 시작했다. 1927~1933년까지 안나 프로이드와 함께 아동정신분석을 연구하며 훈련을 받았다. 1933년 미국으로 이주, 아동분석가로 일했고, 1936년~1939년까지 인간관계연구소와 예일대학 의대 정신과에서 일하면서 문화인류학과 역사에 관심을 가지고 상이한 문화적 환경에서 성장하는 아동들과 정상 아동들의 생활에 관한 연구를 계속했다.

게 고백하고 있다. 어머니는 모성애만으로 쑥버무리를 싸 들고 학교에 왔던 것이다. 그러나 기죽기 싫었던 딸은 어머니를 모질게 대할 수밖에 없었다.

세상의 모든 모성은 본능적으로 삶의 방법과 정신을 자식들에게 가르치는 일을 해왔다. 그 일을 교육이 발전하면서 교사가 맡게 되었다. 이런 관계는 포유류에만 존재한다. 파충류는 이런 일이 일어나지 않는다. 포유류는 어미가 새끼를 배고 낳고 기르는 과정에서 새끼를 가르친다. 교사의 정신과 자세는 어미의 정신에서 비롯되었다.

씨알 사상가 박재순[4]은 어머니의 마음을 말했다. "어머니 마음은 살리고 키우고 세우는 마음이다. 어머니는 자식을 끝까지 포기하지 않는다. 어머니는 자식을 이기려 하지 않는다. 꾸짖고 나무라면서 바로잡으려 애쓰지만 어머니는 언제나 자식에게 질 준비가 되어 있다. 어머니는 자식이 디디고 올라설 디딤돌이 될 마음을 가지고 있다. 어머니에게 권위가 있다면 오직

---

4) 박재순. 충남 논산. 서울대학교 철학과에서 베르그송의 생명철학을 공부했다. 한신대학교에서 안병무 교수로부터 성서신학과 민중신학을 배우고, 박봉랑 교수에게 카를 바르트와 디트리히 본회퍼의 신학을 공부했다. 서구 주류 신학자 바르트에게서 복음적인 신학의 깊이를 배우고, 서구 전통 신학을 비판하고 대안을 제시한 본회퍼에게서 신학적인 자유와 영감을 얻었다. 한국 신학연구소에서 국제성서주석서를 번역하면서 당대 최고의 지성인이고 신학자였던 안병무 박사에게서 영향을 받았다. 대학 시절부터 함석헌에게서 씨알사상을 배웠다. 씨알사상연구회 초대회장(2002-2007)을 지내고 2007년 재단법인 씨알을 설립, 씨알사상연구소장으로 있다. 『유영모·함석헌의 생각 365』 『함석헌의 철학과 사상』 『씨알사상』 『다석 유영모』 『한국생명신학의 모색』 『예수운동과 밥상공동체』 등의 저서가 있다.

사랑과 희생과 돌봄의 권위다. 세상에서 어머니보다 고맙고 좋은 이가 없다……" 남춘길은 청소년시절 어머니의 마음을 아프게 했던 일을 평생 동안 속죄하는 마음으로 만인 앞에 고백한 것이다.

사람들은 어떤 한계에 이를 때 절망하는 경우가 많다. 남춘길은 꿈과 낭만이 깃든 소녀시절을 한국전쟁의 소용돌이 속에서 힘겹게 보냈다. 은행지점장이었던 아버지가 6·25전쟁 직전에 떠났고, 오빠 둘과 언니까지 먼저 떠나버린 가정사의 슬픔은 장벽이 가로 막고 있는 형극(荊棘)의 삶이었다.

그러나 남춘길은 그 벽을 넘고 일어섰다. "이새의 줄기에서 한 싹이 나며 그 뿌리에서 한 가지가 나서 열매 맺을 것이요"(이사야11장1절) 라는 말씀처럼 하나님께서는 그의 가정에 새로운 삶을 주셨다. 삶이란 실존적 본질이며, 자유의지를 말한다. 남춘길의 삶이나 글월이 생동감 넘친 이유가 여기에 있다. 프랑스의 종교사상가 파스칼(B. pascal)은 "신(神)이 없는 인간의 삶은 비참하다. 그러나 하나님과 함께하는 삶은 위대하다"고 말했던 것처럼 하나님은 오늘의 그녀를 있게 해주셨다. 힘들었던 그때의 상황을 「어머니의 그림자」에서 본다.

잘난 자식 다 놓쳤다는 어머니의 한 맺힌 절규는 내 바로 위의 언니 위로, 오빠 둘과 언니 한 명, 삼남매를 차례로 잃으셨는데, 그

삼남매가 준수하기가 이를 데 없었다는 것이다. 그들이 나타나는 곳마다 빛이 비치듯 주위가 환하게 빛났었다는 게 어머니의 애틋한 회고였다. 빛나는 모습으로, 넘치는 기쁨으로 엄마에게 왔었던 오빠들과 언니는 왜 그렇게 황망히 어머니의 곁을 떠난 것일까? 그것도 계속해서 줄줄이…… 눈부신 햇살이 사라지듯, 당신의 아들이 마지막 눈을 감을 때의 모습을, 나는 아이 엄마가 된 후에도 눈물을 삼키며 들었다. 어머니의 아픔은 끝내 잦아들지 못한 것이다.

　―「어머니의 그림자」일부분

　그녀의 어머니는 남편과 자식 셋을 먼저 보내고 어린 자식들과 살아갈 때, 형용할 수 없는 아픔을 푸념으로 대신했을 것이다. 그때마다 자식들은 바늘방석에 앉은 마음으로 살아왔을 것이다. 그러는 과정에서도 그녀는 명문사학인 정신여·중고를 졸업했다. 더구나 대한민국 여성을 대표할 만한 큰 인물 김필례[5] 교장 선생님의 사랑과 영향을 크게 받았다. 수필「선생님의 가르침 앞에 서면」한 대목을 본다.

　따뜻하고 부드러웠던 내면은 안으로 감추신 채, 근엄하고 올곧으셨던 선생님을 우리 모두는 가까이 다가가기를 어려워했고, 존경하는 마음조차도 표현하지 못하였다. 물론 나도……. 그렇게 멀리서만 바라보던 선생님을 가까이 대하게 된 일이 있었다. 중학교 3학년 때 맹장수술로 오랫동안 입원한 적이 있었다. 그때 교장 선생님이 나를 병실로 찾아주셨다.

　인상이 좋은 미국 장성과 함께. 아마도 그 미 장성은 한동안 내게 장학금을 주신 분이 아니었을까! 선생님께서는 병상에 홀로 누워 있는 내 이마도 짚어 보시고, 머리칼도 쓸어주시며 내게 다정하게 몇 가지 물어보셨다. 담임선생님이 찾아주신 것만으로도 감사했었는데, 그 감사함과 황송함은 두고두고 잊혀지지 않는 눈물겨움이었다. (중략) 바쁜 일정 속에서도 어린 학생 한 명을 위하여 시간을 내주신 선생님의 사랑과 섬김의 가르침은 지금까지도 교훈이 되어 내 마음 안에 아름답게 자리하고 있다. (중략) 신사참배 거부로 폐교당한 정신학원을, 전국여전도회를 재건하시고, YWCA를 설립하신 큰 발자취는 물론, 수많은 제자들에게 삶의 길을 열어주시고 가르침을 주신 선생님의 사랑은 이름없이, 빛도 없이 작아진 제자들까지도 일으켜 세우시는 아름다운 향기로 퍼져나갈 것이다.

　　―「선생님의 가르침 앞에 서면」 일부분

---

5) 김필례(金弼禮, 1891-1983). 여성 지도자·교육자. 정신여자중고등학교 교장. 1907년 서울 연동여학교(蓮洞女學校: 지금의 정신여자중고등학교) 졸업. 1913년 일본 동경여자학원 중등부와 1916년 고등부 졸업. 1926년 미국 조지아주 액네스스칼여자대학 졸업. 1927년 뉴욕 컬럼비아대학에서 석사학위 취득. 1916~1919년 정신여자중학교 교사. 1922년 교감, 그해 3월 북경 세계기독교학생대회(WSCF)에 참석. 6월 중순, YWCA 총무로서 농촌운동과 여성의 지위 향상에 힘썼다. 1926년 미국 프린스턴 WSCF에 참석. 1927년 신간회(新幹會) 자매단체 근우회(槿友會) 창립. 1928년 인도 WSCF 참석. YMCA와 YWCA 활동을 하였다. 1937년 광주 수피아여자중학교 교감, 1945년 교장, 1947년 정신여자중고등학교 교장. 1950년 미국 북장로교여신도대회 참석. 1962년 정신학원 이사장, 명예교장·명예이사장. 1972년 국민훈장 모란장 수여. 저서 『성경사화대집』과 번역본 5권이 있다.

당시 대한민국 최고 여성지도자의 한 분이셨던 김필례 교장 선생님으로부터 큰 사랑을 받았다는 사실은 축복이었다. 또 고등학교 국어 교과서에 수필 「갑사로 가는 길」이 실렸던 이상보[6] 박사님이 주임선생님이었고, 한국에서 최초로 월간 『수필문학』[7]지를 창간, 현대 수필문학의 길을 열었던 김효자[8] 선생님이 담임으로서 그녀에게 큰 영향을 주었다. 이는 훗날 그녀가 수필가로서의 일가를 이루게 된 계기가 되었다고 할 수 있을 것이다.

훌륭한 분들로부터 인정을 받는 일이 얼마나 큰 축복인지 예를 본다. 세계적인 목회자요, 신학자인 '노만 빈센트 필(Norman V. Peale) 목사[9]'가 대학 졸업을 앞둔 어느 날, 총장 존 호프만 교수와 만났다. 그때 총장은 필 목사에게 이렇게 말했다.

---

6) 이상보. 문학박사, 전 국민대학교 총장 대행, 국민대학교 명예교수, 전(재) 한글재단 이사장, 한국문학비건립동회회 회장, 한글문화단체모두모임 회장, 한국고서연구회 고문, 한국기독교수필문학회 고문, 한국시경학회 상무이사, 한국수필문학가협회 명예회장. 한겨레역사문학회 상임고문, 수필집『행복한 삶』『갑사로 가는 길』등과 전공서적『한국가사문학의 연구』와『박노계연구』등 많음.

7) 1972년 1월25일 김승우, 김효자 부부가 등록번호(라-1569호)로 한국에서 처음으로 월간『수필문학』지를 창간, 수필문학의 새벽을 열었다. 창간사에서 '수필문학의 좌표를 구축하고 각광받는 문학영토로 키워가기 위해서'라고 했듯이 月刊『隨筆文學』은 한국 수필을 정통문학 장르로 자리매김 하는데 크게 공헌하였다. 특히 1960년, 절필했던 금아 피천득의 마지막 작품 「인연」을『隨筆文學』1973년 11월호에 실렸다. 그리고 1972년 통권 3호부터 윤오영의 「수필문학의 첫걸음」과 「수필문학 강론」을 총 19회 연재하여『隨筆文學入門』(관동출판사. 1980.2.15.)을 발간, 한국 수필문단에 금자탑을 쌓았다.

8) 김효자. 서울대학교 국문과 졸업, 한국외국어대학교 대학원 일문과 졸업, 정신여중 교사를 거쳐 경기대 일문과 교수, 러시아 국립극동대학교 교환교수 역임, 모스크바대 한국학센터 연구교수 1972 3월 한국 최초로 남편 김승우 교수와 함께 월간『수필문학』을 발간하고 편집인 겸 주간을 역임했다.

"나는 자네를 평소에 눈여겨 보았는데, 자네는 장차 큰일을 할 수 있을 것이네! 내 말을 명심하게." 필 목사는 평생토록 총장의 말을 잊지 않고, 최선을 다한 삶을 살았다. 존경하는 스승의 격려가 필 목사의 한 삶을 바꾸어 놓았던 것이다. 남춘길도 훌륭한 교장 선생님과 선생님들의 사랑과 격려를 받으면서 성장했다는 사실은 축복이었다. 또 그녀는 부모님 은덕을 크게 받았다. 아버지가 돌아가시기 전, 은행지점장으로 재직할 때, 삼성 이 회장이 사업을 시작했고, 그때 도움을 주었다. 훗날 이 회장이 그 고마움을 잊지 못해 여러 경로를 통해 연락을 해왔다. 이 회장을 처음 만났을 때의 이야기를 수필 「소중한 인연」에서 본다.

내가 고등학교 1학년이던 16살 때였다. (중략) 장충동에 있는 삼성가를 처음 어머니와 언니와 함께 방문했을 때. 아주 반갑게 맞아주셨다. 우리 자매 예쁘게 잘 자라주었다고 칭찬을 아끼지 않으셨고 지나간 이야기를 어머니와 사모님은 시간 가는 줄 모를 만큼 한참 동안 나누셨다. (중략) 이 회장님이 바쁜 시간을 할애해 어머

9) 노먼 빈센트 필(Norman V. Peale, 1898-1993). 오하이오 웨즐리안대학교, 보스턴대학교 졸업. 『포스트 가이드(Guideposts)』 창간 발행인. '긍정적인 사고'의 창시자로서 세계적으로 2000만 부 이상 팔려나간 초 베스트셀러인 『적극적 사고의 능력 The Power of Positive Thinking』과 후속편 『적극적 생활방식, The Power of Positive Living』의 저자로서 '만인의 성직자'로 세계적으로 알려진 연설가다. 뉴욕 마블 협동교회에서 일한 52년을 포함해서 60년간 목회자로 일하면서 절망에 빠진 이들을 성공적인 삶의 길로 이끌어 왔다.

니를 뵙던 날, 도와드리고 싶은데, 말해달라고 하셨다. 자존심 강한 어머니가 망설임 없이 아이들이 학교를 졸업하면 은행에 취직만 부탁드린다 하셨다. 학비는 어떻게 하고 계시냐는 질문엔 아이들이 공부를 잘해서 장학금을 받으니 걱정 없다고, 고향집에 전답과 밭이 좀 있으므로 먹고살 수 있다고 당당하게 말씀하셨다.

　—「소중한 인연」일부분

　그녀가 당시 선망의 대상이던 은행에 근무하게 된 것은 학교 성적이 우수했던 점과 아버지의 은덕과 어머니의 힘, 그리고 이회장의 도움이 큰 몫을 차지했다는 사실을 알 수 있다. 그렇게 젊고 아름다운 시절을 은행에서 일할 때, 믿음직스러운 부군을 만나 행복한 가정을 꾸렸다. 그 사연을 「부부는 무엇으로 사는가?」에서 본다.

　……그러나 가슴이 두근두근 뛸 만큼 그런 흔들림이 있었던 것은 아니었다. 결혼을 결심하게 된 것은 신뢰할 만한 사람이라는 마음의 소리가 들렸기 때문이었다. 부모님은 물론 조부모님까지도 6·25 끝자락에 공산당들에게 희생당한 사람, 갖고 있는 것이라곤 그의 첫 인상이 내게 심어 준 정확한 미소랄까? 가난이 두려웠다면 그와 결혼을 하지 않았을 것이다. 남편은 사관학교를 나온 가난한 젊은 장교였다. 요즈음 절찬리에 방영된 '태양의 후예'에 나오는 유시진 대위처럼 그도 유 대위님이었다. 고난을 에너지로 바꾸

는 힘이 그의 힘겨운 사춘기를 돌봐주는 어른들 없이 버텨내지 않았을까! 성실함과 장래성에 나는 내 미래를 걸었던 셈이다. (중략) 내 자신감은 여기까지였다.

　　—「부부는 무엇으로 사는가?」일부분

믿음직스러운 부군을 만나 행복한 가정을 꾸리고 두 딸까지 두었으며, 예쁘고 영특한 외손녀까지 귀여움을 독차지하고 있으니 축복받은 가정이 틀림없다. 그녀의 수필「마음의 눈」은 외손녀에 대한 사랑과 자랑스러움으로 가득 차 있다.「마음의 눈」한 대목을 본다.

　하린이 다섯 살이 되었을 무렵 어느 날 내게 깜찍한 질문을 했다. 마음의 눈이 어떻게 생겼느냐고. "할머니, 나한테 그 마음의 눈 좀 보여주면 안 돼요?" 유치원에서 있었던 일이나 제 집에서 있던 일을 내가 소상히 알고 있는 것이 신기하고도 궁금한 듯 "할머니 어떻게 알았어? 망원경으로 봤어?" 나는 그 귀여운 볼을 살짝 쓰담으며 "할머니는 다 알 수가 있어." "어떻게?" "음 마음의 눈으로 봤어."라고 답했다. 잠깐 생각에 잠기더니 마음의 눈을 보여달라고, 보여줄 수 있느냐고, 보여주면 안 되겠느냐고 졸라댔다. (중략)
　돌아오는 3월에 초등학교에 입학하는 하린은 동화책은 물론 모든 인쇄물을 완벽하게 읽는다. 글씨도 어려운 받침을 가끔 틀릴 뿐 문장 구성도 제법이다. 지난해 내 생일 카드에 축하의 글은 조금

서툴렀었는데 어버이날 카드에 써온 글씨는 초등학교 3학년 수준
은 되는 것 같다.

―「마음의 눈」 일부분

귀여운 외손녀 하린이의 깜찍하고 귀여운 모습을 그려낸 수
필 「마음의 눈」에는 할머니의 끝없는 사랑으로 넘쳐있다. 하린
을 한번 보고 싶어진다. 수필의 위력이다.

'덕불고필유인(德不孤必有隣)'의 여성 문장가

남춘길은 많은 봉사활동을 해왔으며 지금도 하고 있다. 그
가운데 정신여중·고 총 동문회장을 역임했다. 그 일은 아무나
할 수 없는 일이다. 덕망과 지도력이 뛰어나야 할 수 있는 일이
기 때문이다. 그녀는 어머니로부터 지도자의 덕망을 배웠고,
'덕불고필유인(德不孤必有隣)[10]' "덕이 있는 사람은 반드시 이웃
이 있기 때문에 외롭지 않다"라는 동양정신을 이어 받았다는
사실을 알 수 있다. 그녀의 수필 「말, 말끝에 장 한 사발」 한 대
목을 본다.

모교의 동문회 일을 맡아서 할 때 강당건립 기금을 모금하느라
마음을 모두어 힘을 합해 노력한 경험이 있었다. (중략) 국내는 물
론 해외동문들도 다 동참하는 10여 년이 소요되는 거대한 일이었

---

10) 논어 이인편(論語 里仁篇)

다. 임원들은 물론 마음을 모아 최선을 다하였지만 동문 전원이 참여하도록 노력을 하였다. (중략) 이민 간 동문들도 적극 참여해준 아름다운 결과는 더 큰 열매였다. 미국행 비행기에 올라 여러 번 미국 전 지역을 누비는 수고도 마다하지 않았었다.

드디어 대강당과 수련관이 완공되어 헌당예배를 드리던 날의 감격과 감사를 잊을 수가 없다. 모금에 힘쓰고 참여한 지금의 우리들이 세상을 떠난 후에라도, 새싹 되어 자라날 10대의 어린 후배들이 예배실과 기도실에서 찬양하고 말씀으로 믿음을 키우고 꿈을 이루어갈 것이다. 이보다 더 보람 있는 일은 없으리라!!!

상대방의 마음을 열어 설득할 수 있는 슬기로움은 따뜻한 말, 언어의 힘이 아닐까. 말 한 마디에 천냥 빚을 갚는다는 속담처럼.

어머니의 어록에 담겨있는 '말, 말끝에 장 한 사발'의 유머 섞인 교훈은 험하고 어두운 세상을 여는 열쇠가 되었지만. 그 어둠을 거두어 내고 빛으로 채워주신 분은 소망과 부활의 길을 열어주셨다.

─「말, 말끝에 장 한 사발」 일부분

지도자는 지식과 지혜를 함께 갖춰야 한다. 지식은 마음을 경화(硬化)시키는 데 반해 지혜는 마음을 유화(宥和) 시킨다. 지식은 무엇인가를 아는 것이고, 지혜는 그것을 어떻게 활용하는지를 아는 것이다. 서번트 리더십(The Servant Leadership)의 덕망이 그것이다. 헌신에 바탕을 둔 봉사와 사랑의 리더십, 예수께서 "먼저 남을 섬기라"라는 말씀을 뿌리로 하는 지도력이다.[11] 훗날 나이들어서도 일선에서 활동하는 모습을 그녀의 수필 「가진 것 모두 다」 한 대목을 본다.

　　푸르렀던 젊음을 아득한 옛날처럼 뒤로한 채, 주름진 얼굴과 윤기 잃은 머리칼로 후배들 앞에 섰지만, 맑고도 깊은 음색으로 우리들의 존재감을 드러냈다. 일생을 주님을 찬양했던 우리들의 삶이었고, 성가대에 섰던 실력(?)이 빛을 발했다고나 할까! 7,80대 노년의 목소리라고는 상상이 가지 않을 만큼 청아한 소리로 우리들의 합창은 감동을 안겨주었다. (중략)
　　일제 식민지 시대에 사춘기를 보낸 선배님들도 계시고, 6·25전쟁을 생생하게 경험한 내 또래의 권사들, 제일 막내가 해방둥이들이다. 각자의 등뒤에 쌓여진 고통의 두께는 그 두께가 높을수록 인내를 배우게 되었고, 감사를 쌓아가야 한다는 은혜로움을 터득한 날들이었다. (중략)
　　꿈의 날개를 펼치고 싶었던 어여쁜 소녀시절도, 빛나던 젊음도 빠르게 스치듯 지나가버렸다. 이제 반듯했던 윤곽도, 고왔던 자태도, 숱 많던 검은 머리칼도, 옛날이 되어버렸지만, 넉넉한 미소 속에 감사를 놓지 않고 살아갈 수 있는, 훈훈한 날들이 우리 앞에 펼쳐져 있다.
　　　―「가진 것 모두 다」 일부분

11) 그녀는 정신여고 총동문회 회장을 마친 후에도 권사직분을 맡아 봉사하면서 (사)김마리아기념사업회 이사와 크리스천문학회 이사, 크리스천문학나무 편집위원, 그리고 실버성가대원과 그밖에 여러 모임에서 봉사활동을 하고 있다.

해설
―
287

남춘길은 이제 후반기의 삶을 살아가면서도 젊은이들 못지
않게 봉사하면서 성가대에서도 실력(?)을 드러내고 있다. 그러
면서도 냉혹한 현실을 안타까워한다. 모두가 평화롭게 살아가
는 세상을 원하고 있다. 수필「가진 것 모두 다」에서 다른 한
대목을 본다.

짙은 절망의 그늘 사이로 비쳐오던 눈부신 햇살은 그분의 끝없
는 사랑이었다. 생명나무 가지에 사랑의 수액을 나누어 주신, 아름
다운 시간들을 허락받았으니, 사랑을 더 많이 행할 때 상처 입은
이웃들을 깊이 품을 수 있을 것이다. 나눔과 섬김의 온기 가득한
마음으로 내 이웃의 아픔을, 오늘 하루도 도움이 필요한 춥고 외로
운, 허기진 영혼 앞에 따뜻한 손 내밀어 줄 위로의 시간을 향해 걸
음을 재촉해 본다.
　　—「가진 것 모두 다」일부분

아프리카에는 기러기(雁行)[12] 여행을 연상케 하는 달리기가
있다. 어떤 인류학자가 아프리카 코사족(xhosa)을 찾았다. 딸기
를 가득 담은 바구니를 나무 아래 두고 아이들에게 말했다.
"저 바구니를 먼저 잡는 사람에게 딸기를 준다." 그 말을 듣고
아이들은 서로 손을 잡고 달려갔다.
　그들은 과일 바구니 앞에 둘러앉아서 딸기를 나누어 먹었다.
인류학자가 왜 과일을 나누어 먹는지 이유를 물었다. 아이들은

'우분투(ubuntu)'라고 외치면서 말했다. "다른 사람들이 먹지 못하는데 어떻게 혼자 먹나요?"

'우분투(ubuntu)'는 '우리가 함께 있다'는 뜻을 가진 아프리카 코사족(xhosa)의 인사말이다. 만델라 전 아프리카공화국 대통령에 의해 널리 알려진 말이다. 아프리카 사람들은 '내가 너를 위하면 너는 나 때문에 행복하고 나는 너 때문에 더욱 행복해진다'(I am because we are)라고 생각한다. 그들은 "빨리 가려면 혼자 가라. 그러나 멀리 가려면 함께 가라"는 격언을 좋아한다.

그러나 우리의 현실은 가혹한 정글의 법칙이 지배하고 있다. "1등만을 기억하는 세상" "치열한 경쟁으로 살아남는 법을 배워야 하는 세상" "목적보다 수단과 방법을 먼저 생각하고, 과정보다 결과를 더 따지는 세상"에서 우리는 살아가고 있다. 관계보다 성과에 무게를 두고, 성품보다 능력을 우선하고, 경쟁주의와 물질주의가 정서를 무너뜨리는 세상이다.

12) 기러기는 가장 앞서 날아가는 기러기를 중심으로 V자 대형을 그리며 따뜻한 곳을 찾아 40,000km를 날아간다. 앞에 날아가는 기러기의 날갯짓은 기류에 양력을 만들어 뒤 따라오는 기러기들이 혼자 날 때보다 71%정도 쉽게 날 수 있도록 도와준다. 이들은 날아가는 동안 끊임없이 울음소리를 낸다. 앞에서 거센 바람을 가르며 힘들게 날아가는 기러기를 '응원하는 소리'이다. 앞서 날아가던 기러기가 지치면 그 뒤의 기러기가 앞으로 나와 역할을 바꾼다. 이렇게 서로 돕는 슬기와 그 독특한 비행기술로 인해 해마다 수천 킬로를 이동할 수 있다. 날아가다 어느 기러기가 지쳐서 대열에서 벗어나게 되면… 다른 동료기러기 두 마리도 함께 지친 동료가 원기를 회복해 다시 날 수 있을 때까지…또는 죽음으로 삶을 마칠 때까지… 함께 지키다 무리로 다시 돌아온다. (─ 톰 워삼(Tom worsham)의 기러기 이야기 中에서)─ 우리나라에서도 '기러기의 덕목'을 본받자는 뜻에서 결혼식 폐백 때, 기러기 모형을 놓고 예를 올린다.

이 인류학자도 아프리카에서 경쟁을 실험했다. 그러나 그들은 '함께 나누며 살겠다'라는 메시지로 인류학자를 당황하게 했다. 진정한 삶은 서로 돕고, 배려하고, 나누는 삶이어야 한다. 남춘길도 신앙 안에서 우리 모두가 함께 잘 살아가기를 바라고 있는 것이다. 수필「길이 끝나는 곳에서도 길은 있는데」한 대목을 본다.

지난해 봄, 꼭 1년 전 이맘 때 송파 세 모녀 자살 사건이 있었다.

그런 결정을 할 수밖에 없었던 그들의 절박함이 이해는 되지만, 안타까움을 떨쳐버릴 수가 없다. 죽어버릴 결심을 할 만큼 독한 마음으로 살아낼 용기를 왜 내지 않았을까? 마지막 월세를 유서와 함께 남길 만한, 책임감과 성실함으로 살아갈 수는 없었던 것일까?

만화가를 꿈꾸었던 작은딸의 그림 솜씨가 뛰어나 보이던데, 엄마도 언니도 아픈 몸으론 아무것도 할 수 없다는 절망만을 마음 안으로 끌어들인 것 같다. 조금만 고개를 돌리면 창틈으로 비쳐오는 희망의 햇살을 붙잡을 수 있었을 텐데…… 손을 뻗으면 잡아줄 이가 주위에 아무도 없었던 것 같다.

―「길이 끝나는 곳에서도 길은 있는데」일부분

예수는 자신의 생명을 드리면서 화목제물(Peace Offering)이 되셨다. 화평을 이루는 방법은 사랑과 용서라는 것을 보여주신 것이다. 평화를 만드는 것은 자신을 먼저 헌신하며 희생하는 것이다.

사도 바울도 "화평과 새 사람"을 말씀했다. "화평(에이레네/εἰρήνη/eirene)"은 "평화, 번영, 하나가 되다, 고요, 안식, 전쟁이 없는 상태, 행복, 경건하고 정직한 자의 축복된 상태, 메시야의 평화"라는 뜻이 들어 있다. 화목해야 생육하고 번성한다. "너는 화목하고 평안하라. 그리하면 복이 네게 임할 것이다."(욥 22:21)

행복이란 '주관적인 만족감'을 말한다. 영혼이 강건해야 만족감을 느낄 수 있으며, 행복한 마음으로 삶을 누릴 수 있다. 남춘길이 바라고 있는 세상이다.

전원(田園)을 사랑하는 마음

남춘길의 수필에는 꽃과 나무와 열매 이야기가 많이 나온다. 그만큼 전원(田園)을 아끼고 사랑하는 마음이 깔려 있다. 그녀의 수필 「감사의 향기로 나를 채우다」에서 한 대목을 본다.

푸른 나무 사이로 햇살은 금빛으로 부서지고, 비단결 같은 매끄러운 잎들은 윤기 흐르며 빛난다. 그 위에 맺힌 이슬조차 영원할 것만 같아 손 내밀어 쓰다듬어 본다. 넓은 잎의 감나무는 어느새 왕사탕만 한 감을 매달고 있고, 꽃이 한창인 대추나무는 대추알들을 품고 있을 것이다. 꽃비를 내려주던 벚나무에는 버찌가 열렸을까. 고개를 젖혀 바라본다. 서양 산딸나무의 눈부신 흰 꽃들은, 라일락의 보랏빛 향기는 어디로 떠났을까?

　　―「감사의 향기로 나를 채우다」 일부분

　사람들의 마음은 시끄러운 저자(都市)를 떠나 전원 속에서 자연과 더불어 살아가기를 꿈꾼다. 남춘길은 아파트 내 숲길과 자신의 집 베란다를 전원으로 생각하고 꽃과 나무를 가꾸는 모습을 보여주고 있다. 수필「마중물」에서 한 대목을 본다.

　어느 날 드디어 보일락 말락 잎새 사이로 뾰족하게 무엇인가 올라오고 있는 것이 보였다. 그것이 뿌리인지 꽃대인지 확인될 때까지 무척 초조한 시간이 지났다. 난의 꽃대는 처음 싹으로 돋아날 때 뿌리와 전연 구분이 안 된다. 드디어 꽃대가 확실하다고 확인되었을 때, 그 기쁨을 어떻게 표현할 수 있을까! 신기했던 것은 모두 잠자고 있던 난잎들이 앞서거니 뒤서거니 꽃대를 밀어올렸다. 같은 화분 안에서도, 다른 화분에서도. 사랑 담은 정성이란 이런 것인가 싶었다. (중략)

　눈부시게 흰 꽃잎에 붉은 꽃술을 머금고. 화원에서 잘 가꾸어진 모습으로 우리 집에 처음 올 때보다도 더 싱싱하고 소담스러운 모습으로. 긴 시간 기다림의 시간을 거쳐 비로소 꽃은 피어났다. 항상 감사를 잃지 않는 온유함으로, 정성이 깃든 배려로, 조용한 기다림으로, 온기 가득한 사랑으로, 내 삶의 시간들을 허락받고 싶

다. 그 시간들은 내 삶의 축복을 끌어 올려주는 마중물이 되어 줄
것이다.

　　　—「마중물」일부분

　전원(田園)을 희랍어로 '가나'라고 한다. 보호하다' '방어하
다'라는 뜻이 들어있다. 예레미아도 "너희는 집을 짓고 거기 살
며 전원을 만들고, 그 열매를 먹으라……. 거기서 번성하고 쇠
잔하지 않게 하라"(렘 29:5~6)고 축복했다. 전원은 따사로운 햇
살과 맑은 시냇물이 있다. 푸른 잔디 위에는 소나 양들이 한가
롭게 풀을 뜯는 풍요로운 동산이 있다. 풍성하고 향기가 있는
실과가 있다.

　하나님이 처음 만드신 낙원도 이런 전원이었을 것이다. 솔로
몬도 "너는 동산의 샘이요 생수의 우물이요 레바논에서부터
흐르는 시내로구나 북풍아……남풍아……나의 동산에 불어서
향기를 날리라 나의 사랑하는 자가 그 동산에 들어가서 그 아
름다운 실과 먹기를 원하노라"(아가 4:15·16)라고 축복했다.

　예레미아도 "그들이 와서 시온의 높은 곳에서 찬송하며 여호
아의 은사 곧 곡식과 새 포도주와 기름과 어린 양의 떼와 소의
떼에 모일 것이라 그 심령은 물댄 동산 같겠고 다시는 근심이
없으리로다"(렘 31:12)라고 축복했다. 남춘길은 전원을 사랑하
면서 삶터를 전원으로 꾸미는 모습을 수필을 통해서 보여주고
있다.

족유(足遊), 목유(目遊), 심유(心遊)의 여행기록

사람들은 미지의 세계를 동경(憧憬)한다. 그리고 먼 곳에 가서 보고, 듣고, 느끼고, 깨달았던 일들을 추억으로 간직한다. 그 가운데 역사의 숨결이 스며있는 현장은 감동이 더 클 수밖에 없다. 물안개 곱게 퍼지는 강줄기나 운무 낀 산골… 발길 닿는 곳마다 경이와 감동을 그냥 넘기기 어려울 것이다. 거기서 받았던 깊은 느낌들을 진솔하게 쓴 글월을 기행문이라 한다.

기행문에는 유람기행(遊覽紀行), 관유기행(觀遊紀行), 사행기행(使行紀行), 유배기행(流配紀行), 피란기행문(避亂紀行文) 등이 있다. 산수(山水)를 찾아보고 쓴 글월을 유람기행문 또는 관유기행문이라 하고, 사신(使臣)으로 갔다가 돌아와서 쓴 글월을 사행기행문이라 했다. 그러나 이 두 가지를 유람기행문에 포함시키기도 한다. 연암 박지원의 『열하일기』가 대표적인 작품이다. 이런 경우 경치보다는 이국정취, 대인관계에 대한 기록이 우선하기도 한다.

또 귀양살이나 전란을 피해 다니면서 낯선 풍경을 기록하는 글월을 유배 또는 피란기행문이라고 한다. 이런 경우 어려운 여러 일들을 이겨내는 모습이 감동을 주기도 한다.

신유사옥(辛酉邪獄)[13]으로 유배를 떠난 정약전(丁若銓, 1760~1816)과 정약용(丁若鏞, 1762~1836)형제는 1801년 11월 5일 한

---

13) 신유사옥(辛酉邪獄). 1801년. 신유교난(辛酉教難)이라고도 한다. 정조가 죽고, 천주교를 신봉하는 남인 시파(時派)의 실권자인 재상 채제공(蔡濟恭)이 죽자, 정계의 주도권이 벽파(僻派)로 바뀌면서 천주교도와 남인(南人) 세력을 탄압했던 사건.

성에서 출발하여 과천 공주를 지나 11월 21일 나주목 율정주점(현 나주시 대호동)에서 마지막 잠을 함께 잤다. 그리고 각각 신안군 흑산도와 강진 유배지로 떠났다. 그 후 두 형제는 다시 만나지 못했다.

"우리 형제는 말머리를 나란히 하여 귀양길을 떠나 나주(羅州)의 성북(城北) 율정점(栗亭店)에 이르러 손을 잡고 서로 헤어져 각기 배소(配所)로 갔으니, 이때가 신유년 11월 하순이었다."[14]

그러나 기행문도 급수가 있다. 이계 홍양호[15]는 천하를 두루 찾아 여행하는 방법으로 족유(足遊), 목유(目遊), 심유(心遊) 등 세 가지로 나누었다.

사람들은 여행할 때 눈에 보이는 것만 대충 둘러보고, 기념 사진이나 찍고 와서 겉모습만 자랑하는 경우가 많다. 그러나

---

14) 先仲氏墓誌銘

15) 홍양호(洪良浩, 1724~1802), 호, 이계(耳溪) 영 · 정 시대 홍문관 대제학과 이조판서 역임. 18세기 문장가, 학자, 청나라 사절로 두 차례 연행 길을 다녀왔다. 『영조실록』 『국조보감』 『갱장록』 『동문휘고』 등의 편찬을 주관했으며, 중국에 수용한 고증학을 알렸다. 지방관으로 있을 때 치산, 치수에도 힘썼다. 문집 『이계집』을 비롯, 『육서경위』 『군서발배』 『격물해』 『칠정변』 『해동명장전』 『고려대사기』 『홍왕조승』 『삭방습유』 『북새기략』 등의 저술이 있다. 홍양호의 세계관과 사유방식은 실학파에 이어지면서 그들보다 더 앞섰다는 평을 받았다. 그는 중국에 다녀온 연행사들의 견문기에 대해서 족, 목, 심의 잣대로 평가를 내렸다. 또 당시 중국이 세계의 중심이라는 중화주의를 비판했다. 중국도 우주에서 보면 손안의 한줄 손금에 불과하다는 논리로 사대주의 지식인들을 비판했다. 북방 강역(疆域)을 깊이 연구했으며, 실용, 후생 실학사상에도 관심이 컸다.

당시 조선 후기사회는 봉건사회가 무너져가고 새로운 사회를 꿈꾸던 시대이다. 그 시대의 문학도 시대적인 여건에 따라 새로운 양상들이 폭넓게 펼쳐지고 있었다. 이런 시점에서 현실주의는 고전문학과 한문학에도 크게 영향을 준 것이다. 그 시절에 실학파들과 어깨를 나란히 하고 뚜렷한 문학적인 영역을 이룬 그는 글씨도 많이 남겼다. 진체와 당체에 뛰어났다. 시호는 문헌이다.

여행을 할 때, 그 허실(虛實)을 제대로 살피지 못하고 왔다면 그 것은 발로 돌아다닌 데 지나지 않는 족유(足遊)에 불과한 것이 다. 또 허와 실을 제대로 보면서 같음(同)과 다름(異)까지 살펴 볼 수 있다면 그것은 족유(足遊)보다는 한발 앞섰지만 이 또한 눈으로만 살핀 목유(目遊)에 지나지 않는다는 것이다. 그러나 아는 만큼 보인다고, 그곳의 자연과 문화까지 알아보고, 그들 의 사는 모습까지 살피면서 치(治)와 난(亂), 성(盛) 쇠(衰)에 대 한 역사는 물론 눈에 보이지 않는 내면까지 헤아릴 수 있는 혜 안을 가진 여행이라면 심유(心遊)의 여행이라는 것이다. 심유 (心遊)의 여행은 깊은 안목과 역사의 지식이 있어야 한다. 그러 므로 아무나 할 수 없는 여행이다.

대표적인 심유(心遊)의 여행기를 연암 박지원의 『열하일기』 에서 볼 수 있다. 박지원은 북경, 열하, 만주 등을 거쳐 청나라 황제의 여름 별궁이 있는 열하(熱河)까지 다녀왔다. 이 과정에 서 현지 사람들이 살아가는 생생한 삶의 모습과 청나라의 앞선 문화를 보고, 이용후생에 대한 견문을 구체적으로 『열하일기』 에 기록했다.

그 기록에는 당시 청나라의 정치·경제·병사·천문·지리·문 학 등 여러 면에서 새로운 문물을 자세히 기록하여 실학사상[16] 의 길을 열었다. 이때부터 연암은 '이용후생[17]'을 한 다음에 정 덕(正德)[18]을 할 수 있다는 방법으로써, 근본(도덕)보다 말단(실 용)을 앞세워야 한다는 실학사상을 주장했다. 남춘길도 많은 여행을 하면서 보고 듣고 느끼고 깨달은 일들을 기록으로 남기고 있다. 그녀의 기행수필「모자가 둥둥 떠내려 간다」한 대목을 본다.

　　여행의 첫 도착지는 모스크바였다. 크레믈린궁의 대통령 사무실과 그 주변 경관, 그리고 각양각색의 9개 양파 돔 지붕으로 가장 러시아적인 성 바실리 사원도 사진으로 찍고 눈 속에도 담았다. (중략) 모스크바대학 거리에 있는 자작나무숲은 정말 아름다웠다. 서로 앞 다투어 좋은 자리에서 사진을 찍으려 아우성을 치듯이 분주했지만 허 선생은 끝까지 양보하는 미덕을 보여주었다.

　　성 페테르부르크로 옮겨 피터 대제의 여름과 겨울 궁전도 둘러보고 성 이삭성당의 아름다움에도 취해 보았다. 특히 네바 강변에 정박되어 있는 '오로라[19]'함 관람은 인상적이었다. 1905년 대한해

16) 당시 공리공담을 일삼던 주자학적 사상계와 풍수도참설에 비판적 학문이 실학사상이다. 이에 존명(尊明) 사대주의자들이 제기한 북벌론의 비현실성을 지적하는 한편 청의 문물을 받아드릴 것을 주장했으며, 봉건적 신분제를 반대했다. 이러한 사상 틀에서 국부(國富)를 이루기 위한 방안으로 상공업진흥론과 농업진흥론을 제기했다. 먼저 북학과 계열의 실학자로서 선진적인 청의 문물을 받아들여 상업을 발전시켜야한다는 상업진흥론을 적극 주장했다.

17) 박지원(朴趾源), 홍대용(洪大容), 박제가(朴齊家) 등 북학파 사상가들이 주장한 실학 이념으로 백성들의 일상적으로 사용하는 기구 따위를 생활에 편리하고 의식을 넉넉하게 하여 삶을 윤택하게 하는 것이 실천적인 학문의 내용이란 뜻.

18) "이타심을 가지고 이웃과 사회에 기쁨과 감사하는 마음을 나누려는 생각과 행동을 할 때 자신도 경지에 달할 수 있다. 그것이 정덕(正德)이다" 정덕과 이용후생은 『서경 「대우모(大禹謨)」』에서 정사를 선하게 하는 것이 중요하고, 정사는 백성을 기르기 위한 것이니, 정덕과 이용후생이 화하여, 아홉 가지 공이 펼쳐진 것을 노래한다. 德惟善政 政在養民 水火金木土穀惟修 正德利用厚生惟和 九功惟敍 九敍惟歌

협에서 벌어졌던 러일전쟁[20]에 참전하여 러시아가 대패한 후 구사일생으로 살아서 되돌아간 3척 중 하나로, 그 후 러시아혁명 때 러시아궁을 향해 쏜 한 발의 포성을 신호로 그 유명한 역사적인 러시아혁명이 시작되었다고 한다.

—「모자가 동동 떠내려 간다」일부분

남춘길의 여행기는 족유(足遊)와 목유(目遊)를 넘어 심유(心遊)의 경지까지 이르기 위해 애를 쓰고 있다. 다만 아쉬운 점이 있다면 북유럽 여행기에서 장애인 부부 이야기와 해외여행을 처음 해본 허 선생부부에 대한 이야기를 따로 다루었더라면 더욱 주제가 선명하게 살아날 수 있었을 것이다. 그렇게 했다면 역사적 사실과 그 현장감을 더욱 깊고 실감나게 다룰 수 있었을 것이다. 그런데 하나의 주제로 묶어 놓았기 때문에 작품 구성과 문학성에서 아쉬움을 남긴다.

---

19) 순양함 오로라 함은 러일전쟁 기간 동안 지노비 로제스트벤스키 제독 예하의 엔크비스트 제독이 지휘한 3척의 순양함 중 한 척이다. 1905년 5월 27~28일까지 쓰시마해전에서 일본 해군 연합함대의 제1소함대 소속의 장갑 순양함들의 집중 포화를 받아 함교에 75밀리 포탄이 가격당해 함장 에로레프(Ероев) 대령이 전사하고 부장 А. К. 네볼신(А.К.Небольсин) 중령이 중상을 입은 상태에서 함장역을 인수받았다. 총 15명의 승조원이 전사하고 83명이 부상을 입었다. 오로라함은 상부 구조물과 함체 전체에 적지 않은 피해를 입었다. 화력통제시스템은 쓸 수 없게 되어버렸다. 1문의 6인치 포와 5문의 75mm 포가 파괴되었다.

20) 리바우(Libau)항을 떠나 아프리카 남단을 돌아오느라 전력과 전의가 극도로 떨어진 발틱함대와의 대마도해전(對馬島海戰)이었다. 1905년 5월 27일 새벽 4시 45분, 진해만에서 대기하고 있던 일본 연합함대의 도고 사령관은 24시간 계속된 해전에서 발틱함대를 격파, 사령관 로제스트벤스키(Rozhestvensky,Z.P.) 제독을 포로로 잡았다.

맺음말

기록의 가치는 크다

성경의 기록이 있었기에 우리는 하나님을 만날 수 있었다. 세종대왕은 '훈민정음'을 창제하시고 그 서문을 남겼다. 그리고 이순신 장군은 『난중일기』를 남겼다. 또 조국의 독립을 위해 한평생 투쟁했던 김구 주석은 『백범일지』를 남겼다. 그리고 많은 성인들과 문사들과 학자 선비들이 기록을 남겼기에 오늘의 문화와 역사가 존재한다.

그러나 우리 한겨레(韓民族)와 한 핏줄로 이어지고 있는 아메리카 원주민들과 백 년간이나 유럽을 다스렸던 훈족(匈奴族)은 기록을 남기지 않았다. 역사에서 그들의 존재가 인정받지 못하고 있는 이유이다. 또 역사에서 엄청난 업적을 이루고도 기록을 남기지 않아서 기회를 놓쳐버린 사람이 있다. 신대륙을 처음 발견한 콜럼버스이다. 그는 1492년 남아메리카 바하마군도 산살바도르에 처음 닻을 내리고 신대륙을 발견했다. 그러나 기록을 남기지 않았다.

그로부터 5년 후인 1499년 5월 이태리 사람 아메리고 베스푸치(Amerigo Vespucci, 1454-1512)[21)]가 그곳을 가보고 여행기록[22)]을 남겼다. 그 기록을 읽은 독일 지리학자 M.발트제뮐러가 1507년 지도책 《세계지입문(世界誌入門)》(1507)을 발간할 때, '신대륙'을 아메리고 베스푸치의 이름을 따서 아메리카

(America)로 이름했다. 기록의 소중함을 일깨워주고 있다.

　남춘길의 수필집은 메마른 서술에 그치는 단순한 기록물이 아니다. 자신이 지나온 한 삶의 발자취를 서정성과 예술성이 깃든 글월로 진솔하게 밝힌 수필집이다. 이 글월모음집이 먼 훗날까지 많은 사람들의 가슴에 아름다운 꽃밭을 일구어 줄 것이다. 그리고 높고 넓은 창조적 가치와 무량한 심미적 결정을 안겨줄 가치 있는 글월로 남아 읽는 이들에게 감동을 줄 것이다. 그녀의 수필집 발간을 다시 한 번 축하드리면서 글을 마친다.

---

21) 아메리고 베스푸치(Amerigo Vespucci, 1454-1512). 이탈리아 피렌체 명문가 아들로 탐험가. 1499년 오예다와 코사 탐사대원으로 참가한 기록을 요약한다. "프톨레마이오스가 카티가라(Catigara)라는 곳을 찾았다." 프톨레마이오스는 카티가라를 인도의 최남단으로 생각하였는데, 이곳을 찾으면 인도로 가는 항로를 찾을 수 있을 것이라고 생각하였다. 1499년 5월 카디스 항을 떠난 탐험대는 카나리아제도에 잠시 들렀다가 대서양을 가로질러 기아나 부근에 도착하였다.(신대륙의 북위 15°지점) 여기에서 오예다가 이끄는 탐사대는 북쪽으로 항해하였고, 베스푸치가 속한 탐험대는 오늘날 브라질 해안을 따라 남쪽으로 항해하였다. 베스푸치는 브라질 북부 해안을 세인트 암브로스, 아마존 강을 '리오 데 포코 세초' (Rio de Foco Cecho, 숨겨진 불의 강)라고 이름했다. 계속 남하하였으나, 카티가라라고 생각할만한 대륙의 남단이 발견되지 않았다. 일행은 오늘날 아카라우 부근에서 회항하여 남미대륙을 북상하던 도중 베네수엘라 인근의 보네르섬에 브라질우드가 많이 자라고 있는 것을 보고 '브라질우드섬'이라고 이름하였다. 아루바섬에서는 집들이 물 위에 지어져 있는 것을 보고 베니스를 연상하여 '작은 베니스' 라는 뜻으로 '베네수엘라' 라고 이름하였다. 오늘날 브라질과 베네수엘라는 모두 베스푸치가 이름한 것이다. 베스푸치는 1450년 6월 중순 카디스로 돌아왔다. 그는 후견인인 로렌초 메디치에게 쓴 편지에 "해안을 따라 400 리이그를 항해한 결과 이곳이 대륙이라는 결론을 내리게 되었다." 라고 적었다.

22) 베스푸치의 항해기록으로 2개의 문서가 남아 있다. 첫 번째는 베스푸치가 1504년 9월 4일부터 리스본에서 중세 이탈리아의 도시공화국 장관이었던 피에로 소데리니에게 보낸 공식서한들이다. 이것은 이탈리아어로 씌어졌으며, 1505년 피렌체에서 인쇄되었다. 그리고 『4회의 아메리카 항해 Quattuor Americi navigationes』와 『문두스 노부스 Mundus Novus』 또는 『에피스톨라 알베리키 데 노보 문도 Epistola Alberici de Novo Mundo』라는 제목하의 라틴어 번역판 2권이 출판되었다.

만추의 아름다움

늦은 나이에 등단한 남춘길 수필가는 사실은 오래전부터 문학에 대한 사랑이 넘쳤었다. 내 기억으로는 단발머리 소녀 때부터 글쓰기에 빠져들어 부지런히 준비하다가 오랜 세월이 흘러 계간 문예지 『문학나무』로 등단했다.

사실 남춘길 수필가는 필자와는 십대의 단발머리 시절 6년을 같은 교정에서 자란 꼬마친구다. 그녀가 수필가가 되는 과정을 옆에서 쭉 지켜보았기에 이번 그녀의 수필집 발간이 내 일처럼 기쁘고 감격스럽다. 늦깎이로 같은 길을 가는 든든한 동지를 만난 셈이라 더욱 가슴이 뭉클하다.

수필가란 이름을 달고 문단에 나와 발표하는 작품들이 살아온 뒤안길을 아름답게 추억하고 승화하여 묘사하고 있다. 해서 그녀의 수필은 늦가을의 자연처럼 은근하고 아름답다. 요즘 젊은이들이 절대로 체험할 수 없는 과거 이 나라의 아픈 현장을 글로 엮어내고 있어 기록으로도 가치가 있다고 본다. 전쟁 직후의 배고픔이나 어머니에 대한 애절한 속마음은 풍요로운 시대를 살아가는 젊은이들이 절대로 상상할 수 없는 내용들이다. 인생의 뒤안길에 쌓여 머리에 각인된 많은 것들이 이번 수필집에는 조각보를 엮어내듯 모아져 있다. 전쟁을 겪은 세대들이 읽으면 그 시절을 추억하며 미소 짓게 할 것이고 젊은이들이 읽으면 이 나라와 이 민족을 더 사랑하게 되리라 본다.

고희를 넘긴 나이에 꾸준히 펜을 놓지 않고 글을 쓰는 모습이 곁에서 보기에 참으로 아름답다. 문학이란 거대한 바다에 발끝을 담군 남춘길 수필가의 앞날이 더욱 풍요로워지고 앞으로 더 깊고 맑은 글을 많이 써내리라 기대한다. 사실 글을 쓰다 보면 많은 책을 읽어야 하고 사색하고 속에서 곪아터지도록 고민도 하고 승화하여 쏟아내야 한다. 그냥 쉽게 나오는 것이 아니다. 인격도 가치관도 신앙도 그 뿌리가 깊고 단단해야 거기서 나오는 글이 진짜가 된다. 그런 수필이 읽는 독자들을 감동시키고 얼굴과 얼굴을 맞대고 할 수 없는 일을 해내는 셈이다.

문학하는 여자들은 술이나 마시고 담배를 피우며 바람둥이로 싸돌아다니며 살림을 하지 않는 것으로 보는 사람들이 많다. 그러나 남춘길 수필가는 집안도 잘 가꾸고 자녀들도 성공적으로 길러냈고 남편 내조도 잘해낸 모범적인 삶을 살았다. 더구나 교회봉사와 사회봉사도 많이 한 일꾼이다. 이런 바탕에서 나오는 글이니 독자들의 시야를 넓혀줄 것이고 읽고 나서

뭉클한 감동을 줄 것이다.

　아무튼 등단하여 첫 번째 내는 이 수필집이 모두의 큰 기쁨이 되고 앞으로 문학의 인생을 꾸려가는 여정에 박차를 가하리라 믿는다.

어머니 그림자

1쇄 발행일 | 2018년 09월 28일

지은이 | 남춘길
펴낸이 | 윤영수
펴낸곳 | 문학나무

편집 · 기획실 | 03085 서울 종로구 동숭4나길 28-1 예일하우스 301호
이메일 | mhnmoo@hanmail.net

출판등록 | 제312-2011-000064호 1991. 1. 5.
영업 마케팅부 | 전화 | 02-302-1250, 팩스 | 02-302-1251
ⓒ남춘길, 2018

ISBN 979-11-5629-080-3 03810